Titolo originale: Daring Wes

Traduzione: Mirella Banfi

La sfida di Wes

Jules Barnard

Capitolo Uno

Wes tenne gli occhi fissi sulla sua mazza e non sulla sua ex-ragazza due buche più avanti nel campo da golf.

Okay, aveva osservato continuamente Kaylee. Ma, maledizione, che cosa ci faceva lì? Non vedeva Kaylee da quattro anni, fino a qualche giorno prima, quando gli aveva teso un'imboscata nel pro-shop del campo da golf.

Aveva i capelli più corti ora e non la lunga cascata di seta quasi nera come al college. E nonostante la sua naturale eleganza, stava facendo un ottimo lavoro nel giocare disastrosamente sul campo.

Lo stesso tizio che era con lei qualche giorno prima le fece scivolare la mano sul sedere tondo e sodo, facendo rimbombare nelle tempie il polso di Wes. Erano passati anni dall'ultima volta in cui aveva visto Kaylee. Ma quella volta lei era stata *sua*.

Spinse la mazza nella sacca, pronto a finire la giornata lavorativa e andarsene da lì, ma Kaylee lanciò un'occhiata nella sua direzione. Quando lo vide, Kaylee spalancò gli occhi, come se non si fosse aspettata che lui fosse lì.

Wes era il proprietario del Club Tahoe, insieme ai suoi fratelli. Che stronzata era? Tutti sapevano che era un fatto scontato trovarlo sul campo da golf.

Kaylee disse qualcosa all'uomo che era con lei e si diresse verso Wes.

Cazzo.

«Hai un minuto?» gli chiese mentre Wes ritirava le sue mazze.

Lui le rivolse un sorriso tirato. «Devo tornare in negozio.» Vedere Kaylee con un altro era come ricevere una forchettata in un occhio e Wes stava facendo del suo meglio per mantenere il controllo.

Il tizio con Kaylee le mise un braccio sulle spalle e Wes strinse i pugni. «Ci vorrà solo un minuto. Kaylee mi ha detto che siete andati al college insieme e che sei un giocatore di golf professionista.»

Wes sospirò. Se non fosse stato per *quella* ragazza e i giochetti mentali che aveva fatto al college, lui sarebbe stato un giocatore di golf professionista che faceva faville. «Sono il professionista del resort.»

McStronzo lo guardò senza capire.

Ovviamente, il tizio non sapeva molto del golf. C'era un'enorme differenza tra giocare ai tornei professionisti e dare lezioni di golf in un resort.

«Comunque,» disse McStronzo, «Kaylee dice che sei bravo.» Guardò Kaylee e sorrise. «Mi piacerebbe che dessi qualche lezione alla mia fidanzata. Sta imparando adesso e le servirebbe un po' di aiuto.»

Fidanzata... *Fidanzata?* Wes rivolse un'occhiata dura a Kaylee, che si ritrasse.

Wes emise lentamente il fiato. Era uno scherzo? La sua ex si faceva viva dal nulla nel resort della sua famiglia, *nel suo territorio*, e portava un fidanzato?

«Non sei obbligato» disse Kaylee tutto d'un fiato.

Il suo fidanzato la guardò con la fronte aggrottata. «Ne abbiamo parlato, Kaylee, hai bisogno di lezioni se vuoi unirti a me sul campo da golf nelle Fiji durante la luna di miele.»

«Sì, ma...» Kaylee guardò esitante Wes, «probabilmente è occupato. Non so nemmeno se Wes dia lezioni.»

«Sì, do lezioni» si sentì dire Wes.

Aveva perso la testa. L'ultima cosa che voleva era dare lezioni a Kaylee. Lei lo aveva fottuto e né lui né la sua carriera da golfista si erano mai ripresi completamente.

Quando Kaylee aveva rotto con Wes, lui era a metà nel torneo più importante della sua vita. Aveva spinto in un angolo della mente la rottura e impegnato tutta la sua energia mentale nell'entrare nel giro dei professionisti, convinto di poter rappattumare le cose con Kaylee una volta tornato a casa. Ma Wes aveva miseramente fallito durante le prove e il "dopo" non era mai arrivato. Quando era tornato, Kaylee aveva finito i suoi corsi e aveva lasciato la città. Wes non l'aveva più né sentita né vista.

Il golf era uno sport di testa. Senza concentrazione, il tuo punteggio poteva facilmente passare da sei sotto e sei sopra il par e buttarti fuori dal gioco. Il fatto che Kaylee avesse rotto con lui durante il torneo aveva incasinato la sua energia mentale e da allora non aveva più recuperato.

La sfortunata coincidenza in quella piccola riunione era che, quattro anni dopo, Wes stava ancora una volta cercando di qualificarsi per il circuito professionale. Scontrarsi con la sua ex era una sfortuna epica, oppure proprio ciò che gli serviva per riottenere quel *quid* necessario per vincere.

Kaylee lo aveva scaricato a freddo, senza motivo, e l'idea di fidarsi di lei gli lasciava l'amaro in bocca. Ma se fosse riuscito a scoprire perché se l'era filata dalla città tutti quegli anni prima, forse l'avrebbe aiutato a ricostruire il suo gioco mentale e ridargli lo sprint che aveva perso. «Sono disponibile il martedì e il giovedì pomeriggio, dalle quattro alle cinque.»

«Eccellente!» Lo stronzo con la mandibola troppo scolpita sorrise a Kaylee che sembrò diffidente. «Kaylee può prendere lezioni mentre organizza il nostro matrimonio. Sarà qui al club. Avete un gran bel posto.»

Si sarebbe sposata... *nel suo fottuto resort*? Aveva perso la testa?

Kaylee alzò la testa nel modo provocatorio che Wes ricordava fin troppo bene. «Mi è sempre piaciuto il lago Tahoe. I miei genitori hanno ancora uno chalet da queste parti. È lì che stiamo Eddy e io.»

Eddy guardò alternativamente Wes e Kaylee. «C'è qualche problema? Se sei troppo occupato per darle lezioni posso trovare qualcun altro.»

«Lo farò io» disse Wes fissando Kaylee.

Non sapeva il motivo vero per cui Kaylee era lì, ma la coincidenza era troppo strana e, diavolo, si sarebbe assicurato di scoprirlo.

* * *

Kaylee si mise i capelli dietro le orecchie e si avvicinò lentamente a Wes, che era accanto al campo pratica e parlava con un altro tizio. Wes indossava la polo rossa del Club Tahoe e le mani ficcate nelle tasche dei pantaloni distendevano il tessuto dei pantaloni, dandole una bella visione del suo sedere. L'ex di Kaylee era in forma come lo era stato al college, ancora di più, perché le spalle erano più larghe e si era riempito un po'.

Il suo cuore palpitò, era diventato un disastro palpitante

e spastico quando aveva visto Wes la settimana prima, dopo quasi quattro anni. Si erano lasciati in termini così orribili. Adesso aveva la possibilità di aggiustare le cose. Ma sembrava che Wes serbasse ancora rancore a giudicare dalla sua reazione dopo averla vista di nuovo. E doveva superare quel rancore se voleva avere una speranza di farsene una ragione e mettersi il cuore in pace.

Kaylee era entrata nel pro-shop del campo da golf la settimana precedente per cercare una giacca leggera per le mattine più fresche. Ma appena aveva visto Wes dietro il bancone, il suo cuore aveva quasi ceduto. Aveva programmato il matrimonio al Club Tahoe perché il resort era bello e lei era venuta spesso al lago crescendo. E perché aveva bisogno di vedere Wes un'ultima volta prima di sposarsi.

Kaylee non aveva idea se Wes stesse realmente lavorando al club. I suoi piani avevano incluso la carriera di golfista di professione. Piani che l'avevano assorbito completamente, a scapito della loro relazione. Pensava che avrebbe dovuto cercarlo. Probabilmente contattando suo padre. Ma qualche giorno prima, Kaylee aveva scoperto che il padre di Wes era deceduto di recente, lasciando il fratello maggiore di Wes, Levi, a dirigere il resort di lusso. Wes gestiva il campo da golf e due dei suoi fratelli gestivano altri settori del resort.

Entrare nella vita di Wes, dopo una tale perdita, era la peggiore delle cose dal punto di vista del tempismo. Lui non l'aveva ancora notata e lei aveva colto l'occasione di contemplare l'uomo che una volta aveva amato più di qualunque altra cosa.

L'atteggiamento rilassato di Wes, il lieve sorriso che rialzava gli angoli della sua bocca mentre chiacchierava con un altro golfista, quello era l'uomo spensierato che ricordava. Per come le dava parzialmente le spalle, Kaylee non riusciva a vedere i suoi profondi occhi azzurri, ma ricordava il loro scintillio quando le rubava un bacio. O le profondità che potevano raggiungere quando la stringeva mentre facevano l'amore...

Sentì un brivido lungo la schiena. Cercare di rintracciare Wes era stata una pessima idea. E prendere lezioni da lui? Forse, tutto sommano, non era così importante trovare emotivamente una chiusura. Specialmente se ogni volta che era vicina a Wes le scintille sembravano incendiarla. Wes evocava emozioni che pensava se ne fossero andate, sparite, ma, a quanto pareva, erano solo dormienti. Ed erano emozioni che doveva dimenticare se voleva avere una minima speranza di cominciare una nuova vita con Eddy.

Kaylee era sul punto di abbandonare l'intera idea delle lezioni con Wes quando lo vide irrigidirsi.

Wes si voltò lentamente e la guardò in volto, gli occhi sulle labbra prima di spostarsi sulle guance, ancora arrossate da quegli stupidi ricordi di loro due insieme.

Se Wes si era irrigidito a causa della sua presenza un momento prima, adesso lo nascondeva bene. Non si agitò, non smise di guardarla. Il suo atteggiamento era calmo. Mentre, nel frattempo, la temperatura di Kaylee si era alzata e sentiva le gambe molli.

«È ancora un buon momento?» la voce le era uscita acuta e nervosa. Si schiarì la gola. «Posso tornare più tardi se sei occupato.» *O non tornare per niente.* Accidenti a Eddy e alla sua ossessione per il golf durante la loro luna di miele. Che diavolo avevano gli uomini con quello sport?

Kaylee poteva aver voltato pagina, ma Wes le aveva rubato un pezzo di cuore. Non voleva dire che fossero giusti l'uno per l'altra. Lei non avrebbe mai dimenticato il dolore sofferto durante e dopo la loro relazione.

Il suo piano era di seppellire finalmente il passato... Una

volta che avesse detto a Wes ciò che avrebbe dovuto dirgli anni prima. Ma non poteva spiegargli le cose finché non fossero stati in rapporti migliori. La verità era troppo personale e difficile da menzionare mentre Wes la guardava come se fosse fango attaccato sulla suola della sua scarpa. E questo significava che avrebbe dovuto resistere, per quanto stare intorno a Wes la mettesse a disagio.

«Adesso va bene» disse lui.

Rivolse un cenno di saluto all'uomo con cui stava parlando e guardò sopra la spalla di Kaylee, con lo sguardo che si fermava in qualche punto un po' oltre, con un dolce sorriso sul volto.

Il cuore di Kaylee fece un balzo. I sorrisi di Wes l'avevano sempre sciolta dentro e l'effetto che avevano ancora la scosse, ricordandole di nuovo il motivo per cui si era innamorata di Wes tanti anni prima. Ma il sorriso non era diretto a lei.

Kaylee si voltò e vide una bambina di forse quattro anni, che camminava verso di loro. Aveva un piccolo set di mazze, i capelli tirati indietro in una treccia che ondeggiava dietro di lei a tempo con il suo passo deciso. Aveva la stessa espressione intensa che aveva Wes quando stava per cominciare una partita di golf.

«Bella, ti presento Kaylee» disse Wes.

La ragazzina diede una bella occhiata a Kaylee. «Si sta allenando anche lei?»

Wes aggrottò la fronte. «Ovviamente no. Kaylee non è nemmeno lontanamente al tuo livello di bravura. Io allenerò te e tu darai a Kaylee qualche suggerimento. Lei può guardarti e prendere esempio da te.»

Bella sorrise.

«Mostrarmi come si fa?» chiese Kaylee a bassa voce, solo per le orecchie di Wes. «Una ragazzina di quattro anni?»

«Cinque» disse Wes e incrociò le braccia sul petto, cambiando postura. «Bella è piccola per la sua età, ma non lasciarti ingannare dalla sua taglia. È la mia allieva migliore.»

Kaylee colse il sogghigno sulle sue labbra.

Fantastico. Adesso non solo sarebbe stato imbarazzante passare il tempo con Wes, ma lui aveva anche intenzione di farle fare la figura dell'idiota. Suppose di meritarlo. E poteva sopportarlo. Ciò che non poteva sopportare era passare il resto della sua vita senza chiarire le cose tra di loro.

Anche così, che Wes stesse allenando una bambina era strano. Non gli era mai interessato molto il gioco di altri, sempre concentrato sul proprio. «Stai veramente insegnando ai bambini, adesso?»

«È un nuovo programma del club. Non è male. Specialmente con allievi come Bella.»

Bella fece un tiro di prova. Ed era veramente brava.

«Ecco, così» esclamò Wes. «Tieni il braccio diritto come ti ho insegnato la settimana scorsa. Piano e con calma.»

Bella si allineò con la pallina, alzò la mazza e tirò, spedendo la pallina dannatamente lontano sul campo pratica.

Kaylee tossì contro la propria mano, trattenendo un sorriso. «Okay, hai ragione. Ha un gran talento.»

Wes le diede un'occhiata. «Nervosa?»

«Per niente.» Kaylee incrociò le braccia sotto il seno. «Ho delle buone capacità anch'io.»

Wes le diede un'occhiata, abbassando per un attimo gli occhi sul seno e poi rialzandoli per guardarla negli occhi. Scosse la testa. «Non credo proprio.»

Maledizione. Doveva averla vista colpire le palline nel campo pratica l'altro giorno.

La verità era che Kaylee faceva veramente schifo a golf. Non che lo avrebbe ammesso a Wes, che stava sorridendo orgogliosamente a un'altra pallina lanciata nella stratosfera da Bella. «Bel lavoro» le disse.

Kaylee deglutì, poi deglutì ancora. Perché, di colpo, capì una cosa: Wes non stava solo insegnando a Bella perché era divertente o perché ne ammirava il talento... Teneva veramente a quella bambina.

Vedere il suo egocentrico ex insegnare a una ragazzina come giocare il suo sport preferito ebbe uno strano effetto su Kaylee: si sentì stringere il petto, una sensazione strana che le fece male al cuore.

Bella sorrise voltando la testa, cercando l'approvazione di Wes, che annuì e disse: «Continua come ti ho insegnato mentre mi dedico a Kaylee».

Kaylee raddrizzò le spalle. Non avrebbe permesso che il fatto che Wes si comportasse in modo adorabile con una bambina la influenzasse, i bambini piacevano a un mucchio di uomini. Non era diverso dagli altri.

Ma *era* diverso, perché era Wes. Era sempre stato concentrato su se stesso. Magari le aveva detto che l'amava, quando stavano insieme, ma le sue azioni avevano dimostrato che lei non era mai stata al primo posto.

Kaylee prese il guanto da golf e se lo infilò. «Quante volte si allena Bella?»

Wes alzò le spalle. «I suoi genitori vengono qua spesso. Le sto insegnando a tratti da tutta l'estate. Quella ragazzina un giorno diventerà una professionista.»

Per un attimo, Kaylee si limitò a fissarlo. Sembrava quasi che gli importasse più il successo di una ragazzina del proprio. Ed era una follia.

«E se decidesse di abbandonare il golf per fare danza?» Kaylee lo stava stuzzicando, come faceva in passato.

Tranne che adesso non era sicura di come l'avrebbe presa Wes.

Wes ringhiò: «Niente da fare. Assolutamente no, se potrò dire la mia».

Kaylee scoppiò a ridere. L'aveva presa esattamente come faceva di solito: con un'aria di arroganza e malcontento. Anche se, in fondo, era sempre stato tenero di cuore.

Il suo sorriso svanì. Non importava che avesse un buon cuore. A volte non era sufficiente.

Per mantenere l'atmosfera allegra, aggiunse: «Non si sa mai, Wes. Le donne a volte cambiano idea».

L'espressione di Wes si indurì di colpo. «Sono abituato alle donne che cambiano idea.»

Merda. Non aveva avuto intenzione di arrivarci così presto. Stava ancora cercando di tornare in buoni rapporti.

Kaylee si voltò e prese una mazza. «Allora, su cosa dovrei lavorare come prima cosa: lo swing? La posizione?»

Wes fissò nel vuoto, come se sapesse che stava cercando di cambiare argomento. Quando tornò a guardarla, la sua espressione era indifferente. «La tua postura, la posizione e praticamente tutto il resto fanno schifo, quindi cominceremo dall'inizio. Esattamente come ho fatto con Bella.» Sorriso compiaciuto.

«Ti piace proprio infierire, vero?»

«Vuoi veramente che ti risponda?»

«No» borbottò Kaylee e mise una pallina sul tee di legno che aveva ficcato nel terreno.

«Ferma.» Wes si avvicinò e le prese la mazza. «Prima di tutto, usa il pitching wedge, non il driver. Devi arrivare poco per volta alle mazze più lunghe.» Wes rimise il driver nella sacca, prese una mazza più corta, più piccola e gliela passò. Poi si chinò e tolse dal terreno il tee di legno che Kaylee aveva usato per sostenere la palla, che mise invece a filo con l'erba. E Kaylee, nonostante la sua limitata esperienza, sapeva che era più difficile colpirla così.

Wes le esaminò il corpo. E Kaylee sentì di colpo caldo, le farfalle nello stomaco.

La prima volta in cui Kaylee aveva incontrato Wes, lui aveva mirato diritto a lei a una festa al college e le aveva chiesto di ballare. Quel ballo era diventato un bacio, che era finito con lui che aveva passato tutto il fine settimana con lei. Erano stati inseparabili per due anni. E sembrava che il suo corpo ricordasse l'effetto che Wes aveva su di lei e reagisse di conseguenza.

Sii forte. Sei fidanzata. Wes stava osservando la sua posizione al golf, non la stava *guardando*, anche se era piuttosto sicura che avesse dato una bella occhiata al suo seno. Non era importante.

«Fammi vedere come impugni la mazza.»

Kaylee tese la mano e gli mostrò come la impugnava, esattamente come le aveva insegnato il suo fidanzato.

Wes le spostò leggermente la mano e il suo palmo caldo sfiorò la pelle delle dita nude. Un calore improvviso risalì lungo il braccio di Kaylee. Wes la guardò di colpo negli occhi, come se l'avesse sentita anche lui.

Le lasciò andare la mano e si schiarì la voce. «Non male. Fammi vedere la tua posizione di partenza.»

Kaylee fece i movimenti che aveva imparato e tirò come si era allenata a fare.

Wes si premette le dita sulla fronte e scosse la testa. «Gesù, Kaylee, sei sicura che vuoi darti al golf?»

Kaylee lasciò cadere la mazza sul terreno. «Sì. Adesso hai intenzione di mostrarmi come si fa o no?»

«Tutto perché il tuo *fidanzato* vuole che tu giochi?»

Kaylee notò l'enfasi sul "fidanzato". Wes aveva accettato il suo fidanzamento come si era aspettata: per niente bene.

Wes aveva sempre dominato lo spazio circostante quando erano insieme. Non c'era mai stato posto per altri uomini, anche se lei avesse voluto uscire con qualcun altro. «Ho sempre voluto imparare, ma tu non...»

Lui aggrottò le sopracciglia. «Io non ero... Cosa?»

Kaylee sbuffò. «Al college eri troppo occupato per insegnarmelo. Avrei potuto andare da qualcun altro, ma volevo imparare da te.»

Wes la fissò per un lungo momento con gli occhi azzurro oceano imperscrutabili. «Tieni giù le braccia, i piedi alla stessa larghezza delle spalle e piega le ginocchia.»

Kaylee sbatté gli occhi e fece quello che le diceva. Perché, nonostante il loro passato burrascoso, lui stava tentando.

Il resto della lezione andò più o meno allo stesso modo. Wes abbaiava ordini a Kaylee e lodava sperticatamente la posizione, effettivamente incredibile, di Bella, che era bravissima. Da grande Kaylee voleva diventare come Bella perché, al momento, Kaylee mancava la pallina più volte di quante la colpisse.

«La tua posizione è migliorata» borbottò Wes. «Non riesci a colpire la pallina neanche per sbaglio, ma la posizione è importante. Il resto verrà.»

Era un complimento che sembrava un insulto, ma l'avrebbe accettato perché era difficile che Wes ne facesse. Kaylee sorrise.

Wes spalancò gli occhi e distolse lo sguardo. «Dovrai far pratica.» Afferrò la mazza e la rimise nella sacca. «Tantissima pratica, se hai intenzione di andare sul campo da golf tra... Quando hai detto che ti sposerai?» Kaylee sentì l'asprezza nella domanda. Gli rispose dandogli la data, mancavano solo alcuni mesi, che di colpo le sembrarono pochi. C'era tanto da fare, non ultimo: avvicinarsi abbastanza al suo ex per aggiustare le cose. E adesso Eddy le stava facendo pressioni perché fosse alla sua altezza su un campo da golf, cosa che le sembrava insormontabile quanto farsi accettare da Wes.

Wes la fissò senza reagire, come se stesse silenziosamente cercando di farle arrivare qualche messaggio attraverso gli occhi. Che la odiava? Che voleva che se ne andasse? Cosa?

Alcune cose riguardo a Wes erano le stesse. In altri modi, era un uomo completamente diverso. Più duro, meno fiducioso.

«Se vuoi essere pronta per quella data,» disse infine, «sarà meglio che faccia pratica tra una lezione e l'altra.»

«Posso venire ogni giorno, se necessario.»

Wes trasalì. Dopo un momento disse: «Devo tornare da Bella». Si voltò e se ne andò.

Kaylee lasciò cadere le spalle. C'era imbarazzo, quando, un tempo, era tutto l'opposto. Kaylee non aveva mai provato un legame come quello che aveva avuto con Wes. Fino alla fine, quando nella sua vita era crollato tutto.

Le ci era voluto molto tempo per riaversi dalla perdita. E aveva intenzione di aggiustare le cose tra lei e Wes.

Era l'unico modo per andare avanti con la coscienza pulita.

Capitolo Due

Kaylee sentiva il sudore colare dalla fronte e dalle tempie. La polo era appiccicata al seno e alla schiena e stava respirando con un po' di affanno. Per aver colpito palline da golf. Chi l'avrebbe mai detto?

«Braccio piegato... No, il sedere è troppo in fuori» disse Bella ridacchiando. «Kaylee, ti ho appena mostrato come tieni in alto la mazza.» Bella era appollaiata sul suo trespolo da principessa in fondo al campo pratica e abbaiava ordini. Era l'idea di Wes per gli allenamenti di Kaylee tra una lezione e l'altra.

Kaylee appoggiò la testa della mazza nell'erba e la guardò. «Bella, ti ha mai detto nessuno che sei una schiavista?»

Bella rise, con il corpo che si scuoteva tutto sopra la bassa struttura dove era seduta.

Kaylee sospirò sorridendo. «Sono lieta di farti ridere.» Si preparò per un altro colpo. «Non che le mie braccia non stiano per cadere» disse in tono melodrammatico. «E mi fa male il sedere. Perché mi fa male il sedere?»

Altre risatine nel loggione.

«Non sei abituata a usare i muscoli del sedere?»

Wes.

Kaylee si voltò in fretta, trovando Wes dietro di lei, che guardava lo spettacolo. «Che cosa ci fai qui?»

Wes incrociò le braccia. «Io lavoro qui. Oh, e possiedo anche il resort. Ma, per essere più specifico, sono qui a prendere la mia allieva super.» Guardò Bella. «Bel lavoro. La posizione è leggermente migliorata. Continua così e sarai la mia prossima assistente.» Annuì a qualcosa che Bella gli sussurrò all'orecchio. «Sistema le tue mazze, prima» le disse. Wes guardò Bella che correva via e si rivolse a Kaylee. «Se sei così indolenzita, potresti smetterla. Sembri un po' arrossata» disse sogghignando.

Kaylee si asciugò la fronte. «Oddio, grazie.»

Continuando a sorridere, Wes s'incamminò dietro a Bella.

Kaylee era lieta che l'atmosfera tra di loro si fosse ammorbidita negli ultimi due giorni. Wes non sembrava più arrabbiato come quando era arrivata al Club Tahoe. Ma non significava che fosse abbastanza amabile per un discorso profondo. A quel punto, era difficile pensare che sarebbe mai stato possibile, ma Kaylee sperava ancora.

Raccolse le sue mazze da golf e si mise sulla spalla la pesante sacca. Carica delle mazze e con il sedere che le faceva male, si avviò lentamente verso il pro-shop. Chi sapeva che il golf fosse uno sport così fisico? Sembrava facile quando Wes giocava al college o quando guardava i tornei alla TV con Eddy.

Appena superato il negozio, Kaylee si fermò per usare il bagno e trovò Wes accanto allo spogliatoio delle donne. Aveva le braccia incrociate sul petto e la testa bassa, come se stesse aspettando.

«Tutto bene?» gli chiese Kaylee, piegando la testa di

lato. «Il bagno degli uomini sembra aperto. Non dovresti usare quello?»

Wes stortò la bocca. «Buffo. Sto aspettando Bella.» Wes si staccò dalla parete, ancora con le braccia incrociate. «Sta bene. Lei... Uhm, preferisce che l'accompagni in bagno. Non vuole restare da sola. Pensa che i bagni siano inquietanti.»

Kaylee aprì la bocca, ma senza parlare. Wes, il suo ex-boyfriend così, alto, spavaldo e atletico, stava aspettando fuori dal bagno delle donne... In modo che una ragazzina non avesse paura? «Chi sei tu?» disse alla fine.

Bella uscì prima che Wes potesse reagire.

«Ciao, Kaylee» disse allegramente, tirando la maglia di Wes. «Dai, Wes. Facciamoli neri.»

Wes fece per seguire Bella verso il campo pratica, ma Kaylee gli toccò il braccio, fermandolo, e sentì una fitta di attrazione in tutto il corpo. La cosa cominciava a irritarla.

Wes guardò la mano e Kaylee la tolse in fretta. Poi diede un'occhiata a Bella. «Quella bambina ti ha completamente in pugno» disse sorridendo.

Wes fece spallucce. «Ha bisogno di me ed è una brava ragazzina. Ti crea problemi?»

Kaylee deglutì, smettendo di sorridere. Scosse la testa. «No... Sono solo sorpresa.»

«Beh, non è il caso. Tu non mi conosci più.» Se ne andò in fretta e Kaylee restò lì, con gli occhi che si riempivano di lacrime.

Wes era ancora così arrabbiato e le faceva male, ma rendeva anche più difficile fare ciò per cui era venuta. Anche così, osservare Bella e Wes insieme era la cosa più dolce che avesse visto da tanto tempo e le spezzava il cuore. Perché quando Kaylee vedeva Wes trattare Bella con tanta gentilezza, si chiedeva se non si fosse sbagliata su di lui tanti anni prima.»

* * *

Kaylee entrò nella casa dei suoi genitori a Tahoe dopo essersi asciugata il sudore (e qualche lacrima) dalla faccia nel bagno del campo da golf. Non si sarebbe mai aspettata che Wes fosse così attento con una bambina. E le incasinava la testa.

«Ehi?» chiamò.

«Sono di sopra» rispose Eddy dal secondo piano.

La casa dei suoi genitori era a due piani, sfalsati di livello, aveva un grande camino, una planimetria aperta e finestre d'angolo alte fino al soffitto che davano sulla foresta. Kaylee adorava quel posto. Le sembrava più casa sua di quella in cui era cresciuta. Eppure la evitava da anni.

In cima al pianerottolo, Kaylee vide Eddy nella stanza multiuso, che sollevava pesi a torso nudo.

«Com'è andata al campo pratica?» Eddy soffiò forte e inspirò lentamente per la prossima serie di flessioni dei bicipiti.

Illuminante, avrebbe voluto dire, ma avrebbe potuto scoperchiare un nido di vespe e non era pronta a parlarne. «Sessione calda, sudata, piuttosto dolorosa. Sono ancora indolenzita dopo le lezioni dell'altro giorno.»

Eddy appoggiò i pesi che stava usando. «Senza fatica non si ottiene nulla.» Ridacchiò. «E tu hai bisogno di lavorarci.»

Kaylee fece il broncio. «Non rigirare il coltello nella piaga. Sto già soffrendo abbastanza con Wes e Bella.»

«Bella?»

«Un'altra allieva.» Kaylee non avrebbe ammesso

nemmeno in mille anni che stava prendendo lezioni da una bambina di cinque anni. «Che cosa vuoi fare stasera?»

Eddy si avvicinò e si chinò, baciandola sul collo. Schioccò le labbra e fece una smorfia. «Salata. Che ne dici se entriamo nella doccia e ti mando in estasi?»

Anche Eddy era salato, ma Kaylee non aveva intenzione di menzionarlo. Non importava, perché comunque non era in vena di fare sesso. Non mentre stava avendo reazioni fisiche inappropriate verso il suo ex. Ma erano giusto quelle: reazioni automatiche, tutta quella faccenda dei feromoni. Niente che potesse controllare. E quando si trattava di Wes, aveva le idee chiare: non erano fatti l'uno per l'altra.

Sarebbe andato tutto bene quando lei e Eddy si fossero sposati e se ne fossero andati dal lago Tahoe. Per ora, avrebbe semplicemente sopportato la stranezza. «Preferirei metterci comodi e guardare la TV.»

«Baby, te l'ho detto. Uscirò con i ragazzi domani sera. Sono in città solo per un paio di giorni e poi dovrò partire all'alba per il mio viaggio. Se non lo facciamo stasera, passeranno settimane prima che tu faccia sesso.»

Kaylee sbuffò. «Siamo insieme da così tanto tempo che non tenti nemmeno di corteggiarmi?»

Eddy aprì la bocca per un silenzioso *cosa?*

«Inoltre, io posso sopportare qualche settimana senza sesso. E tu?»

Eddy sbuffò. «Certo.» Le diede una sculacciata e si diresse verso la stanza padronale. «È a quello che serve la mia mano destra.»

Kaylee si lasciò cadere sul letto e si tolse le scarpe, perché, nonostante non fosse in vena, *avrebbe* fatto una doccia. «Sarà un bene per noi» disse a voce alta. «Renderà speciale la prima notte di nozze.» E magari Eddy l'avrebbe apprezzata un po' di più.

Eddy era diventato pigro nell'ultimo anno quando si trattava di farla sentire importante. Era normale per una coppia smettere di mettercela tutta dopo un po', ma loro non erano nemmeno ancora sposati. E lei aveva un problema quando si trattava di non sentirsi abbastanza importante per il suo compagno.

«*Cosa!*» urlò Eddy. «Niente da fare. Non ho intenzione di aspettare tanto prima di fare sesso.»

Kaylee immaginò che chiedere a Eddy di aspettare due mesi fino al loro matrimonio fosse un po' troppo. Ma non voleva che la loro relazione finisse come la sua precedente. Voleva essere apprezzata. Ragione in più per risolvere i problemi che ancora persistevano con Wes in modo da concentrarsi su un futuro con Eddy.

Capitolo Tre

La sera seguente, Wes abbassò la visiera del suo berretto da baseball e attraversò il Fireside Lounge per andare dov'erano i suoi fratelli, anche loro con berretti da baseball.

Si lasciò cadere su una delle sedie imbottite che sembrava fosse stata costruita con dei tronchi grezzi ma che in realtà era fatta di un materiale leggero che imitava il legno per adeguarsi all'elegante tema del club. «Di chi è stata l'idea di indossare dei berretti? Diamo più nell'occhio con questi cosi che senza.»

«Di Bran» disse Levi, il più vecchio dei fratelli e l'Amministratore Delegato del Club Tahoe, ora che il loro padre era morto. E, accidenti, se Levi non aveva avuto un inizio difficile prendendo il suo posto dopo essere stato per anni un vigile del fuoco. Emily, l'assistente di Levi e ora la sua ragazza, aveva reso la transizione più facile.

Emily Wright era una bomba. Era una bionda snella, ma non si lasciava mettere i piedi in testa. «Dov'è Pugno di Ferro in Guanto di Velluto?» chiese Wes.

Levi cercò di nascondere un sorriso. «Smettila di chiamare così la mia ragazza.»

«Perché?» disse Wes. «È una virago.»

Levi ridacchiò. «Forse dovresti cercare di essere più gentile.»

Wes si appoggiò allo schienale e si puntò il pollice verso il petto. «Io sono un perfetto gentiluomo.»

«Tranne quando stai cercando di portartele a letto» disse Bran dal suo angolo del tavolo. Bevve un sorso di birra, con la visiera del berretto bassa sulla fronte.

Wes poteva anche essere andato a letto con un po' di donne nell'ultimo paio di anni. Okay, aveva fatto sesso il più spesso possibile. Non c'era niente che anestetizzasse la mente più di un bell'orgasmo. «Questi stupidi berretti sono una tua idea?»

Bran era quello carino. Tecnicamente nessuno dei fratelli aveva bisogno di aiuto per avere una donna, ma le donne si buttavano letteralmente addosso a Bran. Cosa veramente assurda, se si pensava che lui non avrebbe riconosciuto un'avance nemmeno per salvarsi la vita. Bran proprio non capiva quando una donna ci provava con lui.

Bran fece una smorfia. «I berretti avrebbero dovuto distogliere l'attenzione da noi. È stata una vera e propria caccia all'uomo dopo la festa di fidanzamento di Adam.» Si incassò ancora un po' nella sedia, cosa non facile. Wes e i suoi fratelli erano tutti ben oltre il metro e ottantacinque.

Adam, il secondogenito, aveva di recente tenuto un'elegante festa di fidanzamento lì al club. Ma era avvenuta durante un periodo burrascoso per Levi. Stava ancora cercando di accettare i propri sentimenti per Emily. Quindi, quando Hunt, il loro fratello minore, aveva baciato Emily durante la festa, proprio per ottenere una reazione da parte di Levi, quest'ultimo aveva sclerato, dando il via a una scazzottata proprio nel bel mezzo dei festeggiamenti.

Adam rialzò la visiera del suo berretto e rivolse un'occhiata irritata a Levi. Indossava un completo e doveva essere arrivato direttamente dal suo lavoro al Blue Casinò, uno dei loro concorrenti in città. «Parlando della mia festa di fidanzamento, il fatto che Hayden vi abbia perdonato non significa che l'abbia fatto anch'io. Mi sei debitore per quella stupida zuffa, Levi. Mi accontenterò del cibo gratis per il ricevimento di nozze questa primavera.»

Levi scosse la testa. «Per quattrocento ospiti? È un po' eccessivo, non credi?»

Adam fece spallucce. «Te lo puoi permettere.»

Levi grugnì. «Hunt avrebbe dovuto tenere le sue dannate labbra lontane dalla mia ragazza.»

Hunt alzò le mani, aveva il berretto girato all'indietro. Indossava una maglietta del Club Tahoe e jeans ed era quello vestito più casual del gruppo, dato che era arrivato direttamente dal molo e dalla zona della spiaggia che gestiva nel resort. «Allora non era la tua ragazza. E ho chiesto scusa.»

Inutile dire che Adam era ancora incazzato sia con Levi sia con Hunt, e i pettegolezzi sugli avvenimenti di quella sera si erano moltiplicati ed erano sfuggiti di mano. Levi si era preoccupato che la loro zuffa avrebbe fatto scappare i clienti, che invece erano cresciuti, almeno tra la popolazione femminile.

Le donne del posto erano ben consapevoli dei cinque ricchi fratelli che possedevano e gestivano il Club Tahoe. Ed era una buona cosa, perché rendeva molto più facile rimorchiarne qualcuna. Wes doveva solo accennare a una mossa per portarsene una a letto.

Dopo la festa di fidanzamento, però, c'erano delle vere e

proprie *groupie* che passavano il tempo nel salone cercando di dare un'occhiata a lui e ai suoi fratelli. O portarseli a letto. Per Wes era perfetto, ma alcuni dei suoi fratelli erano meno entusiasti, Levi e Adam, per esempio, che non erano single. E Bran, l'idiota che si sentiva a disagio per quella situazione, per qualche sconosciuto motivo.

Sarebbe stata una reazione perfettamente accettabile se Bran fosse stato gay. Ma no, era semplicemente impacciato quando si trovava davanti donne aggressive. Al contrario, Wes adorava l'attenzione. Le donne aggressive rendevano andare dal punto A – la fase delle chiacchiere – al punto B – la fase del sesso – tanto più facile.

Occasionalmente, Wes e i suoi fratelli si accordavano per evitare il salone e bere una birra lontano dal resort, ma non era sempre comodo. Gli stupidi cappelli di Bran non erano riusciti a mantenere un basso profilo.

Lì accanto, una delle *groupie* accavallò le gambe, per poi stenderle ancora, fissando Wes in modo provocante. «Bel tentativo, ma i cappelli non funzionano.» Il suo sguardo si fermò su una bella bruna che stava entrando nel salone con un abitino nero che aderiva alle sue curve e il suo sorriso compiaciuto svanì. «Che diavolo ci fa lei qui?»

Levi diede un'occhiata. «Non è la tua ex-ragazza? Kaylee, giusto?»

Wes fissò il tavolo e prese la sua birra. Bevve un lungo sorso, ma il suo sguardo tornò da Kaylee, che si stava attardando accanto all'entrata.

Non era normale. Lui che dava lezioni di golf a Kaylee. Lei che stava organizzando il suo matrimonio al club.

Hunt si appoggiò agli avambracci, chinando la testa di lato. «È carina. È single?»

Wes gli lanciò uno sguardo assassino.

Hunt ridacchiò. «Stavo solo controllando.»

«È *fidanzata*. Altrimenti non mi interesserebbe quello che fai.»

Hunt tossicchiò coprendosi la bocca con la mano e mormorò: «Stronzate».

Wes poteva anche provare sentimenti incasinati nei confronti di Kaylee, ma non la *voleva*. Ciò che voleva sapere era il motivo per cui lei era lì. Basta con quelle stronzate. Era ora di scoprirlo. Wes si alzò e anche Adam balzò in piedi.

«Ehi, calma» disse Adam. «Non possiamo permetterci un'altra zuffa nel club.»

Wes sbuffò. «Tranquillo. Sto dando lezioni di golf a Kaylee. Ho solo bisogno di parlare con lei.»

«Allora, perché sembri pronto a staccare la testa a qualcuno?»

«Io sembro sempre così» disse Wes e andò verso Kaylee, che si stava guardando intorno come se cercasse qualcuno.

Proprio mentre Wes si stava avvicinando, McStronzo arrivò dietro di lei e le mise il braccio intorno alla vita.

Kaylee si irrigidì visibilmente. «Sono venuta solo per salutare Eddy.»

Il suo fidanzato la guardò perplesso, probabilmente perché Wes stava irradiando strane vibrazioni. «Va tutto bene?»

«Certo» disse Wes. «Le lezioni stanno andando bene, con l'aiuto di Bella.»

Kaylee rivolse a Wes uno sguardo poco entusiasta. Non poteva essere contenta che una bambina di cinque anni le insegnasse come tirare una pallina da golf. Ma se voleva il suo aiuto, avrebbe dovuto accettare le sue tattiche. Inoltre Bella poteva fare il culo a Kaylee su un campo da golf, quindi, metterle in coppia non era stata una cattiva idea.

«Di nuovo questa Bella» disse McStronzo. «Chi è?»

«Nessuno» disse Kaylee mentre contemporaneamente Wes diceva: «La mia *protégée*».

McStronzo annuì. «Bene, allora dev'essere brava.»

Kaylee si staccò da Eddy e toccò il gomito di Wes. «Perché non parliamo nella hall? Eddy stasera starà con i suoi amici. Dovrei comunque andarmene.»

«Buona idea, baby.» Eddy si chinò e baciò Kaylee sulla guancia.

Il respiro di Wes diventò più affrettato e il cuore gli batté forte nel petto. Si allontanò, prima di fare qualcosa di stupido, come aggredire senza motivo il fidanzato di Kaylee.

Wes aspettò Kaylee fuori dal salone in una delle aree salotto della grande hall del Club Tahoe. Allargò le braccia sullo schienale del divano di velluto e incrociò una caviglia sul ginocchio. Rilassato, ecco che cos'era. La sua ex non lo faceva agitare. Era un uomo sotto controllo.

Kaylee entrò nella hall e ispezionò lo spazio intorno fino a quando lo trovò. Si avvicinò e Wes non poté fare a meno di ammirarla. Ancora fottutamente bella. Gli toglieva ancora il fiato. Ma silenziò quel fottuto pensiero. Non ne aveva bisogno.

Kaylee si sedette davanti a lui, sul bordo del divano di fronte, ginocchia e caviglie unite, le gambe leggermente inclinate di lato. «Di che cosa volevi parlare?»

Come se lei non lo sapesse.

«Perché sei qui, veramente?»

Kaylee arrossì. «Io... Sai perché sono qui. Mi sposerò nel resort e Eddy vuole che prenda lezioni di golf. Con la guida di Bella, potrei effettivamente colpire una pallina durante la nostra luna di miele.» Curvò la bocca in un sorriso ironico, ma era un po' tremolante.

Se non avesse pensato che era impossibile, Wes avrebbe pensato che stesse nascondendo qualcosa. «Ti infastidisce il fatto che abbia chiesto a Bella di darti dei consigli?»

«Bella è adorabile e mi incoraggia molto. *Comunque*, so perché mi hai accoppiato con lei.» Gli rivolse un'occhiata pungente.

«Perché potrebbe insegnarti un paio di cosette?»

«Perché vuoi umiliarmi... E capisco da dove viene la rabbia.» Kaylee intrecciò le dita con le nocche che diventavano bianche. «È in parte il motivo per cui sono qui.»

Adesso stavano facendo progressi. Perché col cazzo che Kaylee era venuta al Club Tahoe solo per sposarsi. La sua famiglia veniva da una piccola città, ma era facoltosa. Avrebbero potuto sposarsi in qualunque resort di lusso. Non aveva bisogno del club. «Continua.»

Kaylee deglutì. «Non mi è mai piaciuto come sono finite le cose tra di noi. Ma in quel momento non ero in grado di parlarne con te. Speravo di poterlo fare adesso.»

Wes tentò di restare calmo, ma l'adrenalina non era ancora sparita del tutto e avrebbe voluto dirle di piantarla con le stronzate e dire quello che gli aveva nascosto, qualunque cosa fosse. Ne aveva bisogno. Aveva bisogno di sapere la verità se rivoleva la sua vita. Perché Adam aveva ragione: Wes era arrabbiato.

Aveva pensato di aver voltato pagina ma più tempo passava con Kaylee, più si rendeva conto che lei lo aveva rovinato, e in modo cruciale. Era in parte il motivo per cui non poteva perdonarla. «Allora parla.»

Kaylee sbuffò, frustrata. «È il motivo per cui ho aspettato a parlare.» Kaylee distese le mani e gli puntò un dito addosso. «Non parlerò fintanto che continuerai a guardarmi con tanto ostilità. Quello che ho da dirti è importante.»

Wes incrociò le braccia e lasciò cadere il piede sul pavimento. Vedere un altro uomo baciare Kaylee, anche se solo sulla guancia, lo aveva fatto incazzare. E pensare al suo passato con lei non lo stava aiutando. Comunque era già incazzato prima. Era stato uno stronzo irritabile per la maggior parte degli ultimi quattro anni. «Stai tirandola in lungo. Sbrigati a dirmi quello che eri venuta a dire e vai a sposarti da qualche altra parte.»

Kaylee si tirò indietro di scatto. «Mi sposerò al Club Tahoe perché è bello. Non perché è della tua famiglia.»

«*Giusto.*»

Kaylee scosse la testa. «È stato un errore. Se tenterò di spiegarti le cose adesso, non mi ascolterai.» Si alzò bruscamente.

«Dove stai andando?» Wes avrebbe voluto balzare fuori dalla poltrona per seguirla, ma restò fermo, cercando di restare calmo, anche se la testa gli pulsava per la rabbia.

«A casa.» Kaylee indicò il salone. «Eddy passerà la serata con i suoi amici. Partirà all'alba per un lungo viaggio di lavoro. Ero solo venuta a salutarlo.»

Wes fece una smorfia. Stava ancora ribollendo per il suo rifiuto a parlare del passato ma qualcosa che Kaylee aveva detto gli aveva messo un tarlo nell'orecchio. «Il tuo fidanzato sta passando la sua ultima sera in città... Con i suoi amici?»

Kaylee lo guardò a occhi stretti. «Non giudicarmi, Wes Cade. Eddy è stato al mio fianco. Ed è più di quello che posso dire di te.»

Ecco l'aggressività che ricordava dal college. Anche se era indirizzata male. Già, ma quella parte di lei usciva solo quando erano da soli. Per il resto del mondo e prima che Wes la conoscesse bene, era sempre stata timida e dolce. Sembrava che Wes portasse in superficie il fuoco che c'era in lei. E funzionava bene quando erano da soli, ma non nella situazione in cui si trovavano.

Fanculo alla calma. Balzò in piedi e si chinò in avanti

finché le loro teste furono a pochi centimetri. «È per quello che mi hai lasciato? Gesù, Kaylee, avevo all'orizzonte il torneo più importante della mia vita. Non avevo un fottio di tempo a disposizione ma se avessi avuto bisogno di qualcosa, avresti semplicemente potuto dirlo.»

«Ciò di cui avevo bisogno era più di quanto tu fossi capace di dare.»

Erano lacrime quelle che aveva sulle ciglia? «Non puoi saperlo.»

«Non ne ero sicura allora. Ma mi preoccupava come avresti reagito. Ero confusa. Spaventata.»

A quel tempo lo aveva conosciuto piuttosto bene. Comunque... «Sono passati anni. Perché non mi dici quello che avresti dovuto dirmi allora? A questo punto come reagisco non dovrebbe essere importante. Stai per sposarti e io ho cambiato pagina un centinaio di volte.»

Kaylee si tirò indietro di colpo.

Okay, era stato un po' crudele.

«Io... No» disse Kaylee. «È sbagliato. Lascia perdere.» Si voltò per andarsene.

Wes l'afferrò per il braccio. «Diavolo, no!»

«Va tutto bene qui?» Eddy si avvicinò venendo dal salone, fissando la mano di Wes sul braccio di Kaylee. «Ero venuto per accompagnarti all'auto.»

«Stavo per andarmene» disse Kaylee liberandosi il braccio. Non ci volle molto perché Wes non l'aveva tenuta stretto.

Il suo fidanzato stava per partire? Bene. Kaylee non avrebbe potuto sparire un'altra volta. Wes avrebbe avuto tutto il tempo per scoprire perché era lì, senza interruzioni, e poi lei avrebbe potuto andarsene.

Perché non c'era la minima possibilità che Wes potesse

prepararsi per il torneo di qualificazione per i professionisti teso com'era da quando era arrivata.

Capitolo Quattro

Quando Kaylee se fu andata con il suo fidanzato, Wes tornò al tavolo dei suoi fratelli, tirò indietro una sedia e si accasciò.

«Com'è andata la chiacchierata con la tua ex?» chiese Levi, sarcastico.

Somaro. La nuova ragazza di Levi era la sorellina della sua ex. E, gente, se non era stato un argomento bollente. Probabilmente trovava divertente la situazione ora che era Wes quello sui carboni ardenti.

«Bene.» Wes fece un cenno alla cameriera. Aveva bisogno di un'altra birra. Meglio ancora, uno shot e una birra.

«Allora, qual è il problema?»

«Niente. Stavo solo cercando di capire perché si sia presentata nel mio resort.»

Hunt ribaltò il tappo di una bottiglia sul tavolo e poi lo rifece. «Il *nostro* resort. E quella non è la ragazza con cui uscivi al college?»

Wes gli diede un'occhiataccia. «E tu come fai a saperlo?»

Hunt fece spallucce. «È stata la tua ultima ragazza seria. Ed era sexy. Difficile da dimenticare. Anche se si è tagliata i capelli.» Hunt guardò oltre Wes, come per cercarla.

«È ancora sexy» disse Wes, non una bella mossa per dissuadere quell'idiota di suo fratello a fare altre domande.

«Hai intenzione di provarci?» chiese Hunt.

«Diavolo, no! E non parlare di lei in quel modo.» Wes comunicò il suo ordine alla cameriera e poi riportò l'attenzione su Hunt. «Kaylee e io abbiamo qualcosa in sospeso. Mi spiegherà di che cosa si tratta e poi se ne andrà. Sta rovinando il mio *Ki* al golf.»

Bran emise un gemito e tolse l'etichetta dalla sua bottiglia di birra. «Smettila di incolpare quella povera ragazza perché giochi da schifo. Non è colpa sua.»

«Col cazzo che non è colpa sua.» La cameriera mise uno shot davanti a Wes, che lo buttò giù in fretta.

Emily. La ragazza di Levi gli arrivò di soppiatto alle spalle e si premette il dito sulle labbra. Poi coprì gli occhi di Levi con le mani.

Levi sorrise e allungò indietro le mani, afferrando la parte posteriore delle gambe di Emily, coperte da una gomma scura e aderente. Era un po' una stacanovista e probabilmente aveva appena staccato.

«Emily...» Levi sussurrò il suo nome.

Lei rise e lasciò cadere le mani. «Come facevi a sapere che ero io?»

Levi l'afferrò in vita e se la tirò in grembo. «Ho sentito il tuo profumo» disse agitando maliziosamente le sopracciglia.

Wes ringhiò. *Davvero? Questo? Adesso?*

Lanciò un'occhiata a Hunt che a sua volta sbuffò.

Adam, nel frattempo, continuava a fissare Wes. «E se Kaylee ti amasse ancora?»

Wes si soffocò con un sorso di birra. «Cosa?»

Adam si tirò indietro e incrociò le braccia sul petto. La camicia aveva le maniche arrotolate fin sotto i gomiti. «È possibile. Forse è per quello che è qui.»

«Con il fidanzato al seguito? Non credo proprio. E se avessi ragione, a chi importa. Non cambierebbe niente.» Ma era una bugia. Avrebbe significato qualcosa.

Per tutti quegli anni, Wes aveva pensato che Kaylee avesse smesso di amarlo. Un momento prima parlavano del loro futuro e un momento dopo lui aveva il culo per terra dopo essere stato abbandonato. Se ancora le fosse importato di lui, non avrebbe esattamente cambiato le cose... Ma avrebbe potuto attenuare un po' della sua rabbia riguardo al passato.

«Chi è Kaylee?» chiese Emily, poi rubò un sorso della birra di Levi.

«L'ex-ragazza di Wes» rispose Levi.

Emily aggrottò la fronte. «Wes aveva una ragazza fissa?»

«Sì, avevo una ragazza fissa» disse Wes. «È così difficile da credere?»

«Beh... Sì. Ti ho visto andare a casa con dozzine di donne da quando ho cominciato a lavorare qui. Non riesco a vederti come l'uomo di una sola donna. L'hai tradita?»

Wes appoggiò con un tonfo la birra sul tavolo. «No, non l'ho tradita. Che cos'è, la serata "diamo addosso a Wes"? Potete piantarla per favore?»

Adam guardò Bran, che guardò Levi.

«No» disse Hunt sorridendo. «È divertente.» Indicò con la testa una bella *groupie* che li fissava. «Quella donna ti sta adocchiando da quando sei tornato dalla tua breve chiacchierata con Kaylee. Perché non vai da lei?»

«Non sono dell'umore giusto.»

Hunt picchiò la mano sul tavolo. «Lo sapevo!» Alzò trionfante le braccia.

«Wes vuole la sua ex. Chi vuole scommettere?»

Bran scosse la testa. «Lascialo in pace.»

«Solo perché non ho voglia di compagnia femminile questa sera,» disse Wes, «non significa che rivoglio la mia ex.»

«Davvero?» Hunt guardò oltre Wes. «Allora non ti interessa che il suo fidanzato stia per rimorchiare quella bionda?»

Che cazzo? Wes voltò in fretta la testa.

E in effetti, McStronzo stava passando la serata con i suoi amici e aveva la mano sul sedere di una donna. Le sussurrò qualcosa all'orecchio e poi si guardò intorno. Per controllare chi stesse osservando?

Wes avrebbe scommesso tutto quello che aveva che Kaylee non aveva informato il suo fidanzato della portata della loro relazione. Gli ex-boyfriend erano la concorrenza e Eddy sarebbe stato più circospetto con la tizia nel salone se avesse saputo che Wes era una parte importante del passato di Kaylee. Invece quel tizio stava apertamente cercando di rimorchiare una donna, senza alcuna preoccupazione, ora che la sua fidanzata era andata a casa.

Ma Eddy non era stupido. Prima che Kaylee se ne andasse, si era assicurato di toccarla alla presenza di Wes per marcare il suo territorio. E per assicurarsi che il suo nuovo istruttore di golf non lo guardasse mentre cercava di rimorchiare un'altra donna, perché McStronzo lanciava un'occhiata in giro ogni pochi secondi mentre sussurrava all'orecchio della donna.

Forse i berretti da baseball erano più efficaci di quanto Wes avesse pensato? Perché Eddy non si era accorto che Wes lo stava fissando dall'angolo della stanza.

Wes e i suoi fratelli erano in fondo, in parte nascosti, grazie all'insistenza di Bran di mantenere un basso profilo, ma Wes abbassò comunque la testa quando Eddy sbirciò nella loro direzione. Quando alzò gli occhi, Eddy stava uscendo di soppiatto da una porta laterale e non era solo.

«Figlio di puttana.» Wes strinse i denti. «Che bastardo.»

«Qualcuno vuole scommettere?» disse Hunt. «Cinquanta dollari che Wes e Kaylee saranno di nuovo insieme per la fine della settimana.»

Wes ignorò i suoi fratelli, anche se un paio di loro stava effettivamente scommettendo. Idioti.

Aspettò e guardò la porta ogni paio di secondi, aspettando che il fidanzato di Kaylee tornasse. Il brusio delle conversazioni nel salone era giusto quello: un flusso costante di rumore bianco. Wes non riusciva a concentrarsi su nessuna conversazione. Non con quello che stava succedendo con quella merda del fidanzato di Kaylee.

Ci vollero ventidue minuti a McStronzo per tornare dentro e, quando lo fece, parte della sua camicia era fuori dai pantaloni e si stava pulendo il rossetto dalla bocca. La donna che era uscita con lui arrivò subito dopo, con i capelli in disordine. Disse qualcosa agli altri e si diresse al bagno delle donne.

Uno degli amici di Eddy gli indicò la patta. Eddy rise, si voltò e chiuse la cerniera.

«Figlio di puttana.»

«Già» disse Hunt, adocchiando Wes. «È quello che pensavo.»

Wes strinse la sua bottiglia di birra. «Non è un problema mio.»

Emily adesso era seduta su una sedia e sorseggiava un gin & tonic, ma Levi aveva tirato la sedia vicino a sé, agganciandola con una gamba. «Aspettate.» Fissò McStronzo. «Conosco quel tizio. Lui e la sua fidanzata sono venuti a parlare con me del loro matrimonio. *Lei* è la tua ex-ragazza?»

Wes fece spallucce, senza rispondere.

Emily arricciò le belle labbra e si chinò in avanti. «Penso che quella donna gli abbia appena fatto un pompino. Ci sono tracce di rossetto sui suoi pantaloni.»

Hunt ridacchiò. «Era scontato.»

«È tutto così incasinato.» Emily fissò Wes. «Devi dire qualcosa alla tua ex-ragazza.»

Wes sospirò. Avrebbe voluto prendere Eddy a pugni su quella fottuta faccia. Ma dirlo a Kaylee?

No. Non era una buona idea.

Le cose andavano meglio tra di loro. Almeno quando erano sul campo da golf con Bella. Ma la loro conversazione nella hall aveva dimostrato che c'era ancora tensione.

Okay. Più che altro da parte di Wes. Era incazzato. E lei lo sapeva. Se Wes avesse detto qualcosa riguardo al suo fidanzato, Kaylee avrebbe potuto non credergli.

Comunque la situazione era incasinata.

Forse Emily aveva ragione. E anche Bran. Il passato era passato. Kaylee voleva parlare, ma lui si era comportato da idiota e adesso lei non si sentiva abbastanza a suo agio per essere aperta con lui.

Si ficcò le dita tra i capelli. Kaylee era stata una compagna splendida... Fino alla fine. E lui l'aveva amata.

Non riusciva ancora a immaginarsi mentre le diceva che il suo fidanzato l'aveva tradita, ma avrebbe potuto tentare di essere più cortese.

Kaylee se lo meritava.

Capitolo Cinque

Wes si diresse al campo da golf all'ora in cui aveva concordato di incontrare Kaylee e la trovò già con Bella. La sua migliore allieva stava mostrando a Kaylee come alzare all'indietro la mazza.

Bella scosse la testa. «Non così, Kaylee. Guarda.» Bella dimostrò perfettamente il movimento con la sua piccola mazza.

Kaylee sollevò un ferro otto, tentando di imitare Bella, ma il suo angolo era sbagliato.

Bella appoggiò di lato la mazza e balzò in piedi, cercando di spingere il ferro di Kaylee più in alto e a sinistra, ma era troppo piccola.

«Ci penso io» disse Wes.

Kaylee si voltò in fretta e lo guardò cauta. «Non ero sicura che ti saresti fatto vivo oggi.»

Wes le toccò il gomito e lei si ritrasse, spalancando gli occhi.

Wes deglutì, ignorando il profumo familiare e pulito di lei e il calore che lo investiva quando lei era vicino. Le alzò la mazza nella posizione corretta. «Così» disse e fece un passo indietro. «Prova di nuovo.»

Kaylee riprovò e la sua posizione non era niente male.

Wes annuì. «Bene. Ora portalo indietro esattamente così dieci volte. Poi fai un tiro di prova completo.»

Kaylee ripeté il gesto e Wes si rivolse a Bella. Si accucciò, arrivando al suo livello. «Che cosa sta succedendo? Non avresti dovuto arrivare fino a più tardi.»

Bella incrociò le piccole braccia sul petto e fece il broncio. «I miei genitori sono al casinò. Mi hanno detto di andare a giocare. Non voglio giocare. Voglio stare con te.» Sembrava ansiosa.

Wes diede un'occhiata a Kaylee, che aveva smesso di far pratica e li stava fissando. Si concentrò su Bella. «Puoi restare con me. Daremo un po' di suggerimenti a Kaylee, okay? A un certo momento, però, assicurati di metterti in contatto con i tuoi genitori per dire loro dove sei.»

Bella annuì entusiasticamente e corse ad afferrare le sue mazze alla fine del campo pratica.

Kaylee provò il tiro completo che era migliorato parecchio rispetto a quando l'aveva vista per la prima volta al club. «Sei stato veramente dolce» disse, senza alzare gli occhi.

Wes si voltò per assicurarsi che Bella non fosse vicina. «I suoi genitori sono degli stronzi. Bella è una brava ragazzina.»

Kaylee annuì, ma le spalle si erano irrigidite e stava danneggiando il modo in cui teneva la mazza.

Eccola, la sua opportunità di essere cortese. «Va tutto bene?»

«Bene.» Kaylee fece un altro tiro di pratica. «Sono solo contenta che Bella abbia te. Lei ti ricorderà, sai? Il fatto che le sia stato vicino farà la differenza.»

Non era abituato a essere presente per qualcuno che non fossero i suoi fratelli. E, un tempo, Kaylee. Ma lei aveva detto che lui l'aveva delusa, quindi forse si sbagliava.

Incrociò le braccia e allargò le gambe, concentrandosi sul suo colpo. «Stai alzando il piede e piegando troppo il gomito.»

Indicò il gomito e le mostrò usando il proprio come voleva che tenesse la mazza. «Concentrati su queste tre cose: l'altezza e la posizione quando porti indietro la mazza, devi tenere giù il piede e assicurarti che il gomito sia diritto. Tornerò tra un minuto.»

Andò a controllare Bella, ma aveva il cervello in fiamme e il panico che stava per travolgerlo. Era questa roba che aveva attirato Wes verso Kaylee la prima volta. Non molti si sarebbero fatti delle domande sulla situazione di Bella. Non sembrava che i suoi genitori la maltrattassero, ma la ragazzina si sentiva sola. E Kaylee lo vedeva e si preoccupava per lei.

Wes si specchiava in Bella più di quanto gli piacesse per come era cresciuto, con la madre morta presto e un padre assente. L'amicizia che Kaylee aveva stretto con Bella, il modo in cui si preoccupava per la ragazzina... Wes non voleva ricordare quanto fosse gentile Kaylee e tutti i motivi per cui si era innamorato di lei.

Era cresciuto in una grande villa e lasciato libero a vagabondare in un resort di lusso. Che si sentisse solo o meno, Wes era abituato a ottenere ciò che voleva. E quella fiducia in se stesso si era estesa alle donne. Eppure al college, ogni volta in cui il suo ego gli era sfuggito di mano, Kaylee glielo faceva notare o lo prendeva in giro.

Prenderlo in giro.

Era stato sufficiente per mantenere il suo ego sotto controllo. E darle la caccia finché era stata sua.

La sua reazione fisica nei confronti di Kaylee era stata fottutamente intensa. La sua bellezza, insieme al suo cuore tenero e alla sua sfrontatezza, l'avevano fatto innamorare in fretta. Finché lei l'aveva lasciato.

Se non avesse conosciuto Kaylee, se lei fosse stata semplicemente una donna che era venuta per delle lezioni di golf, con la sua bellezza e gentilezza, Wes avrebbe messo in atto le sue mosse migliori per averla.

Ma Kaylee era la sua ex. Ed era fidanzata. E, cosa ancora più importante, gli aveva spezzato il cuore, anche se non l'avrebbe mai ammesso con lei.

Wes non si fidava di Kaylee. E ciò che avevano era stato distrutto anni prima. Non c'era più un *loro* e qualunque cosa provasse dentro avrebbe fatto meglio a farsi da parte. Perché non le avrebbe dato una seconda chance.

* * *

Wes guardò Kaylee far pratica accanto a Bella per due intere ore. Kaylee aveva ciocche di capelli scuri appiccicate al volto sudato, le braccia molli lungo i fianchi, mentre Bella sembrava pronta a colpire palline per altre due ore.

Kaylee alzò un braccio e lo fissò. «Ho le mani bloccate ad artiglio. Penso che dovrei smetterla per oggi, altrimenti potrei perdere l'uso delle mani.»

Nel corridoio accanto, Bella abbassò la mazza, tirando la pallina fottutamente lontano.

«Bel tiro, Bella» disse Wes.

«Ripensandoci...», Kaylee fissò stancamente Bella, «dovrei mandare in pensione le mie mazze e prepararmi a sedere sugli spalti. Perché, davvero, sembra tutto inutile se penso alla bravura di Bella.» La bambina la guardò sorridendo da un orecchio all'altro. «Andiamo a pranzo al ristorante. Tu puoi venire, vero?»

Kaylee guardò esitante Wes, che fece un respiro profondo. Stava voltando pagina e lasciarsi il passato alle spalle. «Vieni con noi, il ristorante del campo ha dei buoni bratwurst.»

Kaylee rise. «Niente di meglio di una grossa salsiccia dopo una lunga giornata.»

Wes sogghignò e Kaylee arrossì. Rendeva troppo maledettamente difficile evitare di sogghignare quando lei gli serviva la battuta in quel modo.

«Non cominciare nemmeno, Wes» disse Kaylee. «So dove finiscono i tuoi pensieri.»

Wes raccolse le piccole mazze di Bella. «Non sono stato io a parlare di grosse salsicce.»

Kaylee guardò nervosamente Bella. «Si sta riferendo al bratwurst e alla birra che avevamo nel campus al college. Ignoralo.»

«Daiiii» disse Bella, afferrando la mano di Kaylee e tirandola verso il ristorante. «Sono affamaaaata.»

Kaylee si voltò a guardare la sua sacca.

Wes aveva già la sacca di Bella sulla spalla, tanto valeva che prendesse anche quella di Kaylee. «Ci penso io» disse.

Kaylee gli rivolse un lieve sorriso e poi si voltò, camminando mano nella mano con Bella.

E Wes si sentì stringere il cuore, di nuovo.

Cazzo. Essere amichevoli con Kaylee non sembrava sicuro. Sembrava pericoloso. Era molto più facile biasimare lei per tutto ciò che era andato storto tra di loro e per la sua fallita carriera nel golf.

Probabilmente non era salutare.

Sospirò. Aveva sempre rispettato Kaylee. Supponeva

che se c'era una donna con la quale potesse essere amico, quella era lei.

Wes afferrò la sacca da golf di Kaylee e se la buttò sulla spalla, seguendo le ragazze al ristorante.

Capitolo Sei

Kaylee aveva passato una dozzina di ore con Wes nelle ultime due settimane e mezza, allenandosi a golf. E con Bella. Le piaceva vedere Wes con Bella, insieme erano adorabili. Ma le faceva anche stringere il cuore.

Wes aveva detto che i genitori di Bella non passavano molto tempo con lei, e l'evidenza lo dimostrava. Bella era stata con Wes durante ogni lezione.

Kaylee li seguì dal parcheggio verso il campo di golf, con le mazze sulla spalla, e cercò Bella dove sembrava sempre essere: sul campo pratica. Individuò la coda di cavallo scura e la piccola statura tra i golfisti, prevalentemente maschi, e sorrise, finché vide Wes in piedi dietro alla ragazzina.

Con le braccia incrociate sul petto, le gambe muscolose allargate in linea con le braccia, ogni tanto annuiva a qualcosa che faceva Bella. La bocca si muoveva mentre le dava consigli e poi si voltò lentamente, guardandosi attorno finché il suo sguardo finì su Kaylee.

Kaylee sentì un brivido percorrerle la schiena e i muscoli della pancia si contrassero. Era estremamente irritante che Wes le facesse ancora battere più forte il cuore. Pensava che a quel punto quella reazione sarebbe sparita.

Eddy sarebbe tornato tra un paio di giorni. Quale che fosse la sua reazione fisica per Wes, aveva un legame emotivo con Eddy. Lui poteva capire che cosa aveva passato e le sarebbe stato vicino a lungo termine.

Wes era cambiato, perfino Kaylee riusciva a vederlo. Era sempre stato una brava persona, ma adesso era un uomo migliore. Più maturo, più premuroso, specialmente con Bella. Ma Kaylee non si sarebbe mai più fidata di lui abbastanza da dargli il suo cuore.

«Ehi» disse, appoggiando vicino le sue mazze, preparandosi mentalmente per un altro round di "facciamo il culo a Kaylee" sul campo pratica. «Che cosa abbiamo in agenda per oggi?»

Wes fece segno a un altro istruttore di avvicinarsi. «Aiuta Bella per un'ora, per favore» disse al tizio.

L'istruttore si accucciò accanto a Bella, con un sorriso sul volto mentre indicava la posizione del braccio di Bella.

Wes sembrò soddisfatto e afferrò il gomito di Kaylee, invitandola a proseguire.

Salve, brividi. Il suo profumo, così familiare, così buono, le arrivò al naso e il cuore si mise a tamburellare in petto.

È solo una cosa fisica. Non dura.

«Dobbiamo parlare» le disse Wes.

«Del golf?» Kaylee guardò indietro, verso il campo pratica che si stava allontanando.

«No.»

Camminarono a lungo fino a una parte remota della spiaggia del resort. Una banchina assicurava la privacy e a quel punto, Kaylee sospettava ci fosse qualcosa in ballo.

Wes non voleva mai restare da solo con lei. Almeno era quello che aveva immaginato, dato che Bella era sempre lì durante le lezioni. Le alternative erano che Bella facesse pratica tutto il giorno, ogni giorno, a causa dei genitori notoriamente assenti, cosa sconcertante, oppure che Wes si fosse organizzato in modo da avere Bella come cuscinetto tra loro due.

Wes si arrampicò sulle rocce della banchina e allungò indietro una mano per lei. L'aiutò a salire e le lasciò la mano appena lei ebbe ripreso l'equilibrio. Poi andò verso il bordo dell'acqua.

«Va tutto bene?» gli chiese Kaylee. Ovviamente non era così, ma la stava innervosendo e voleva che cominciasse a parlare.

Wes era il tipo di uomo che spiegava francamente le sue intenzioni, lasciando la ragazza senza fiato. Ma non in quel momento. Adesso c'erano dei muri e la rabbia appena velata che ribolliva sotto la superficie.

Wes fissò il lago per un momento poi si voltò a guardarla. «Sono passate un paio di settimane. Siamo andati abbastanza d'accordo, vero?»

Avevano scherzato e osava dirlo? Si erano divertiti sul campo pratica. Le cose non erano disinvolte come lo erano state tra di loro, ma aveva sentito una scintilla di legame con Wes che non provava da tanto tempo. «Sì, ovviamente.»

«Bene.» Wes annuì e respirò a fondo. «Mi piacerebbe sapere che cos'è successo quando te ne sei andata dal college. Quando mi hai lasciato.» Il suo tono di voce non aveva più quel senso di durezza, ma la tensione era forte.

Erano da soli e lei era venuta in città proprio per avere quella conversazione. Non poteva trascinare ancora più in lungo le cose, anche se era difficile parlarne.

Cominciarono a tremarle le mani e il corpo a raffreddarsi. Si sedette su una delle rocce, ma Wes non la imitò. Si appoggiò a un grande masso e la osservò. «Prima che rompessimo, per me era un periodo veramente difficile.»

Wes scosse la testa, socchiudendo gli occhi. «Che cosa era difficile? La scuola? I tuoi amici? Era successo qualcosa alla tua famiglia?»

Kaylee guardò l'acqua, con lo stomaco sottosopra. «No, niente del genere. Era qualcosa di... fisico. E non sapevo come parlartene. Avevo paura. Tu ti stavi preparando per il tour. Mangiavi, dormivi, respiravi golf. Era tutto ciò di cui parlavi. Per metà del tempo, non ero nemmeno sicura che mi stessi ascoltando. E poi quando io... Quando avevo bisogno di te, non mi sono sentita abbastanza sicura per dirti che cosa non andava. Temevo che saresti andato fuori di testa.»

Wes si passò le dita rigide tra i capelli e le punte ricaddero in avanti toccandogli gli zigomi forti. «Gesù, Kaylee. Se c'era qualcosa che non andava avresti dovuto dirlo. Invece, cazzo, mi hai *lasciato*.»

Lei si tirò le ginocchia verso il petto. «Non credevo che l'avresti presa bene. Temevo che avresti peggiorato le cose e già riuscivo a malapena a mantenere il controllo.»

«Quindi era una questione di fiducia?» Wes strinse le labbra e fissò di nuovo l'acqua, il suo tono era duro come il granito sul quale erano seduti. «L'affidabilità non sembra essere una priorità tra i tuoi criteri per la scelta di un compagno.»

Kaylee alzò gli occhi, aggrottando le sopracciglia. «Di che cosa stai parlando?»

«Eddy.» Wes alzò un braccio, noncurante. «Il tuo fidanzato.»

«Che cos'ha a che fare Eddy con il nostro passato?»

Wes la inchiodò con un'occhiata. «Non ti fidavi di me e

io ero fedele... Ti *amavo*. E adesso sei fidanzata con quel... pezzo di merda.»

Kaylee si alzò in piedi. «Lascia fuori Eddy! Tu eri un compagno assente. È il motivo per cui non me la sentivo di venire da te.» Si voltò per andarsene, con una sensazione di bruciore negli occhi. Non poteva parlare con lui, non in quel momento, forse mai.

«Non vedo il tuo fidanzato.» Wes si guardò intorno con aria melodrammatica. «Dov'è, Kaylee?»

«Sai che è via per lavoro.» Kaylee scosse la testa, sbuffando delusa. «Dio, Wes, pensavo l'avessimo superato. Ma tutto ciò che ti interessa è che ti abbia ferito. Niente di quello che dico potrebbe cambiare le cose.»

«Ti tradisce» disse Wes, e nel suo tono di voce era sparita ogni ombra di rancore.

Kaylee si voltò lentamente, sicura di aver capito male. «Cosa?»

Gli occhi azzurri di Wes sembravano un oceano in tempesta. «Il tuo fidanzato. Ti ha tradito. Almeno una volta, che io sappia.»

Kaylee si avvolse le braccia intorno alla vita. «Sei fuori di testa? Tu non conosci Eddy.»

Wes rise, una risata priva di umorismo. «Lo conosco abbastanza. Conosco il suo tipo. Io sono lui la metà del tempo.» La fissò negli occhi. «Tranne che io non tradisco, mai.»

Kaylee scosse la testa. «Ti sbagli. Vuoi che Eddy sia il cattivo per farti sembrare migliore di lui.»

«Ho detto ai miei fratelli che non mi avresti creduto. Proprio come hai detto, non ti sei mai fidata di me. E che cos'è una relazione senza fiducia, Kaylee?»

Kaylee aprì la bocca, ma non riuscì a parlare. Perché

Wes aveva ragione. Non si era fidata di lui quando ne aveva avuto più bisogno. E certamente non si fidava di lui adesso.

«Wes, mi dispiace di averti ferito al college. Stavo male e non pensavo razionalmente. Avevo un ragazzo per il quale non occupavo il primo posto ed ero spaventata a morte all'idea di venire da te con il mio problema.»

«È così allora? Non ritenevi che passassi abbastanza tempo con te?»

Wes non la stava nemmeno ascoltando. «In parte.»

La conversazione aveva preso una direzione sbagliata. Perché aveva pensato che l'avrebbe ascoltata adesso, quando non l'aveva mai ascoltata in passato?

Wes era cambiato, in parte. Era più responsabile, sembrava che ci tenesse veramente a Bella, quando non aveva motivo di preoccuparsene, a parte i soldi che i genitori di Bella gli pagavano per le lezioni. Non era lo stesso uomo di quand'erano al college. Eppure, per altri versi, era esattamente lo stesso. Concentrato al punto di non notare niente.

Wes le rivolse un altro sorriso triste. «Bella chiacchierata, Kaylee.» Wes si voltò e se ne andò, attraversando i grossi massi come se l'avesse fatto un milione di volte. E probabilmente era così. «Trovati un altro istruttore di golf. Io non voglio più vederti.»

Capitolo Sette

Kaylee tornò lentamente al campo pratica dove erano rimaste le sue mazze, inutilizzate. Le raccolse, in trance, e si diresse alla sua auto. Prendere lezioni di golf da Wes era sempre stato un errore.

Lui aveva ragione. Non poteva sposarsi al Club Tahoe. E rivangare il passato era stata la sua decisione peggiore, fino a quel momento. Avrebbe dovuto lasciarlo al suo posto: nel passato.

Ma non aveva mai superato ciò che era accaduto e aveva sperato che vedere Wes l'avrebbe aiutata.

Non era stato così.

Lei e Wes insieme erano veleno. Le cose odiose che aveva detto di Eddy... Dio. Che cosa diavolo stava pensando? Stava intenzionalmente cercando di sabotare la loro relazione?

Wes poteva essere stato assente, a volte, ma non era mai stato crudele, fino a quel momento. Tranne che non sembrava giusto. Non era una persona crudele. E non riusciva a credere che l'avrebbe ferita con una bugia.

Quindi doveva avere un motivo per dire ciò che aveva detto. Ma perché pensava che Eddy la tradisse?

Kaylee arrivò a casa come se avesse innestato il pilota automatico. Pensò alle parole di Wes per tutta la sera e dormì a intermittenza tutta la notte. Incubi dal passato... Strisce di rosso, l'incommensurabile dolore emotivo che aveva consumato ogni grammo del suo essere, erano freschi e brucianti. Si svegliò ansimando, in cerca d'aria e andò tremante in bagno, a fissare il proprio riflesso finché la testa si schiarì.

Il giorno dopo non fu meglio. Kaylee non rimase intrappolata negli incubi del passato, ma non riuscì a dimenticare le accuse di Wes riguardo a Eddy. Perché quando ci pensava, *veramente*, era possibile. Se Eddy avesse voluto tradirla non sarebbe stato difficile.

Eddy viaggiava costantemente per lavoro e sembrava avere amici in ognuno degli stati e in qualche altra nazione. Kaylee aveva pensato che fossero maschi. Lei non era un tipo geloso e non aveva mai controllato. Avrebbe dovuto?

Eddy era entrato nella vita di Kaylee un anno dopo che lei si era laureata al college. Lo aveva incontrato mentre lui era a San Francisco, in viaggio per lavoro. Lei lavorava per il Centro per le Donne e i Bambini di San Francisco e viveva in città con quattro coinquiline. Quella sera era uscita con le sue amiche dopo il lavoro. Era stata la prima volta in cui aveva preso in considerazione di voltar pagina e ricominciare a uscire con qualcuno.

All'inizio non aveva notato Eddy. Quando si erano incontrati non era stato come incontrare Wes per la prima volta, quando la sua sola presenza l'aveva instupidita. Lo *charme* di Eddy era stato lento, amichevole perfino. Le aveva chiesto il suo numero e aveva detto che l'avrebbe richiamata la prossima volta che fosse stato in città.

Eddy aveva chiamato, esattamente come aveva detto, e si erano incontrati per cena. Quando non era in città, era bravo a tenersi in contatto, mandando messaggi o inviandole un biglietto affettuoso per il suo compleanno e altre occasioni speciali. La loro relazione era cresciuta in modo graduale e, prima di accorgersene, lui le aveva chiesto di trasferirsi da lei.

Lei era l'affittuaria originale dell'appartamento a San Francisco, ad affitto bloccato. Le sue amiche erano diventate furiose quando erano state costrette ad andarsene, ma Eddy aveva detto di volere un futuro con lei e che potevano risparmiare se avessero vissuto insieme in quell'appartamento. Allora era sembrato così logico.

Aveva saputo dopo che Eddy *era danaroso*. Molto danaroso. Si era chiesta come mai avesse insistito su una cosa che avrebbe creato una spaccatura tra lei e le sue amiche. Aveva detto che sarebbe stato un bene per il loro futuro. Ora non sapeva più qual era lo scopo di Eddy.

Kaylee non uscì dalla casa dei suoi genitori a Tahoe. Indossò una tuta, senza trucco, e si mangiò le unghie fino alla carne cercando di capire che cos'era reale.

Aveva delle cose in comune con Eddy non consuete per le persone della sua età. Lei non poteva più avere figli. E nemmeno Eddy.

Quando la loro relazione era progredita e lui le aveva chiesto di sposarlo, aveva pensato che dovesse essere giusto. Più tardi, Eddy le aveva anche chiesto di lasciare il suo lavoro per aiutarlo dal punto di vista sociale con i suoi soci d'affari e i clienti. Lei stava lottando per trovare uno scopo e la sua richiesta l'aveva fatta sentire grata. Ma probabilmente aveva dovuto rinunciare a un po' troppe cose lungo il percorso per sentirsi utile.

Abbandonare le sue amiche, il suo lavoro; quelle perdite

erano cose che Kaylee aveva cercato di accettare negli ultimi sei mesi. Aveva fatto dei sacrifici in modo che lei e Eddy potessero avere un matrimonio felice ed essere una famiglia. Se lui le era stato infedele dopo tutto ciò cui lei aveva rinunciato per lui...

I suoi genitori non gliel'avevano detto, ma aveva la sensazione che Eddy non fosse la loro persona preferita. Le sue vecchie coinquiline non l'avevano mai perdonata per aver lasciato che Eddy si trasferisse a loro spese. E adesso Wes stava dicendo chiaro e tondo che Eddy era una brutta persona?

Se chiunque altro avesse fatto quell'accusa, lei l'avrebbe scartata come frutto di gelosia e quasi lo aveva fatto. Wes poteva essere egoista ed egocentrico ma, come aveva detto, era stato fedele. E, quando ci pensò, si rese conto che non era un bugiardo. Tutt'altro. Wes poteva essere fin troppo franco e sincero.

«Basta cazzeggiare in giro» aveva detto Wes in quello che sembrava un secolo prima. «Ti amo e non voglio che tu stia con altri. Allora, che ne dici... Sarai la mia ragazza?» Si frequentavano solo da un paio di settimane e la stava baciando e accarezzando il seno allo stesso tempo. Distraendola e facendola impazzire. Ed era franco e diretto. Come sempre.

Il ricordo fece sorridere Kaylee. Quando stavano insieme, non riuscivano a tenere le mani a posto. Ma le sue parole erano state sincere; lo aveva sentito nella sua voce.

Ciò che Wes aveva detto di Eddy non poteva essere vero. Perché se lo fosse stato... avrebbe distrutto il bel futuro che voleva così disperatamente. Sentirsi necessaria, amata... e avere una famiglia, anche se erano solo lei e Eddy.

Kaylee si strofinò gli occhi, con i gomiti appoggiati sul tavolo della cucina. Avrebbe aspettato che Eddy tornasse per parlarne, ma mancavano due giorni. Non poteva ignorare la cosa così a lungo. Aveva tentato, ma ogni sua molecola vibrava per l'agitazione.

C'era qualcosa che non andava. Wes era stato furioso. E non con lei. *Con Eddy.*

Ma se Kaylee l'avesse chiesto a Eddy al telefono, non avrebbe potuto vedere la sua espressione, e doveva vederla. Perché, in fondo, lei lo credeva capace di mentire.

Kaylee prese la tazza di caffè con le mani tremanti e bevve un sorso. Il liquido caldo non riuscì ad attenuare il gelo che sentiva. Si strinse la morbida vestaglia azzurra intorno al petto e prese il cellulare.

Dopo un momento di esitazione, andò alle chiamate recenti e premette il nome di Eddy.

Il telefono suonò e Kaylee si morse il pollice. Solo la carne dato che aveva già mangiato tutta l'unghia.

«Ehi, baby» rispose Eddy.

«Ehi.»

«Come va l'organizzazione del matrimonio?»

«Non va, in effetti. Ho passato il tempo esercitandomi a giocare a golf» disse Kaylee distrattamente e si rese conto che era la verità.

Aveva fatto ben poco per organizzare il matrimonio da quando Eddy era partito, accantonando il futuro perfetto che aveva immaginato... per il golf?

Eddy sospirò. «Baby, mi fa piacere che cominci a piacerti quello sport. Ne avremo bisogno quando intratterrò i miei clienti, ma non puoi dimenticare il matrimonio. Mancano solo poche settimane e dovrà essere super.»

Kaylee sentì l'acido nello stomaco e fissò gli alberi. Perché il matrimonio doveva impressionare la gente? Non poteva essere romantico? Significativo? Non era quella la cosa importante?

Di colpo tutto quello che aveva detto smosse il suo subconscio. «E se cancellassimo il Club Tahoe e facessimo una piccola cerimonia? Solo qualche amico e la famiglia?»

Eddy si mise a ridere. «Sì, già. Mi dispiace, baby, ma ho già invitato dei clienti. Stanno aspettando gli inviti ufficiali. Li hai spediti, vero?»

Kaylee diede un'occhiata verso la porta. Gli inviti erano ancora sul tavolo accanto all'ingresso.

Strinse gli occhi. «È quasi tutto organizzato. Devo solo finalizzare qualche particolare.»

«Bene, forza, donna, datti da fare.»

Faceva lo stupido, cosa che normalmente le piaceva, o almeno non ci faceva caso. Ma non quel giorno.

Strinse gli occhi. «Eddy, perché vuoi sposarmi?»

Lui rise. «Stai scherzando?»

«Per niente.»

Lui sospirò. «Bene, lo capisco. Sono stato via per un mucchio di tempo. Hai bisogno di rassicurazioni, specialmente con l'impegno che stiamo per prendere... Sei bella, posata e intelligente. È quello che volevi sentirmi dire? Oh, sei anche veramente sexy, perfino quando mi privi del sesso appena prima di un lungo viaggio di lavoro.» Rise alla sua stessa battuta. Perché era uno di quegli uomini che ridevano alle loro stesse battute, anche se non erano divertenti.

Perché non aveva mai notato quanto poteva essere stronzo?

Kaylee capì quale sarebbe stata la risposta prima ancora di fare la domanda, ma la fece comunque. «Sei innamorato di me?»

«Gesù Cristo, mi stai veramente innervosendo. Hai finito di essere insicura? Pensavo che avessi chiamato per sentirmi. Ho avuto una settimana di merda, ma immagino che dovrò chiamare qualcun altro se voglio parlarne.»

Chi aveva intenzione di chiamare? Un'altra donna?

E non aveva risposto alla sua domanda. L'aveva evitata, dirottando la conversazione su di sé.

Kaylee chiuse gli occhi. «Eddy, mi hai mai tradita?»

Il telefono restò silenzioso per un secondo. Un secondo di troppo.

Eddy ridacchiò di nuovo, ma questa volta la risata era forzata. «Ovviamente no.»

«Lo giuri su tutto ciò che è santo e sui pantaloni della tua tuta preferita?»

«Adesso sei ridicola. Guarda, sarò a casa tra un paio di giorni e tutto tornerà normale. Ti prometto che la prossima volta non starò via così a lungo. Capisco che tre settimane sono troppe.»

E non aveva risposto alla sua domanda, di nuovo.

Kaylee provò una stretta al cuore e le tempie che pulsavano. Parlare al telefono non serviva. Non le stava dando risposte dirette. Doveva chiederglielo di persona. Guardare la sua espressione, anche se sentiva campanelli d'allarme che le risuonavano in testa. «Ci vediamo quando torni.»

«Kaylee,» disse Eddy prima che lei riappendesse, «andrà tutto bene. È solo il panico prematrimoniale.»

Kaylee aveva la testa come un pallone. Borbottò qualcosa sulla biancheria da lavare e mise fine alla telefonata.

Stupido Wes. Era come se le avesse tolto un velo dagli occhi... Quello che aveva portato per sopravvivere, e di colpo tutto fosse più nitido, più chiaro.

E non le piaceva quello che stava vedendo.

Capitolo Otto

K aylee entrò nel Club Tahoe, con lo stomaco stretto in un nodo. Aveva un appuntamento con Emily Wright, uno dei direttori del club. Emily aveva chiesto a Kaylee di andare da lei per controllare alcuni particolari che non potevano più aspettare riguardo alla cerimonia.

Kaylee si mise le braccia intorno allo stomaco dolorante e si guardò attorno nella zona della piscina, vedendo la bionda alta e carina che lei e Eddy avevano incontrato mesi prima. Con i suoi capelli ondulati che si sollevavano nella brezza leggera, con un grande sorriso sul volto, Emily agitò un braccio, chiedendo che Kaylee si avvicinasse.

Bambini bagnati camminavano in fretta oltre Kaylee mentre gli adulti prendevano il sole ai lati della piscina o si schizzavano nel fiume lento, parte al coperto e parte all'aperto. Kaylee arrivò al rustico tavolo con le sedie imbottite intorno dov'era Emily e le strinse la mano. «È un piacere rivederti.»

Emily le fece segno di sedersi. «Vuoi qualcosa da bere?»

Kaylee si sedette. «No, grazie.»

Sul tavolo erano sparse fotografie del Club Tahoe che fecero accelerare il polso di Kaylee. L'illuminazione e la scelta della torta erano alcune delle decisioni che aveva rimandato, tra le altre.

Emily seguì lo sguardo di Kaylee. «Ho portato delle foto di cerimonie e ricevimenti passati per vedere se c'è qualcosa che ti colpisce.»

Kaylee sentiva gli spilli nella pelle. Non c'era niente che le sembrasse giusto, ma tentò di mantenere il sorriso.

Emily allargò le fotografie. «Il coordinatore di matrimoni del Club Tahoe te ne parlerà diffusamente, ma, a causa delle dimensioni generali del tuo matrimonio, volevo assicurarmi che ci pensassi per tempo. Le ultime date utili stanno arrivando in fretta e non volevo che prendessi decisioni all'ultimo minuto di cui poi non saresti stata soddisfatta.» Emily sorrise esitante. «Sei un po' in ritardo per completare la disposizione generale e il numero approssimativo di ospiti. Non che ci serva il numero preciso, per ora... Ma un'indicazione del numero di persone che vi aspettate sarebbe d'aiuto.»

Kaylee strinse le mani in grembo. Non ci riusciva. «Emily, posso chiederti una cosa, in confidenza?»

Oddio, stava seriamente per parlare dei drammi della sua relazione con una quasi sconosciuta? D'altro canto, dato che non si conoscevano bene, qualunque cosa avesse detto Kaylee probabilmente non sarebbe arrivata lontano.

Emily deglutì, con un sorriso tremolante sul volto. «Sì, qualunque cosa.»

«Se noi... Cioè, per dire, se Eddy e io dovessimo annullare il matrimonio per qualche motivo, che cosa succederebbe al nostro contratto?»

Emily fece un respiro profondo. «Se pensi che sia una possibilità, dovresti informare il club entro la prossima settimana. Possiamo rimborsare fino al settantacinque percento del deposito. La maggior parte dei posti trattiene di più, ma il Club Tahoe ha tantissime richieste e abbiamo una lunga lista d'attesa.» La sua espressione divenne preoccupata. «Pensi che possa succedere?»

«Non lo so.»

Emily appoggiò le mani sopra il tavolo. «Kaylee, ritengo di doverti dire qualcosa.» Strinse le labbra. «Ero con Wes Cade e i suoi fratelli nel salone del club qualche settimana fa. Wes ha detto che una volta stavate insieme, vero?»

«Sì, parecchio tempo fa.»

Emily annuì rigidamente. «Mentre ero con i ragazzi abbiamo visto Eddy al bar con alcuni dei suoi amici.» Fece una smorfia. «Wes ti ha detto qualcosa?»

Il fiato di Kaylee le si bloccò nel petto. «Sì, ma non è sceso nei dettagli. Ha detto... che Eddy mi tradiva.» Ripetere le parole diede loro sostanza, una palpabilità che fino a quel momento non aveva completamente accettato. «Il passato mio e di Wes è burrascoso. Non ero sicura di potergli credere.» Si premette le dita sugli occhi, poi lasciò cadere le mani in grembo e guardò implorante Emily. «Che cos'è successo?»

Emily storse la bocca di lato come se fosse irritata. O disgustata. «Eddy ha lasciato il salone con una donna. Quando sono tornati sembrava che fosse successo qualcosa. Eddy aveva toccato la donna in modo familiare molto prima che uscissero dalla stanza. Quando sono tornati, il suo aspetto...»

«Oh, Dio.» Kaylee appoggiò la testa sul tavolo. Poi ricordò dov'era.

Si alzò bruscamente. «Devo andare. Possiamo... Possiamo finire un'altra volta?»

«Certo.» Emily si alzò, torcendosi le mani. «Mi dispiace

tanto. Per favore, fammi sapere se c'è qualcosa che posso fare. Io... Pensavo solo che dovessi saperlo.»

«Io... Grazie.» Kaylee afferrò la borsa e si precipitò fuori dall'area della piscina, con la borsa che ricadeva a metà braccio e le sbatteva sulle gambe. La testa pulsava come se potesse esplodere.

Come poteva essere stata così cieca? Per tutto quel tempo, tutti quanti avevano saputo che Eddy era uno stronzo. Tranne lei. *Wes* lo sapeva.

Sentì la nausea sempre più forte mentre attraversava di corsa la hall... Dove Wes, proprio lui, stava parlando con il fratello minore Hunt.

Era ovvio che Wes fosse testimone della sua umiliazione.

Wes la guardò in viso, aggrottando le sopracciglia. «C'è qualcosa che non va?»

Kaylee lo superò senza fermarsi. Non aveva intenzione di parlare con lui proprio in quel momento. Non dopo quello che aveva detto Emily. Non dopo ciò di cui Kaylee si era finalmente resa conto.

Sì, aveva parlato con Eddy e aveva avuto dei forti sospetti. E sì, Wes le aveva detto che Eddy la tradiva, ma senza darle particolari. A volte i dettagli erano importanti. Rendevano reali le cose. E, Dio, i particolari. Non ci volle molto perché Kaylee unisse i puntini.

Era colpa sua. Non il fatto che Eddy la tradisse, ma la sua situazione: sola, sottovalutata, fidanzata a un uomo che non era fedele.

Aveva accettato una vita con Eddy perché era danneggiata e pensava che Eddy fosse il solo che potesse amarla.

Ma Eddy era uno stronzo e adesso lei aveva le idee chiare. Non poteva avere figli, ma meritava un uomo decente. Non un bastardo che la manipolava.

Capitolo Nove

Kaylee aveva due notti per ricomporsi prima che Eddy tornasse a casa. Ma andò tutto a puttane quando arrivò nel viale con l'auto.

Dopo aver ricevuto il messaggio da Eddy che l'aereo era atterrato all'aeroporto di South Lake Tahoe, Kaylee era uscita e aveva aspettato sui gradini. Il percorso dall'aeroporto a casa dei suoi genitori era breve e lei aveva bisogno di aria fresca.

Ma invece di restare calma, appena lui aprì la portiera dell'auto, sbottò: «Che cos'è successo con la donna, nel salone del Club Tahoe?».

Brava. Bel modo di affrontare il tuo fidanzato.

Eddy stava sorridendo quando la vide, ma il sorriso morì di una morte rapida.

Allungò la mano sul sedile e prese la valigetta, poi scese dall'auto e richiuse la portiera. «Che cosa sta succedendo, Kaylee? Non sei mai stata gelosa. Non mi piace dover giustificare ogni passo che faccio.»

Kaylee si alzò e incrociò le braccia sul petto mentre lui si avvicinava. «Non ogni passo. Solo quella sera. Presumo fosse la sera prima di partire...» Lui fece per oltrepassarla e Kaylee allargò il braccio. «Rispondi alla domanda, Eddy.»

Lui sospirò, brusco. «Davvero? Proprio qui, adesso? Non mi sono nemmeno tolto la giacca.»

Kaylee sostenne il suo sguardo e Eddy distolse gli occhi. «Se proprio vuoi saperlo, a volte le donne mi si buttano addosso. Succede a un mucchio di uomini. Ma io sono impegnato con *te*. Voglio costruire una vita con te.» Cercò di toccarla, ma Kaylee fece un passo indietro.

«L'hai toccata.»

«Forse.» Si allargò il colletto e passò un dito tra il tessuto e la pelle. «Non lo ricordo. Stavamo bevendo. Comunque era lei che mi stava addosso.»

«Sei stato con lei?»

Eddy distolse gli occhi guardando di lato. «No, mai.»

Kaylee fece un altro passo indietro. Stava mentendo. Il bastardo. «*Vattene.*»

«Cosa?» Negli occhi apparve un lampo di disperazione. «Kaylee non fare la stupida.»

Stupida? Sì, era stata stupida. A credere a Eddy. «Stai mentendo. Anche se non fossi in grado di leggertelo in faccia, la gente ti ha *visto*. Mi hanno detto che cos'è successo.»

Lui allargò le narici. «Chi cazzo...» Scosse la testa e tentò di sorridere, ma era troppo tardi. Aveva visto la rabbia nei suoi occhi... perché era stato scoperto. «Non importa che cos'hanno visto. Allora, ho parlato con un'altra donna. Anche tu non sei perfetta. Ho visto il modo in cui guardi il tuo istruttore di golf. Non puoi dirmi che non c'è niente in ballo.»

Kaylee deglutì, la sua gola aveva la consistenza del cartone. «In effetti, posso dirlo. Conosco Wes da quando eravamo al college. Ma non abbiamo una relazione fisica.»

«Scommetto che è stato lui» ringhiò Eddy. «È lui che ti sta riempiendo la testa di bugie. Credi a quel tizio invece che al tuo fidanzato? Sei tu quella che non sa che cosa significa impegno. Io ti sono sempre stato vicino. Sono io quello che ti vuole, anche se non sarai mai in grado di darmi un figlio.» La guardò con disgusto dalla testa ai piedi.

Kaylee aprì la bocca, scioccata. Non era mai stato così crudele. Ma mentiva su tutto, no?

Eddy era sterile. Non poteva avere figli nemmeno lui, che lei fosse o meno fertile. Ciò che stava dicendo non aveva senso. «Wes era un amico del passato. Uscivamo insieme al college, ma non c'è niente tra di noi adesso.»

«Sì, giusto. Quante volte l'hai scopato?»

Kaylee scosse la testa. «Non riesco a credere di aver accettato di sposarti.» Afferrò la borsa che aveva messo sui gradini e prese le chiavi. Aveva già lasciato il vistoso anello di fidanzamento sul comodino, dove Eddy lo avrebbe trovato. Meno male, altrimenti glielo avrebbe tirato addosso. «Il matrimonio è annullato. Prendi le tue cose e vattene da casa mia entro un'ora.» Lo inchiodò con lo sguardo. Non aveva mai avuto la tentazione di colpire qualcuno, ma adesso voleva picchiare Eddy. «Se sarai ancora qui quando torno, chiamerò la polizia.»

Kaylee non sapeva che cosa avrebbe potuto fare la polizia. Eddy non aveva commesso un crimine, dopotutto. Ma *lei* avrebbe potuto commettere un omicidio se l'avesse ritrovato lì una volta tornata.

La faccia di Eddy si chiazzò di rosso e strinse i pugni. Per un momento, Kaylee temette che le sarebbe corso dietro. «La casa a San Francisco è mia. L'ho fatta mettere a mio nome. Se mi lasci, resterai senza casa. Non hai amici, e quell'istruttore di golf ti scaricherà appena scoprirà che sei tutta tette e niente forno.»

Kaylee guardò il bel legno della casa che le piaceva tanto. «Meglio qui che in qualunque altro posto con te.»

Eddy gettò la valigetta sul lato della casa. «Fottuta stronza sterile. Lo rimpiangerai.»

Kaylee si voltò e andò in fretta alla sua auto. Aprì la portiera e si precipitò a salire, cincischiando con le chiavi. Una volta accesa, schizzò fuori dal vialetto.

A un paio di chilometri lungo la strada principale, si fermò e si appoggiò al sedile, sporgendo la testa dal finestrino del passeggero. Vomitò sul bordo della strada. Non che uscisse qualcosa, perché non mangiava niente dal giorno prima, ma questo non impedì al suo stomaco di rovesciarsi.

Un altro forte conato le tolse il fiato e ansimò, con le lacrime che le scendevano sulle guance. Eddy era l'uomo con il quale aveva previsto di condividere la vita. Era un uomo orribile e lo aveva scelto lei. Quel pezzo di merda.

Forse, se non fosse scappata così in fretta dal suo passato, non sarebbe finita tra le braccia di un bugiardo patologico.

* * *

Wes si grattò con forza il collo. «Figlio di puttana.»

Gettò nella sacca la sua mazza e se la mise in spalla. Si era allenato all'alba, come faceva ogni giorno negli ultimi due mesi, poi aggiungeva un paio d'ore di lezioni con i clienti, poi ancora qualche ora sul campo. Restava anche una volta diventato buio, provando e riprovando i colpi per mandare in buca la pallina e i colpi bassi da bordo green e affinando le sue capacità per il torneo di qualificazione, ma Kaylee non si era fatta viva per la sua lezione quel pomeriggio.

Wes aveva detto a Kaylee che non voleva più vederla, ma non aveva veramente creduto che sarebbe rimasta lontana. Si sarebbe sposata in quel maledetto resort, dopotutto. E poi l'aveva vista piangere mentre usciva dalla hall il giorno prima.

Andò nel pro-shop e alzò il mento verso il cassiere. «Sto uscendo.» Appoggiò la sua sacca dietro il bancone. «Chiudi tu stasera.»

Il cassiere ventenne salutò Wes e tornò a mangiare la sua barretta proteica.

C'era poca gente nel negozio e sul campo quel pomeriggio. E in generale. Wes doveva porvi rimedio. Trovare il modo di renderlo più redditizio per il club e aiutare i suoi fratelli a preservare l'eredità di suo padre. Ma poteva aspettare. Almeno per il resto della serata.

Perché Wes stava andando a cercare Kaylee.

Maledizione. Kaylee l'aveva colto di sorpresa, facendosi viva al suo club dopo quattro anni. Tutto ciò che lui aveva voluto era scoprire i suoi segreti e poi togliersela di torno. Ed eccolo, che la cercava perché non *era* lì.

Il giorno prima Kaylee era sconvolta. Viste le informazioni che aveva lui sul fidanzato... Wes aveva bisogno di sapere che stava bene.

Perché era preoccupato.

Odiava essere preoccupato per la sua ex, ma Kaylee non era un tipo da piangere spesso. Era indipendente e calma la maggior parte del tempo, una delle cose che l'avevano attratto. Cedeva solo quando succedeva qualcosa di grave. Per esempio quando si erano lasciati.

Quindi, se il giorno prima stava piangendo e poi non si era fatta viva, quando, in precedenza, non aveva mai perso una lezione, qualcosa non andava. Era il motivo per cui era saltato in auto e si era diretto allo chalet dei suoi genitori, maledicendosi per tutta la strada.

Avrebbe dovuto tornare indietro. Grazie al cielo Kaylee se ne stava lontana e lui stava voltando pagina e continuando con la sua vita. Ma gli sembrava che ci fosse ancora qualcosa in sospeso tra di loro.

E aveva bisogno di avere la mente sgombra da tutto ciò che riguardava Kaylee se voleva avere una chance di superare gli imminenti turni di qualificazione.

Capitolo Dieci

Wes si fermò davanti alla casa dei genitori di Kaylee per la prima volta dopo anni. Era esattamente la stessa. In pietra, l'esterno di legno grezzo impregnato per mantenere intatto il colore marrone scuro. E c'era solo un'auto nel vialetto.

Grazie al cielo il suo fidanzato non c'era. Sarebbe stato difficile spiegare perché un istruttore di golf sentisse il bisogno di andare a trovare una cliente a casa sua.

Wes scese dall'auto e salì i gradini del portico due per volta, poi bussò, non troppo gentilmente.

Sarebbe stata una cosa breve. Scoprire perché non si era fatta viva e vedere se sarebbe stata la norma. In quel modo non si sarebbe guardato costantemente intorno, aspettandosi che la sua ex arrivasse da dietro l'angolo. L'avrebbe perfino aiutata a trovare un nuovo istruttore.

Comunque, il piano era quello. Finché Kaylee non aprì la porta.

Kaylee era bella, come sempre. Vestita in modo casual. Non aveva trucco, ma non ne aveva mai avuto bisogno per sembrare carina. Era l'espressione spenta sul suo volto che lo spaventò a morte. «Ehi.»

Lei deglutì e il suo sguardo vacuo si fissò su di lui. «Wes, che cosa ci fai qui?»

Wes entrò senza che glielo chiedesse; Kaylee non protestò, ma guardò di lato, come se stesse notando solo allora ciò che aveva intorno.

Gente, era proprio fuori! «Non ti sei presentata per la lezione. Bella era preoccupata.»

Una bugia. Bella aveva chiesto di Kaylee, ma era Wes quello preoccupato. Il volto pallido, la figura tremante e l'espressione desolata dei suoi occhi gli dissero che aveva fatto bene ad andare da lei.

Kaylee attraversò lentamente la stanza e si sedette sul divano, dove un incavo sul cuscino suggerita che era già stata seduta per parecchio tempo. «Mi hai detto di cercare un altro istruttore. Non mi sento molto bene.» Aveva la voce rauca e si portò le dita delicate alla gola.

Wes non aveva avuto in programma di arrabbiarsi quando si erano parlati l'ultima volta. La sua frustrazione aveva avuto la meglio su di lui. In effetti, era stato un vero coglione.

Forse aveva diritto a essere frustrato. Non lo sapeva più. Sapeva solo che Kaylee per lui era più importante delle sue ragioni per essere arrabbiato.

Si ficcò le mani nelle tasche dei pantaloni. «Dovresti vedere un medico. Non mi sembra che stia bene.»

Kaylee gli studiò il volto.

Lui si agitò, non riuscì a sembrare a suo agio. Stava mostrando alcune delle sue carte, ma non aveva intenzione di cambiare rotta. Kaylee non era una cattiva persona. Era okay curarsi di lei, si disse, giustificando la propria visita.

Kaylee si mise i capelli dietro le orecchie. «Non sono malata.»

Wes osservò la sua mano tremante caderle in grembo. «*Giuusto*. Quando hai mangiato l'ultima volta?»

Lei sospirò, con il petto che si abbassava come se lo stesse tenendo giù un sacchetto di sabbia. «Wes, perché sei qui?»

Wes notò che non aveva risposto alla domanda. «Te l'ho detto. Non sei venuta per la lezione. L'ultima volta in cui ti ho visto, sembrava che stessi per restituire il pranzo.»

Non voleva dire esattamente perché si era sentito spinto a venire a controllare. Che da qualche parte, nel suo cuore scuro e freddo, provava ancora qualcosa per lei, anche se desiderava che non fosse vero.

Kaylee sembrò capire improvvisamente. «Giusto. Ho appena parlato con Emily.» Nascose la testa tra le mani e borbottò qualcosa che Wes non riuscì a sentire.

«Non ho capito.»

Lei alzò gli occhi. «Il matrimonio è annullato.»

Wes sospirò a lungo. *Grazie al cielo.* «Stai bene?»

«So che Eddy non ti piaceva. Non devi comportarti come se fossi preoccupato.»

Wes si sedette sul divano di fianco a lei, lasciando un buon mezzo metro di distanza tra di loro. «Non ero un fan di McStronzo... Ah, Eddy. Ma non intendevo rovinare la tua relazione con lui. Quando abbiamo parlato l'ultima volta... Le cose che ho detto... Non sono uscite nel modo giusto. Merda. Non sapevo nemmeno che ne avrei parlato. Pensavo che lo avresti capito per conto tuo. Ma poi hai parlato di fiducia... e mi sono messo sulla difensiva. Non avrei dovuto sfogare la mia rabbia in quel modo.»

Kaylee curvò le labbra in un mezzo sorriso. «Non ti avevo esattamente creduto, se ti fa sentire meglio.»

Per un attimo, il cuore di Wes accelerò davanti all'espressione scherzosa nei suoi occhi. E poi sentì veramente le sue parole. Irrigidì le spalle. «Perché avresti dovuto credermi? Oh, aspetta, *forse perché non ti ho mai mentito.* Non tutti gli uomini sono come Eddy.»

Lei aggrottò la fronte. «Puoi anche non avermi mentito, ma mi hai ferita.»

«*Io* ti ho ferito? È esattamente l'opposto, Kaylee.»

Wes si strofinò il volto con la mano. Non era lì per tornare alla stessa vecchia discussione. «Se ti ho ferito nel passato, non è stato intenzionale. E non cercavo di ferirti di nuovo l'altro giorno. Né sono venuto per farti agitare. Sono venuto solo a controllare. Mi sembri scossa e hai le occhiaie scure sotto gli occhi.»

«Grazie per avermi fatto notare il mio aspetto orribile.»

Wes aggrottò la fronte, ma non era veramente offeso. Kaylee non gliela lasciava mai passare liscia con niente, e gli piaceva. «Non è quello che intendevo.»

Kaylee si appoggiò allo schienale, abbracciando un cuscino. «Scusami. So che sei qui perché... In effetti non so perché sei qui. Ma sto bene, davvero.»

Wes detestava vedersi escludere in quel modo. «Hai mangiato? E se ti preparassi qualcosa?»

Kaylee inarcò le sopracciglia e poi rise... Ed era una risata melodica, carina e sincera. Proprio come quella della ragazza che ricordava. «Da quando sai cucinare?»

Wes sbuffò. «Un uomo non può vivere di soli cibi surgelati. Ho imparato un paio di cosette.»

Non era esattamente vero. Non era granché come cuoco, motivo per cui andava da Adam ogni volta che voleva mangiare qualcosa di decente. Suo fratello era un asso in cucina. La fidanzata di Adam, Hayden, probabilmente non apprezzava il fatto che Wes si presentasse senza invito, ma a che cosa servivano i fratelli?

Negli occhi di Kaylee riapparve quell'espressione vitrea e desolata. «Non ho fame, Wes.»

Lui la guardò per un lungo momento, poi si alzò. «Ti dispiace se prendo qualcosa io? Tu potrai anche non avere fame, ma io sì. Ho passato una lunga giornata ad allenarmi.»

Lei si accasciò sul divano e guardò il soffitto. «Fai pure.»

Wes controllò gli armadietti e il frigorifero. Non c'era molto in casa, ma trovò quello che cercava. Prese un sacchetto di popcorn da microonde e il burro.

Poteva non essere un cuoco, ma era un maestro nell'indicare il tempo corretto per fare i popcorn sul pannello del microonde ed evitare che metà del sacchetto bruciasse. Quella perizia tecnica era frutto di una lunga esperienza.

Wes mise il sacchetto nel microonde, tagliò mezzo etto di burro e lo mise in una piccola ciotola. Frugando in qualche altro armadietto, trovò una ciotola più grande e prese anche quella.

Una volta che i popcorn furono pronti, Wes li tolse dal microonde e aprì il sacchetto (senza bruciarsi la faccia) e li versò nella ciotola grande. Mise la ciotolina con il burro nel forno a microonde per qualche secondo per assicurarsi che fosse bello sciolto.

Kaylee inarcò le sopracciglia. «Popcorn? C'è qualcos'altro che ti posso offrire? Magari un pasto vero?»

«Me lo stai veramente offrendo? Perché non dirò di no. Non fingere.»

L'espressione di Kaylee era di pura esasperazione. «No, non te lo sto offrendo. La mia vita sta andando a pezzi e tu stai mangiando tutto il mio cibo.»

«Sono solo popcorn.» Il microonde suonò e Wes tolse il

burro, versandolo sopra il cibo in questione. «E se non hai intenzione di mangiarli, perché dovrei sprecarli?»

«Non hai qualche posto dove dovresti essere? Magari il pro-shop? A insegnare a Bella, magari?»

«No.» Wes ritornò sul divano, più vicino questa volta, per permettere al vapore che saliva dal popcorn di arrivare fino alle narici di Kaylee. Ficcò la mano nella ciotola e si mise in bocca una manciata di bontà burrosa.

Lei lo guardò con un'espressione disgustata che Wes non ritenne sincera nemmeno per un momento.

«Mmm. Roba buona. Ne vuoi un po'?» Le porse la ciotola.

Kaylee distolse gli occhi. «No.»

Dopo un minuto, durante il quale l'unico suono nella stanza era Wes che masticava i popcorn, Kaylee si voltò verso di lui. «Perché non ti piaceva?»

Wes immaginò che si riferisse a McStronzo. «Non era alla tua altezza.»

«Era un buon compagno» disse Kaylee, ma perfino Wes riuscì a sentire la mancanza di convinzione nel suo tono di voce e alzò un sopracciglio.

«Va bene, era uno stronzo bugiardo. È quello che volevi sentire?»

«Se è la verità.»

Distrattamente, Kaylee prese una manciata di popcorn e la mangiò mentre parlava. «Non sapevo che stesse mentendo. Non avevo motivo per non fidarmi di lui.»

«Certo che non l'avevi. Eri appena uscita da una relazione in cui l'uomo con cui stavi era *sincero*. Non avevi esperienza di bastardi bugiardi.»

Kaylee storse la bocca. «Spero che non ti stia riferendo a te stesso. Detesto dovertelo dire, ma non eri un paragone di virtù.»

Lui si indicò il petto in un gesto di finta incredulità mentre lei rubava un'altra manciata di popcorn. Ed era stato il suo scopo fin dall'inizio: farla mangiare. Chiederle di mangiare non sarebbe servito a niente. Kaylee era bella *e* cocciuta.

Una fitta di qualcosa colpì Wes al petto. Nostalgia? Cazzo, non lo sapeva, ma accantonò la sensazione. Non aveva bisogno che quella merda gli annebbiasse il giudizio proprio in quel momento. «Devi ammettere che non ti ho mai mentito. Non ero perfetto, ma ti amavo.» Sentì un senso di disagio. Si stava esponendo. Sentì lo sguardo di Kaylee su di sé e si schiarì la voce. «Comunque, non mi hai mai spiegato che cosa avevo fatto di così orribile da farmi definire *un compagno assente*. La maggior parte delle donne ha la cortesia di dire ai loro uomini che cosa hanno fatto di sbagliato prima di scaricarli.»

Kaylee allungò il braccio per prendere un'altra manciata di popcorn e Wes tirò via la ciotola.

Lei gli diede un'occhiataccia. «Pensavo fossi qui per farmi sentire meglio? Condividi, maledizione.»

Wes strinse gli occhi, ma sentì caldo in petto. Era il motivo per cui l'aveva amata. Era testarda, grintosa e territoriale quando si trattava di cibo. E la rispettava. «Sono venuto a controllarti, non a rallegrarti. Basta cibo finché non mi avrai detto che cosa tieni sottochiave in quella tua testa.»

Lei distolse gli occhi e strofinò insieme le mani per togliersi le briciole di popcorn. «Non posso.»

«Non puoi o non vuoi?»

«È difficile per me, Wes. Veramente difficile. Ho paura.»

Era seria, ovviamente. Qualunque cosa fosse, aveva distrutto la loro relazione. Aveva pensato che si fosse stancata di esser messa da parte per la sua carriera da golfista, e poteva essere una parte della verità, ma c'era di più. E se n'era reso conto solo di recente.

Era stato così incazzato perché l'aveva scaricato e perché la sua carriera era andata a puttane che non aveva mai pensato che ci potesse essere un altro motivo dietro alla loro rottura.

Sarebbe cambiato qualcosa? Probabilmente no, ma comunque voleva sapere che cosa gli stava nascondendo.

«Non riesco a parlarne in questo momento» continuò Kaylee. «Emotivamente, sono una landa desolata. Parlare del passato... No, non ci riesco.»

«Abbastanza giusto.» Le passò la ciotola ma lei non riprese a mangiare. Sembrava distrutta. «Dovresti venire alla tua prossima lezione.»

«Perché? Non sto più con Eddy. Non ho bisogno di far pratica per la nostra luna di miele. Non c'è nessuna stupida luna di miele. E tu non vuoi insegnarmi, ricordi?» Appoggiò la ciotola sul tavolino di fianco con un grosso tonfo.

«Avevi detto che lui non era l'unica ragione per cui stavi prendendo lezioni.»

«No, è vero... Ma mi sento da schifo. Non posso uscire proprio adesso. Forse tra qualche settimana.»

«Ragione di più per farti vedere. E non tra settimane. Non è salutare.»

Wes scosse mentalmente la testa. Da quando era diventato esperto di salute mentale? Aveva passato gli ultimi quattro anni arrabbiato perché la sua ex lo aveva scaricato. Si alzò e prese un'ultima manciata di popcorn. «E mangia qualcosa, Kaylee. Non farmi venire qua e cucinare altri popcorn. Esauriremmo in fretta le mie capacità culinarie.»

Kaylee cercò di nascondere un sorriso. «Non è quello che vorremmo.» Sospirò a lungo. «Grazie, però. Per essere venuto oggi.»

Wes masticò i popcorn. «Sono venuto solo perché non ti sei presentata» disse, parlando con la bocca piena. «Mi fa incazzare quando i clienti non mantengono gli appuntamenti. È scortese.»

Kaylee sorrise. «Allora sei ancora il mio istruttore?»

Wes fece spallucce, senza parlare.

«Bene» disse Kaylee, ricadendo contro i cuscini. «Ci sarò.»

Capitolo Undici

Kaylee fece un breve viaggio a casa dei suoi genitori e raccontò loro del fidanzamento rotto. E poi passò dal suo medico di famiglia per farsi fare un controllo per le malattie a trasmissione sessuale, perché *che schifo*. Non sapeva se Eddy avesse praticato sesso sicuro. Ne dubitava. Almeno il suo medico le disse che era tutto a posto. Immaginò che fosse una consolazione.

I suoi genitori non sembrarono sorpresi della rottura. In effetti, suo padre sembrò francamente contento.

Come aveva potuto essere così cieca? Chi sapeva con quante donne era andato a letto Eddy mentre stavano insieme? Ora che conosceva il vero Eddy, non poteva evitare di pensare a che essere umano disgustoso fosse. A quanto pareva, si prendevano decisioni orribili quando si stava scappando dai fantasmi. Come passare la vita con un tizio solo perché anche lui non poteva avere figli.

E per peggiorare le cose, Eddy le aveva telefonato nel maldestro tentativo di tornare insieme, accusandola di essere *lei* il problema.

Oh, diavolo, no. Non stava più andando in giro come in

una nebbia. Quella chiamata era durata esattamente due secondi prima che lei gli dicesse di non contattarla più.

Kaylee arrivò alla sua lezione di golf e no, non era felice. Si sentiva da schifo, ma Wes aveva ragione. Non poteva continuare ad andare in giro avvilita senza prendersi cura di se stessa.

Wes non fece domande sulla rottura, annuì solo approvando il fatto che fosse lì e procedette a farla sudare sul campo pratica per un paio d'ore. Cosa che, stranamente, la fece sentire meglio perché le distolse la mente dal resto della sua vita.

Wes si stava allenando, proprio come Kaylee e Bella. Faceva pratica insieme a loro ed era super-concentrato, proprio come quando era al college. Kaylee si chiese perché si stesse esercitando così duramente. Le ricordava il loro doloroso passato insieme.

Se Kaylee voleva veramente deprimersi, avrebbe pensato a come fosse tornata al punto di partenza, passare il tempo con Wes, attratta da lui, come sempre, ma non essendo mai una priorità per lui. *Non* era interessata a uscire con Wes o chiunque altro in quel momento. Non sapeva nemmeno se fosse possibile rimpiazzare con il tuo ex l'uomo con cui avevi rimpiazzato il tuo ex. Dio, che rompicapo. No, una volta pronta, avrebbe voltato pagina, non sarebbe tornata indietro. E, buon Dio, rimettersi con Wes avrebbe significato fare cinque passi indietro.

Kaylee aveva altre cose in mente. Ad esempio, dove vivere. Eddy le aveva in qualche modo rubato l'appartamento che lei aveva affittato a San Francisco, ma la cosa non poteva interessarle di meno. Un anno prima, lui aveva insistito per sostituire tutti i mobili, quindi le cose che Kaylee aveva lasciato indietro erano pochi vestiti e qualche gingillo che suo padre si era cortesemente offerto di andare a prendere, in modo che lei non dovesse avere a che fare con Eddy. Tornare in città le sembrava fare un passo indietro e, se voleva ricominciare daccapo, voleva che fosse in un posto in cui si vedeva vivere a lungo termine.

Dopo l'allenamento, entrò in modalità rimetti-in-carreggiata-la-tua-vita. Picchiettando la penna sul tavolo da cucina, diventato provvisoriamente una scrivania, controllò Craiglist, Monstyer.com e altri siti di offerte di lavoro e compilò diverse domande di assunzione. I lavori che aveva trovato non pagavano molto, ma voleva qualcosa che le portasse gioia. Per il momento, le servivano solo abbastanza soldi per sopravvivere. Poteva soggiornare gratuitamente nella casa dei suoi genitori, fin quando avesse voluto.

Nonostante l'enorme cambiamento nella sua vita, si sentiva sorprendentemente tranquilla. Come se le avessero tolto un peso dalle spalle. E forse era così. In qualche modo le cose sarebbero andate bene. Purché non dimenticasse i paletti che dovevano restare al loro posto tra lei e Wes.

* * *

Wes controllò nella posta in entrata la lista dei candidati al posto di assistente istruttore. Ben pochi avevano esperienza con i bambini. Forse avrebbe dovuto assumere qualcuno senza esperienza. Il loro marketing diretto stava funzionando meglio di quanto si fossero aspettati, e avevano bisogno di istruttori anche per gli adulti. Ma Bella aveva fatto cambiare idea a Wes su tutta la faccenda dell'istruire i bambini.

Quando Emily lo aveva avvicinato per chiedergli di dare lezioni di golf a un'intrepida ragazzina di cinque anni, Wes era quasi scappato fuori dalla stanza. Poi Emily gli aveva spiegato la situazione di Bella e quanto tempo passassero al club i genitori di Bella.

La ragazzina era ignorata e annoiata. Wes la capiva. Era stato anche lui un bambino annoiato, che passava il tempo al club mentre piangeva la morte di sua madre. Invece di passare il tempo con i suoi cinque giovani figli, il padre di Wes si era sepolto nel lavoro e Wes aveva sempre odiato il fatto che, per il padre, il club fosse più importante di lui.

Aveva accettato di dare una lezione a Bella. Finché aveva visto la sua bravura e la sua determinazione.

Lo swing di Bella era stato un disastro, come la maggior parte dei giocatori. Ma lei aveva un'impressionante capacità di osservare Wes e ripetere le posizioni che le aveva mostrato. E lui aveva visto un vero potenziale. E lo aveva entusiasmato. Più lavorava con Bella, più credeva che un giorno sarebbe diventata una grande giocatrice.

All'inizio, lo irritava che i genitori di Bella fossero dei somari egoisti, tanto da non trovare un po' di tempo da passare con la figlia. Ma aveva cambiato idea quando aveva deciso di fare di Bella la sua protetta. Avrebbe lasciato che i genitori facessero quello che volevano; lui si sarebbe assicurato che Bella fosse un mostro a golf.

Non ci era voluto molto prima che Wes ripensasse l'intero programma dei bambini che Emily lo aveva implorato di estendere al programma di golf. Ne sarebbe valsa la pena, se anche solo la metà dei bambini che prendevano lezioni al campo avesse avuto la stessa energia e lo stesso amore di Bella per quel gioco. In effetti, gli piaceva l'idea di istruire la prossima generazione. Gli faceva sentire di fare qualcosa di importante.

Wes ispezionò ancora una volta la lista dei candidati. Scrisse il numero di telefono di quelli che avevano esperienza con i bambini. Chiunque avesse assunto avrebbe dovuto prima superare un controllo completo, ma un background di lavoro con i bambini gli sembrava di colpo essenziale.

Spense il computer e si alzò, pronto ad allenarsi per altre tre ore sul green. Aveva già dato una lezione extra a Kaylee, quando l'aveva chiamato per sapere se avesse tempo. Normalmente, a quell'ora si allenava sui tiri corti, ma non poteva dire di no. Lei stava passando un periodo difficile e, per incasinato che fosse il loro passato, non voleva abbandonarla.

Era arrivata con un paio di pantaloni corti da golf rossi e una polo bianca ed era bello rivedere un po' di colore sulle sue guance. Un po' della sua energia era tornata e lui non le aveva reso la vita facile sul campo.

Wes sorrise, ricordando l'espressione scontenta di Kaylee quando le aveva detto di prendere un altro secchio di palline dieci minuti prima della prevista fine della lezione. L'aveva fatta restare finché il secchio era stato vuoto. Alla fine, la polo bianca di cotone era appiccicata alla pelle e Kaylee era senza fiato. Wes lo considerò un lavoro ben fatto. Nessuno avrebbe dovuto finire una delle sue lezioni senza qualche muscolo dolorante.

E, a tale proposito, avrebbe fatto meglio a portare il culo sul campo pratica prima che facesse troppo buio per vedere le palline. Prese le mazze e s'infilò il telefono nei pantaloni da golf blu scuro, quando l'aggeggio vibrò.

Wes ficcò la mano in tasca ed estrasse il telefono. «Pronto» disse, mentre chiudeva il suo ufficio e ispezionava il pro-shop per assicurarsi che il suo staff avesse chiuso tutto correttamente.

«Wes, sono Tom.»

«Ehi, amico. Come vanno le cose a San Francisco?» Tom Henderson era un amico di Wes che ce l'aveva fatta a entrare nel giro dei professionisti appena finito il college. Praticamente l'unico sogno che Wes aveva avuto in vita sua. Finché Kaylee non l'aveva scaricato e lo aveva fatto andare fuori di testa. E adesso lei era tornata nella sua vita. E doveva essere uno strano e contorto scherzo del destino. Il fatto poi che la trovasse ancora attraente, perfino quando era sudata dopo una sfiancante lezione di golf... *Specialmente* quando era sudata.

Wes non era più stato con una donna da quando Kaylee era arrivata. Lo aveva imputato al rigoroso programma di allenamento, ma temeva che fosse più di quello.

«Wes, devo prendere un volo, ma è successa una cosa» disse Tom, intromettendosi nel sogno a occhi aperti di Wes di togliere la maglietta sudata a Kaylee. «Uno dei campi del tour ha avuto un incidente. Un grave incendio nella clubhouse. Non si è fatto male nessuno, ma il posto non sarà riparato in tempo per un torneo. Il tour ha bisogno di un rimpiazzo.»

Wes si bloccò mentre stava per spegnere le luci nel pro-shop e poi il cuore cominciò a martellargli nel petto.

Era estremamente raro che un disastro eliminasse un campo dal tour. «*Per favore*, dimmi che stanno prendendo in considerazione il Club Tahoe. E se mi stai prendendo in giro, verrò personalmente a prenderti a calci.»

Tom rise. «Sì, amico. Mi è capitato di essere al posto giusto nel momento giusto e ho detto meraviglie del tuo campo. Per fortuna uno dei membri della commissione aveva già giocato lì.»

«Mi stai prendendo per il culo?» Wes camminò avanti e indietro nella stanza, passandosi una mano tra i capelli.

Lasciò cadere le mazze accanto al bancone. Era l'occasione della vita per il resort, che aveva sofferto finanziariamente da quando lui e i suoi fratelli avevano cominciato a gestirlo.

Nessuno dei suoi fratelli aveva voluto avere a che fare con il resort una volta diventati adulti. Anzi, erano scappati. Suo fratello Adam era l'unica eccezione. Aveva lavorato con il padre e aveva finito per diventare un dirigente al Blue Casinò. Anche Wes era in parte un'eccezione, ma solo perché gli piaceva il campo da golf. Gli altri tre fratelli avevano avuto lavori manuali prima della morte del padre. Non sapevano assolutamente niente su come si gestiva un resort di lusso e stavano imparando con difficoltà da allora.

«Non ti sto prendendo per il culo, ma devi agire in fretta. Io ho proposto il Club Tahoe e sono sembrati interessati, ma devi sbrigarti.» Tom snocciolò in fretta il nome e il numero del responsabile.

Wes si tuffò sul bancone per prendere una penna e scrisse le informazioni.

«Di' loro che ho parlato io di voi e che il campo sarà pronto in tempo per il torneo.»

«Sì, certo. Di quale torneo si tratta?»

«Il secondo della stagione.»

Wes fece un veloce calcolo mentale. «È tra sette settimane.»

«Già. Lo vuoi ancora?»

Wes sarebbe stato uno sciocco a lasciarsi scappare quell'occasione. «Diavolo, sì.»

«Allora fai quella chiamata. Mi metterò in contatto con te quando tornerò a San Francisco. Ah, e Wes?»

«Sì, sono qui.» Ed era lì, anche se la sua mente stava viaggiando a un chilometro al minuto.

«Non dimenticare, se il torneo avrà luogo al Club Tahoe, il capo istruttore avrà una delle esenzioni dello sponsor.»

Mentre stava riflettendo su tutte le cose da fare per avere il campo pronto per un torneo, presumendo ovviamente che scegliessero il Club Tahoe come rimpiazzo, non si era soffermato su un bonus importantissimo.

Come capo istruttore avrebbe potuto giocare nel torneo. Senza bisogno di qualificarsi.

Porca miseria.

Wes riuscì, non sapeva nemmeno lui come, a portare a termine la telefonata senza svenire. Appoggiò le mani sul bancone e fece un respiro profondo.

Poteva cambiare tutto. La direzione che avrebbero preso il club e la sua carriera da golfista.

Capitolo Dodici

Wes spalancò la porta dell'ufficio di Levi la mattina successiva e si precipitò dentro. «Preparati.»

Emily si affrettò a scendere dalle ginocchia di Levi, tenendo insieme i lembi della camicia e allacciandola.

Wes si coprì gli occhi. «Spiacente, avrei dovuto bussare.»

«Stronzo» borbottò Levi. «La mia ragazza lavora qui. Che pensi che facciamo quando non c'è nessuno in giro?»

Wes sbirciò per assicurarsi che ci fosse via libera, poi abbassò la mano. «Lavorare?»

«No, testa di cazzo, pomiciamo e... facciamo altre cose.» Levi lo disse sottovoce. Emily si coprì con la mano le guance rosse e scosse la testa. Levi puntò il dito verso Wes. «Allora, tienilo a mente prima di precipitarti qui dentro.»

Wes sbuffò. «Bel lavoro, Levi. Molto professionale.»

«Non ascoltarlo» disse Emily. «Non pomiciamo *tutto* il giorno.»

«Io lo farei se potessi» borbottò Levi.

Emily raccolse le carte dall'angolo della scrivania di Levi. «Vado. Vi lascio parlare in pace.»

Levi le afferrò la mano e la tirò indietro sulle sue ginocchia. «Resta.»

Wes chiuse la porta alle sue spalle. «In effetti, Emily, ho bisogno che sia qui anche tu. Ciò che devo dirvi è una cosa enorme, servirà l'aiuto di tutti.»

Appena Wes aveva smesso di ripetere per la cinquecentesima volta nella sua testa le parole *esenzione dello sponsor*, immaginandosi mentre alzava il trofeo, aveva ripreso il controllo e aveva parlato con il contatto di Tom, che aveva accettato di usare il Club Tahoe e perfino di cambiare il nome del torneo. Purché Wes fosse in grado di preparare in tempo il campo e tutto il resto.

«Ospiteremo il Tahoe Invitational.» Wes si alzò sulla punta dei piedi, con il corpo che vibrava di eccitazione.

Levi guardò Emily. «Sai di che cosa sta parlando?»

Emily scosse la testa, ma le brillavano gli occhi. Emily era astuta. Wes riusciva a vederla riunire mentalmente i pezzi del puzzle. «Stai parlando di un torneo professionistico? Che verrà qui?»

«Sì, cazzo! *Sì*.» Wes batté forte le mani, attraversando la stanza. Si sedette sul bordo della scrivania di Wes, guadagnandosi un'occhiataccia da parte del fratello.

Emily si alzò, nonostante le mani di Levi tentassero di fermarla, e andò da lui, diteggiando sul tablet come se cercasse uno schermo per prendere appunti. «Quando?» disse. «E di quante persone parliamo di ospitare?»

«Non persone. *Folle*.» Wes si rivolse a Levi. «Stai ascoltando?» Levi fissava Emily come se stesse prendendo in considerazione di tirarla di nuovo in grembo. «Sai che significa per il club?»

Suo fratello si grattò una guancia. «Questo ha a che fare con il tuo amico Tom? Non mi fido di niente che esca dalla bocca di quel somaro.»

L'unica volta in cui Wes aveva coordinato un incontro tra suo fratello e Tom, Wes e Tom si erano ubriacati e avevano rimorchiato delle donne invece di parlare di portare un torneo al club. E, okay, era stata una cosa immatura da fare, ma era successo mesi prima. Wes ne aveva avuto abbastanza di stronzate come quella. Voleva di più.

E la visione del suo successo gli era appena caduta tra le mani.

«Dimenticalo. Questa non è una possibilità; è una realtà. Ho firmato questa mattina il contratto preliminare.» Wes mise un foglio di fronte a Levi, che fissò il documento. «Senza il mio permesso?»

«La versione finale dovrà essere firmata da tutti noi. Immaginavo che volessi che mi occupassi io dei particolari del campo da golf.»

«Hai pensato giusto.» Levi picchiettò il dito sulla scrivania. «Che altro serve? Siamo in grado di occuparci di una cosa così grossa? Quando è esattamente?»

«Tra sette settimane, motivo per cui l'hanno assegnato a noi. Ho promesso che saremo pronti.»

«Sette settimane?» sbraitò Levi. «Hai perso la testa?»

Wes si strofinò il mento. «Sarà un miracolo se ci riusciremo. Ma se ci riuscissimo? Il nostro resort sarà sotto i riflettori. Pensaci, Levi. Potremmo diventare uno stop regolare del tour. E questo torneo assicurerà che l'albergo sarà pieno durante l'evento, a un prezzo maggiorato. Ma per farlo funzionare, bisognerà che ciascuno dei dipendenti si faccia il culo. Dovremo assumere altro personale, ovviamente...» Wes si alzò in piedi e si mise a camminare avanti e indietro, poi si fermò di colpo e fissò Levi. «Cazzo, ce la faremo?»

Emily scrisse febbrilmente sul suo tablet, prendendo appunti o calcolando... Chi sapeva che cosa diavolo faceva su quella cosa? «Sì, sì, ce la possiamo fare. Se assumeremo un mucchio di dipendenti temporanei e ci assicureremo che i servizi attuali funzionino come un orologio.»

Levi si strofinò la bocca. «Finora abbiamo usato il nostro personale regolare per sostenere il Club dei Bambini, ma non funzionerà durante il torneo. Quando puoi assumere un manager a tempo pieno per quel settore?»

Emily si morse il labbro. «Dipende dai candidati. Si tratta di bambini, non ho intenzione di assumere una persona qualunque. Ho bisogno di qualcuno che sia totalmente affidabile e pratico. Qualcuno che parta in quarta e assicuri il successo del programma.»

Levi sospirò. «Così, fondamentalmente, ci serve un vero e proprio miracolo.»

Emily annuì lentamente. «Già. Ma lascia che chieda in giro e veda che cosa riesco a fare. Metterò l'inserzione oggi pomeriggio. A volte ci vuole un mucchio di tempo per trovare qualcuno adatto e qualche volta ho fortuna e trovo qualcuno al primo tentativo.»

«Mentre lo facciamo,» disse Wes, «riunirò il mio staff. La direzione del tour offrirà il suo sostegno. Controllerò che cosa comporta e tutti i requisiti per la sicurezza, l'ospitalità, distributori... *Merda*. La lista è lunga, vero?» Wes ricominciò a camminare avanti e indietro. «Levi, adesso sarebbe un buon momento per contattare l'avvocato che hai assunto e assicurarsi che il contratto che ho firmato sia solido.»

«Ci penso io.» Levi prese il documento. «Farò venire anche il direttore finanziario e Jared. Devono sapere che cosa c'è in ballo.»

«Giusto.» Wes fece una smorfia. «Non riesco a credere che abbia assunto il fidanzato della tua ex.»

«Ehi» disse indignata Emily. «Jared è meraviglioso. E Lisa non è solo l'ex di Levi, è mia sorella, e questo prevale sull'etichetta di ex.»

Wes le rivolse uno sguardo vacuo. «Emily, non usare una contorta logica femminile con me in questo momento. Kaylee mi ha incasinato la testa a sufficienza durante le ultime settimane.» Andò alla porta. «Levi, chiama i nostri fratelli, okay? Fai sapere loro che cosa c'è all'orizzonte in modo che si preparino. Per le prossime settimane, io sarò bloccato al campo, a preparare tutto. Lascio a voi due quello che riguarda il resto del resort.»

«Certo, lasciaci solo il resort.» Levi gli rivolse un'occhiata irritata, ma si voltò verso il proprio computer e cominciò a scrivere quella che sembrava essere un'e-mail, con le spalle larghe e le braccia massicce ricurve per adattarsi alla stretta tastiera.

Levi era stato un vigile del fuoco, fino a quando era stato ferito. Vedere il muscoloso fratello abituato a un lavoro manuale dietro a una scrivania e che se la cavava alla grande, era scioccante e buffo insieme per Wes. Ma tutti i suoi fratelli erano stati obbligati a fare cose che non erano abituati a fare dopo la morte del padre.

«Vuoi il campo da golf?» disse Wes. «Perché mi piacerebbe vederti provare a occuparti di quello.»

Levi gli mostrò il medio. «Vattene e lasciami lavorare.»

Wes si affrettò a uscire dall'ufficio di Levi, con la testa che ronzava per l'eccitazione e la trepidazione. Diavolo, era una sensazione pazzesca. Non sapeva se ce l'avrebbero fatta, ma avrebbe fatto tutto quello che poteva per tentare. Perché non era un'opportunità solo per lui ma anche per i suoi fratelli.

* * *

Kaylee superò il bancone della reception del Club Tahoe e svoltò a sinistra lungo un corridoio che finiva davanti a una porta a due ante. Entrò negli uffici della direzione, sentendo brividi in tutto il corpo. Era l'ultimo passo per cancellare i preparativi per il matrimonio. Non che fosse una cosa sbagliata. Era semplicemente uno di quei passi che lanciavano la sua vita in una direzione completamente diversa. Inesplorata e spaventosa.

Fece un respiro profondo e parlò con il receptionist all'entrata, che le confermò l'appuntamento e le chiese di sedersi ad aspettare.

Kaylee si sedette su una delle poltroncine imbottite e incrociò le dita, con le nocche bianche per la tensione.

«Kaylee?»

Alzò gli occhi e vide Emily davanti a uno degli uffici, con un sorriso caloroso sul volto.

«Entra.» Le indicò la porta.

Kaylee si alzò e la seguì lungo il corridoio, passando davanti a parecchi impiegati affaccendati. Sembravano più presi dell'ultima volta in cui era entrata in quegli uffici. Con Eddy. *Bleah.* Quella che stava facendo era la mossa giusta, ma non le impediva di pensare all'errore monumentale che aveva quasi fatto. E al fatto di dover cominciare una vita nuova da zero.

«Grazie per avermi ricevuto oggi» disse quando Emily chiuse la porta del suo ufficio. «Non mi ero resa conto che sareste stati così occupati visto che è piuttosto tardi.»

Emily sospirò e si sedette dietro la sua scrivania. «Normalmente non è così. Ma abbiamo appena ricevuto la notizia che ospiteremo un torneo di golf tra meno di due mesi.»

Nonostante la situazione in cui si trovava, Kaylee capiva

bene che notizia splendida fosse per il club. E per Wes. «È meraviglioso. Congratulazioni. Wes dev'essere così entusiasta.»

«Sai, non lo so. Cioè, sì, sembra eccitato, ma la quantità di cose da fare per preparare il resort è folle.»

«Beh, non voglio farti sprecare tempo. Sono solo venuta a firmare i moduli per la cancellazione della cerimonia e del ricevimento.»

Emily sembrò addolorata. «Mi dispiace moltissimo, Kaylee. Temevo che potesse succedere, l'ultima volta in cui ci siamo viste.»

«Grazie. Mi dispiace solo che le cose siano arrivate a questo punto. È complicato...» Era mai stata innamorata di Eddy e lui di lei? In quel momento, Kaylee stava dubitando di tutto.

«Non servono spiegazioni.» Emily prese una busta dalla sua scrivania e la tese a Kaylee con un sorriso gentile. «Ho parlato con Levi e siamo stati in grado di restituirti l'intero deposito. Una delle coppie è stata felicissima di anticipare il matrimonio.»

«Oh, wow. Puoi ringraziare Levi per me?»

«Certo.» Emily aggrottò le sopracciglia. «Come stai nel complesso?»

«Meglio. Cioè, non ho più radici ma in un certo senso mi sento più completa e probabilmente è un segno che le cose non erano giuste. E ho deciso di restare in città, anche se devo trovarmi un lavoro... È il motivo per cui non potevo venire più presto. Ho fatto colloqui di lavori tutto il giorno.» Kaylee si accigliò. «Avevo dimenticato com'è piccola questa città. Non c'è granché disponibile, oltre al gioco d'azzardo. Spero di trovare presto qualcosa perché l'idea di tornare a vivere con i miei genitori all'età di ventisei anni non mi attira proprio» disse ridacchiando.

«No, ovviamente no» disse lentamente Emily. «Che tipo di lavoro stai cercando?»

«Mi sono laureata in sociologia, con servizi educativi per la prima infanzia come seconda materia e lavoravo per una società no-profit per la protezione di donne e bambini. Quindi, tranne fare supplenza nelle scuole, ho trovato qualche no-profit e uno o due programmi sociali che sembrano interessanti.»

Emily si chinò in avanti. «*Veramente!* Beh, sai, il club ha bisogno urgentemente di una persona. Potrebbe non essere proprio perfetto per te, e la paga non è granché, ma ha a che fare con i bambini. Suppongo che non sia interessata a gestire il programma del Club dei Bambini qui al resort? Sta crescendo in modo esponenziale e abbiamo bisogno di qualcuno di fiducia con buone capacità organizzative. Anche la paga aumenterà una volta che il programma sarà completamente organizzato e funzionante.»

Lavorare al Club Tahoe non era stato sul radar di Kaylee. Wes probabilmente non ne sarebbe stato felice... Ma aveva controllato le inserzioni per giorni e non c'era veramente molto disponibile. «In effetti, mi interesserebbe molto.»

«Meraviglioso.» Emily sorrise soddisfatta. Si alzò e diede a Kaylee il suo biglietto da visita. «Mandami il tuo CV e continueremo da lì.»

Ciò che avrebbe dovuto essere completamente demoralizzante, cioè ufficializzare la cancellazione del suo matrimonio, si era rivelato essere... stranamente rigenerante.

Un lavoro al club?

Wes l'avrebbe odiato.

Ma Kaylee poteva pensare a posti peggiori in cui lavorare. Il Club Tahoe era un paradiso a confronto di alcuni dei posti in cui aveva lavorato in passato. E se significava sostenere dei bambini, non sarebbe stato per niente male. Non esattamente la carriera che aveva in mente, ma le serviva solo qualcosa per rimettersi in piedi.

Capitolo Tredici

«Chi hai assunto?» Per un secondo, Wes aveva pensato che Emily avesse detto di aver assunto Kaylee per lavorare al club.

«Hai capito bene, Wes. E non voglio sentire storie» disse Emily, in piedi accanto alla scrivania di Levi.

Wes non era entrato senza bussare. Aveva imparato la lezione l'ultima volta. Aveva bussato. Ma non sarebbe importato perché Levi ed Emily stavano effettivamente lavorando.

«Non sei l'unico che sta impazzendo per preparare il club per il torneo» disse Emily. «Abbiamo bisogno di qualcuno che gestisca il Club dei Bambini e Kaylee era la candidata perfetta. In effetti, è fin troppo qualificata. Ma se va bene, riuscirò a convincerla a restare. Nelle ultime due settimane è riuscita a mettere in carreggiata un programma che funzionava con un budget ridottissimo. È superfluo dire che i genitori la adorano.»

«Due settimane?» Come cavolo aveva fatto a non accorgersene? Ah, già, era stato occupato a organizzare tutto per un torneo.

Era ovvio che i genitori adorassero Kaylee. In superficie, lei era bella, dolce e gentile, con piccole cose come i bambini e i cuccioli. Ma avere il cuore distrutto, anche se da mani morbide, non era una cosa che un uomo dimenticava facilmente.

Wes lanciò un'occhiata a Levi, che stava sorridendo a Emily. «Vedo che il tuo Pugno di Ferro in Guanto di Velluto sta funzionando alla grande.»

«Non sai quanto» disse orgogliosamente Levi. «E se riusciremo ad approntare il resort in tempo per il tornei, dovrai ringraziare Emily.»

Emily picchiettò sul tablet. «Non è vero. Hanno fatto tutti la loro parte.» Guardò amorevolmente Levi. «Specialmente tu.»

«Per via della frusta che hai brandito per *incoraggiarli*» borbottò Wes.

Emily sorrise. «Mi piace quel suo lato.»

«Baby, non rubarmi la scena» disse Levi. «Sai quanto mi piaccia far valere la mia autorità.»

«E io ho bisogno che tu lo faccia. Quello chef inaffidabile sta rendendo la vita difficile a Bran. Puoi parlargli?»

«*Macon.*» Levi si appoggiò allo schienale e incrociò le braccia muscolose sul petto. «Sarà un piacere assicurarmi che quel bel ragazzo faccia il suo lavoro. In effetti, forse Bran potrebbe promuovere il vice di Macon. Siamo tutti stanchi del fatto che le attività fuori orario di Macon influenzino il suo lavoro.»

«Non potrei essere più d'accordo» disse Emily e sostituì le carte sulla scrivania di Levi. «Firma queste per favore. Devono andare all'ufficio contabilità.»

Wes sbatté gli occhi e si strofinò la fronte. La conversazione era andata fuori strada. «Tornando a Kaylee, pensi veramente che sia una buona idea che lavori qui?»

«Sì» disse Emily. «E non sarebbe male che andassi a controllare come va. Sta affrontando un cambiamento epocale nella sua vita.»

«È la mia *ex*. Perché dovrei andare a vederla?»

«Perché ci tieni ancora a lei?» disse dolcemente Emily.

Maledizione. Era vero. Ma non gli piaceva il fatto che la sua famiglia lo sapesse. E non gli piaceva l'espressione di Emily quando parlava di Kaylee. Come se lui e Kaylee potessero tornare insieme... E quello non sarebbe mai successo.

Certo, gli importava di Kaylee, ma l'aveva bruciato. Aveva avuto abbastanza delusioni nella sua vita senza doverne soffrire un altro round con la sua ex. Anche se era bella. E dolce e grintosa, proprio come gli piacevano le sue donne.

Ultimamente però, aveva preferito il tipo facile, poco complicato. Donne da dimenticare in fretta. Ed era passato più di un mese da quando era stato con una di loro...

Gesù, forse non era la preparazione per il torneo che gli stava friggendo il cervello. Tutto ciò di cui aveva bisogno era una bella scopata per ripulire il cervello dalla melma mentale che aveva invaso il suo corpo e la sua mente troppo sfruttati, aggravata da troppi contatti con la sua ex.

«L'ho vista durante le lezioni e mi sembra che stia bene» disse Wes. Ma non ne era così sicuro. Era stata piuttosto sconvolta quando era andata a trovarla dopo il tradimento di Eddy McStronzo.

«Ascolta» Emily arrivò addirittura ad appoggiare il tablet sulla scrivania. «Ho invitato Kaylee per un drink con noi nel salone stasera. Non ci siamo trovati la settimana scorsa, e tutti quanti abbiamo bisogno di rilassarci un po'. Se non lo facciamo, finiremo per essere cotti quando arriverà il momento del torneo.»

Vero... Comunque... «Questi incontri regolari sono per *i fratelli.*»

«Ed Emily» aggiunse seccamente Levi.

«E io ho invitato Kaylee» disse Emily. «Non ha nessuno in città e lei mi piace veramente. È dolcissima e molto intelligente. Mi ha aiutato moltissimo. Puoi non venire se vuoi, Wes, ma l'invito per Kaylee resta.»

Wes guardò storto Levi. «Da quando le donne vengono prima dei fratelli?»

Levi tirò vicino Emily e le avvolse un braccio intorno alla vita. «Emily è di famiglia. Abituati.»

Wes alzò le mani, esasperato. «Non siete nemmeno sposati. Adam ha una scusa per portare Hayden alle serate-birra, sono fidanzati.»

«È solo questione di tempo» disse Levi.

Emily arrossì allo sguardo toccante che le rivolse Levi.

Quella scena faceva venir voglia di vomitare a Wes. «Io me ne vado.» Si diresse alla porta.

«Verrai stasera?» gli chiese Levi.

Wes aprì la porta e guardò indietro. «Sì, ma non pensare che cambierò abitudini perché c'è la mia ex. Se non vuole vedermi rimorchiare altre donne, può trovare altri amici con cui passare il tempo.»

«Ti stai dando parecchio credito, Wes» disse Emily. «Come fai a sapere che a Kaylee interessi?»

Perché interessava a *lui.* Ma non lo avrebbe mai confessato a quei due.

«Lo so e basta.» Si precipitò fuori dalla stanza e camminò lungo il corridoio.

Probabilmente sarebbe stato un bene che Kaylee lo vedesse con altre donne. Li avrebbe messi giusta rotta per andare avanti, se lei avesse continuato a lavorare nel resort.

* * *

«Che ne dici di quella?» Kaylee indicò una bella donna con i capelli rossi dall'altra parte del salone.

Wes digrignò i denti. Non era proprio ciò che aveva avuto in mente. Per. Niente.

Levi, il somaro, aveva spiattellato che Wes stava cercando di rimorchiare una donna quella sera, e Kaylee aveva avuto la brillante idea di aiutarlo.

Che. Cazzo?

Wes le diede un'occhiataccia. «Non ho bisogno del tuo aiuto.»

«Io ho un ottimo gusto in fatto di donne, non molto quando si tratta di uomini.»

Considerato che a un certo punto aveva scelto *lui* con cui stare, Wes ignorò il commento.

Kaylee sorrise dolcemente. «Posso identificare una psicopatica al primo sguardo.»

«E se mi piacessero le ragazze un po' folli?» A nessun uomo piacevano le psicopatiche, ma quella conversazione stava sfuggendogli di mano e avrebbe detto qualunque cose per farla smettere di "aiutarlo".

Kaylee respinse la sua affermazione. «È stupido. Le psicopatiche finiscono per stalkerarti e uccidere il tuo gatto mentre non guardi.»

«Non ho un gatto.» Non era così che aveva immaginato la birra con i suoi fratelli. Quella serata avrebbe dovuto servire a rilassarsi, non a stressarsi ancora di più. «Posso trovare da solo una donna, Kaylee.» Wes sorrise, ma probabilmente la sua espressione era risultata un po' minacciosa, visto che Kaylee trasalì.

Era andato a letto con un mucchio di donne dopo la loro rottura. Non che se ne sarebbe vantato. Era stata una pura questione di sopravvivenza e non perché ne fosse fiero. Un giorno avrebbe voluto di nuovo una ragazza fissa. Una che non fosse complicata. E che non fosse portata a scaricare un uomo senza preavviso.

«Il punto è che ci penso io, non ti devi preoccupare...» Aggiunse.

Ma, sul serio, Kaylee che sceglieva le donne per lui gli aveva fatto completamente passare la voglia. Guardò furente i suoi fratelli, seduti intorno al tavolo che li osservavano e ascoltavano la loro discussione come fosse una sitcom.

«Non lo so, Wes» disse Hunt. «Dovresti ascoltare Kaylee. A me non dispiacerebbe averla come spalla.» Lo sguardo di Hunt scivolò lungo la t-shirt di Kaylee, che aderiva leggermente alle sue curve. Non si era vestita in modo elegante, ma non ne aveva bisogno. Era una bella donna e Hunt aveva un debole per le belle donne.

Wes diede un'occhiataccia al fratello e Hunt sogghignò, il somaro.

«Oh, farti da spalla» disse Kaylee sorridendo. «Mi piacerebbe aiutarti a rimorchiare, Hunt.»

Wes guardò sospettoso il drink che Kaylee aveva in mano. Era alla quarta birra, non che lui le avesse contate. Ma aveva anche bevuto uno shot con Emily, come riscaldamento, quando erano arrivate. Se Wes ricordava bene, la sua ex sarebbe stata sbronza marcia se non avesse smesso di bere.

Kaylee attirò l'attenzione di una cameriera e ordinò un Long Island Iced Tea.

Buon Dio, che cosa stava cercando di fare? Annegarsi nell'alcol?

Wes indicò il drink che aveva portato la cameriera.

«Forse dovresti andarci piano. Ho visto che cosa succede quando sei ubriaca.»

Kaylee lo guardò a occhi stretti. «Sono single, Wes. Non ho un custode e non ne sto cercando uno.»

«Così si fa, ragazza!» Emily batté il cinque con Kaylee, ma fu un gesto da brille. Mancarono il contatto, scoppiando a ridere.

Wes guardò Levi.

«Inutile che mi guardi così» disse Levi. «Credi che abbia voce in capitolo?»

Cazzo. Wes non aveva mai pensato di vedere il giorno in cui il fratello maggiore avrebbe avuto la palla al piede. «Mi deludi, veramente.»

La risposta di Levi fu di sbaciucchiare il collo della sua ragazza. Intanto, Hunt aveva già una donna in braccio (Wes non aveva la minima idea di come fosse arrivata) e Adam si alzò per andarsene.

«Vado» disse Adam. «Hayden e io abbiamo da fare con i preparativi. Sapete tutti che abbiamo anticipato il matrimonio, vero?»

Bran alzò la visiera del suo berretto da baseball. Il resto di loro aveva rinunciato agli stupidi cappelli, ma non Bran. Se Bran non fosse somigliato tanto a lui e ai suoi fratelli, Wes si sarebbe chiesto se fossero veramente consanguinei. Avrebbe potuto essere un monaco. «Pensavo che il matrimonio sarebbe stato in primavera.»

Adam guardò nervosamente Kaylee. «Sì, è così... Ma c'è stata una cancellazione e siamo riusciti ad anticiparlo.» Diede a Kaylee un'occhiata di scusa. «Mi dispiace, spero che tu stia bene.»

Kaylee agitò pigramente una mano. «Meglio tu di me» disse biascicando un po'.

Al Club Tahoe bisognava prenotare un matrimonio con un anno di anticipo, anche in autunno e in inverno. Kaylee doveva averlo prenotato un anno prima e, adesso che lo slot era rimasto aperto, Adam e Hayden si erano affrettati ad accaparrarselo.

Kaylee poteva fingere quanto voleva, con quella storia di fargli da spalla, ma, vista la quantità di alcol che aveva consumato quella sera, Wes dubitava seriamente che avesse superato la rottura del fidanzamento.

Non sapeva perché la faccenda lo infastidisse, ma era così.

Capitolo Quattordici

Per la maggior parte del tempo, Wes viaggiava a senso unico quando si trattava di esplorare un possibile rimorchio, ma quella sera era distratto perché vedeva le cose da una prospettiva diversa: *una donna* in cerca di un aggancio.

Un pezzo di merda in completo elegante si era buttato su Kaylee e stava chiacchierando con lei. A Wes non importava se Kaylee fosse o meno single, non aveva la minima intenzione di lasciarla andare a casa con quel tizio mentre era ubriaca.

Si alzò e gettò qualche banconota sul tavolo. «Io vado.»

Bran stava mandando messaggi, Adam se n'era andato un'ora prima e Hunt se n'era andato con la donna che aveva avuto in braccio.

Levi, che stava conversando con Emily, alzò gli occhi. «Così presto?»

Wes sapeva dove voleva arrivare suo fratello. Non aveva ancora scelto una donna e non andava mai a casa da solo quando era deciso a trovarne una. Ma non importava. Dopo la settimana che aveva avuto, le mille disposizioni finali per il torneo, aveva più bisogno del suo letto più che di un corpo caldo. Probabilmente Bran lo stava contagiando. E, Dio, se non era un pensiero deprimente. «Ci vendiamo domani mattina. Alle otto, giusto?»

Levi annuì. «Saremo lì, belli pimpanti. Lavorare durante i fine settimana sarà la norma fino al torneo.»

Wes annuì, con lo sguardo su Kaylee a un metro di distanza. L'uomo le aveva messo la mano sul fianco e i mescoli di Wes si contrassero.

Anche Levi diede un'occhiata. «Ci assicureremo che arrivi a casa sana e salva.»

«Non preoccuparti. Ci penso io.» Andò da Kaylee e fece una cosa che dopo avrebbe pagato, ma non gliene importava un fico secco.

Le mise il braccio intorno alla vita, tirandola contro il petto. «Baby, è ora di andare.»

Lei voltò la testa, con lo sguardo vacillante, come se fosse in mare. «Che c'è?»

Non c'era la minima possibilità che la lasciasse lì mentre era ubriaca, nonostante la promessa di Levi di occuparsi di lei. Le afferrò la mano e cominciò a tirarla via. Fortunatamente, lei non fece resistenza né tentò di fermarlo. L'uomo con cui stava parlando si lamentò, ma Wes lo ignorò completamente.

«Che cosa sta succedendo?» chiese Kaylee.

Wes aspettò finché furono nella hall prima di fermarsi e guardarla negli occhi. «Ti sto portando a casa.»

Kaylee si mise a ridere. «Vediamo se ho capito. Tu puoi cercare una donna per tutta la sera, ma io non posso andare a casa con un uomo?» Incrociò le braccia sul petto e ondeggiò, senza però che il suo bel viso perdesse l'espressione cocciuta. «Sono single e non sono una tua responsabilità. E da molto tempo. Nessuno è responsabile per me.» Il suo tono aveva una sfumatura di vulnerabilità.

«Non andrai a casa con un uomo mentre sei ubriaca.» Non le disse che l'avrebbe trascinata via anche se non fosse stata ubriaca. Perché non sarebbe riuscito a spiegarlo.

«Sono una donna adulta. Non hai nessun diritto, *nessuno!*» La sua espressione era indignata, ma Wes percepì qualcosa di più nella ribellione di quella sera. Stava soffrendo. Tutto a causa di McStronzo? Aveva quasi sposato quel tizio ma per quanto ne sapeva lui, Kaylee aveva schivato una mina, tirandosi indietro prima che fosse troppo tardi.

Wes si ficcò le mani in tasca e distolse lo sguardo, sospirando. «Vuoi veramente andare a casa con un tizio qualunque?»

Lei deglutì, senza guardarlo negli occhi. «Non lo so. Non ho mai avuto l'avventura di una notte. Non voglio niente di serio e immagino di aver pensato che sarebbe stato bello sentirsi desiderata per una notte.»

Wes digrignò i denti. L'idea di Kaylee a letto con quell'uomo gli faceva rivoltare lo stomaco. Non era mai stato possessivo con le donne. Era il motivo per cui poteva prenderle e lasciarle senza problemi. Beh, eccetto Kaylee. E forse sarebbe sempre stato così. Ed era il motivo per cui vivere nella stessa città, *lavorare insieme*, non avrebbe assolutamente funzionato. Ma aveva troppo in ballo in quel momento per farci qualcosa. «Credimi, non ti sei persa niente.»

Visto il modo in cui lo sguardo di Kaylee si era addolcito, temeva che stesse vedendo più di quanto lui volesse. «Se fare sesso con gente a caso è così brutto, perché tu lo fai?»

«Per noia, per togliermi un prurito?» Era più complicato. Non voleva una relazione stretta con una donna e il sesso casuale gli impediva di pensare al perché.

Lei strinse le labbra. «Dovresti consultare un medico per quel prurito. Sembra brutto.»

«Sono pulito come la pioggia di primavera.»

«Perché ne dubito?»

«La mia anima sarà anche scura, ma, diciamo così, mi proteggo sempre.»

«Non lo facevi sempre con me.»

Wes si irrigidì. Non perché stessero parlando di preservativi, ma perché non era pronto a parlare del passato. E di loro. *Che facevano sesso.*

Gli passarono nella mente immagini di loro che facevano l'amore. E il calore che lo aveva colpito al petto quando l'aveva vista con quel tizio squallido andò a sud, riscaldandolo e infiammandolo. «Siamo stati attenti... La maggior parte delle volte.» Le rivolse un sorriso spavaldo e Kaylee impallidì. «Devo andare» sbottò e lo superò correndo, sbattendo contro il suo braccio.

Wes la raggiunge. «Fermati. Ho detto che ti avrei portata a casa. Non puoi guidare nelle tue condizioni.»

«Bene.»

Bene? Niente obiezioni?

Perché parlare del loro passato sessuale faceva sembrare che Kaylee volesse vomitare?

Gente, se Wes non fosse stato così sicuro di sé da quel punto di vista, la reazione di Kaylee avrebbe potuto dargli un complesso. Meno male che la sicurezza non gli mancava.

L'accompagnò alla propria auto e le aprì la portiera, controllandola attentamente. Lei crollò sul sedile della Range Rover e Wes ebbe la sensazione che non fosse per l'alcol.

Girò intorno all'auto, salì al posto di guida e accese il motore.

Era quello che aveva voluto. Portarla a casa. Allora, perché c'era quella scarica di adrenalina? Perché gli tremavano le mani? E non com'era successo prima, non era eccitazione. C'era qualcosa che turbava Kaylee e Wes era in apprensione.

«Kaylee» disse mentre percorrevano il lungo viale del Club Tahoe. Kaylee aveva la testa appoggiala al sedile, il volto girato verso il finestrino. «Perché sei rimasta sconvolta quando ho detto che eravamo stati attenti? Perché io ti sono sempre stato fedele, cazzo, diversamente da quel pezzo di...» Wes fece un respiro profondo, rilasciando poi lentamente il fiato. «Ciò che volevo dire è che allora ero un bravo ragazzo. Quindi, perché hai quell'espressione acida?»

A Kaylee tremarono le labbra e si coprì il volto con le mani, borbottando qualcosa che sembrava *bambino*.

«Puoi ripetere per favore?» Wes era in allarme. Kaylee non si stava comportando in modo normale. E non solo perché era ubriaca.

Kaylee lasciò cadere le mani in grembo e le fissò: «Ho perso il nostro bambino».

Le parole erano uscite facilmente, malgrado il loro peso.

Wes voltò di colpo la testa verso di lei e sbandò, facendoli quasi finire in un fossato. «*Scusami?*»

«Il nostro bambino.» Kaylee aveva gli occhi lucidi, il volto contorto dal dolore. Le lacrime cominciarono a scendere sulle sue guance lisce. Distolse gli occhi e si rannicchiò nell'angolo tra il sedile e la portiera.

Wes guardava febbrilmente tra lei e la strada. «Di che cosa stai parlando?» Ma era troppo tardi per riuscire a ottenere da lei una risposta coerente.

Kaylee stava piangendo più forte di quanto l'avesse vista

piangere, spasmi che scuotevano il suo corpo mentre si dondolava. Sbatté la testa contro il sedile e le parole volarono dalle sue labbra in uno sproloquio borbottato. «Non riesco a parlarne. Pensavo di riuscirci. Che venire qua avrebbe spazzato via il senso di colpa e il dolore di tutto. Ma sono ancora qui.» Si premette il pugno sullo stomaco, gemendo.

Porca miseria... Wes pensò se fosse il caso di fermarsi. Era una follia. Kaylee stava dicendo cose folli. Doveva portarla in ospedale? Perché c'era seriamente qualcosa di sbagliato.

Ma erano in mezzo al nulla e mancavano solo cinque minuti per arrivare a casa di Kaylee.

Quando arrivarono, Kaylee aveva perso i sensi e il suo corpo si scuoteva ogni pochi secondi per i singhiozzi lasciati dal pianto.

Wes si passò una mano pesante sul viso e sbatté gli occhi guardando la porta d'ingresso. Scese dall'auto e attraversò il vialetto fino al finto sasso che nascondeva una chiave che non era stato spostato da quando aveva frequentato Kaylee. Aprì la porta e rimise la chiave nel suo nascondiglio. Poi tornò alla Rover.

Wes guardò il corpo minuto rannicchiato sul sedile della sua auto. Le braccia di Kaylee erano avvolte intorno alle ginocchia, senza stringerle e i morbidi capelli scuri le ricadevano sul volto. Si sentì stringere il petto e per un momento il suo sguardo si addolcì. Cazzo. *Cazzo.* Non poteva aver voluto dire quello che aveva detto. Era un discorso da ubriaca. Non era reale.

Aprì la portiera con attenzione e slacciò la cintura di sicurezza, spingendole indietro dolcemente le spalle. Le passò un braccio sotto le ginocchia e l'altro dietro la schiena, sollevandola dal sedile e stringendola al petto.

Chiuse la portiera con un piede e la portò in casa.

Controllando in giro, pensò di portarla al piano di sopra e metterla a letto, poi cambiò idea. Doveva parlare con lei e non in una stanza da letto.

Wes andò verso il grande divano e l'appoggiò gentilmente per il lungo. Trovò una coperta e gliela mise sopra, poi le tolse le scarpe e le rimboccò la coperta intorno i piedi. Sospirò. Non l'avrebbe lasciata da sola, quello era certo. Non con lei svenuta. La gente moriva di avvelenamento da alcol. Non pensava che avesse bevuto abbastanza da fare danni seri, ma le parole che le erano uscite di bocca erano folli e tutto era possibile.

Wes andò in cucina e prese un bicchiere d'acqua. L'appoggiò sul tavolino accanto alla sua testa, poi si tolse le scarpe con un calcio e andò alla finestra che dava sul cortile dei genitori di Kaylee. Avevano un bel posto, annidato nei boschi eppure vicino alla città.

Si strofinò la fronte e diede un'occhiata al corpo ancora immobile di Kaylee. Dio, sperava che stesse parlando a vanvera riguardo la faccenda del bambino. Perché se non era così, avrebbe significato che gli aveva mentito per tutto il tempo.

E che il loro passato e il motivo per cui l'aveva lasciato erano più importanti di quanto avesse immaginato.

Capitolo Quindici

Quando non riuscì più a sopportare il martellamento in testa, Kaylee aprì gli occhi. Era chiaro fuori e lei era... sul divano?

«Buongiorno.»

Il suo sguardo si alzò di colpo verso la figura seduta accanto ai suoi piedi. «Wes? Che cosa ci fai qui?» E poi ricordò a pezzi e bocconi la sera precedente. L'uomo con cui aveva pensato di tornare a casa, solo per mettersi il passato alle spalle. Per sentirsi desiderata quando tutto quello che aveva sentito era un mucchio di niente.

Wes l'aveva tirata via da lui. E poi nel percorso in auto verso casa...

«Oh Dio.» Si mise seduta e desiderò di non averlo fatto. La stanza girò e lo stomaco si contrasse.

«L'acqua è proprio dietro di te» disse Wes, in quel suo tono paziente con una traccia di rabbia.

Kaylee allungò la mano verso il bicchiere e bevve qualche sorso, cauta, per via dello stomaco sottosopra. Lo guardò da sopra l'orlo del bicchiere. Wes era teso e sembrava non avesse dormito. Che fosse rimasto seduto tutta la notte a osservarla. «Perché sei rimasto?»

«Eri ubriaca.»

«Non così tanto.»

Wes fece un mezzo sorriso. «Sei svenuta, quindi sì, eri ubriaca.»

«Bene. Ho bevuto troppo. Sono passati anni da quando ero al college. Sono un po' fuori esercizio.»

Nonostante ciò che aveva detto a Wes la sera prima, non sarebbe andata a casa con l'altro uomo. Dargli il suo numero? Certo. Era single e restare seduta a rimuginare sul suo fallito fidanzamento non era il modo per voltare pagina. Non era interessata a niente di serio, ma uscire con qualcuno carino non sembrava male. Anche se ci sarebbe voluto un po' prima di fidarsi completamente di un uomo.

Wes si sporse in avanti e sembrò che le sue spalle larghe invadessero il suo spazio, anche se in effetti erano lontano un metro. «Ricordi che cosa mi hai detto prima di svenire?»

Era tornata al lago Tahoe per il suo matrimonio, ma anche per poter parlare a Wes del bambino. Per togliersi di dosso il senso di colpa, la vergogna e la tristezza, spiegandogli finalmente ciò che era successo tutti quegli anni prima. E poi, quando aveva visto Wes la prima volta, lui era ancora così arrabbiato.

Non ci riusciva. Non quando lui la odiava ancora. Forse era stato un errore venire lì. Ma Wes l'aveva accompagnata a casa la sera prima e non era obbligato a farlo. Si era fatto vivo a casa sua, dopo aver scoperto l'infedeltà di Eddy, solo per assicurarsi che lei stesse bene. Ci poteva essere ancora tensione tra loro due, ma lui teneva a lei, anche se non lo voleva ammettere.

Si era quasi convinta che Wes sarebbe stato meglio senza sapere del passato. Che poteva tenerselo dentro e non scaricare il dolore su di lui. E poi, in un solo momento di ubriachezza, gli aveva detto tutto. Il passato che non l'avrebbe mai lasciata, che la rodeva da dentro e che aveva cambiato la sua vita per sempre.

Aveva spiattellato la verità sulla sua gravidanza, perché, in fondo, aveva egoisticamente avuto bisogno che lui lo sapesse. Non voleva essere la sola a saperlo.

Kaylee si strofinò gli occhi e spostò le gambe sul pavimento. «Posso lavarmi i denti e cambiarmi, prima di cominciare a parlare?»

Lui le indicò pigramente di andare, ma sembrava che ogni muscolo nel suo corpo fosse contratto.

Kaylee andò al piano di sopra, nella sua stanza, e si lavò i denti nel bagno padronale, poi si cambiò, continuando a ripensare a come dire a Wes una cosa che avrebbe dovuto dirgli anni prima. Ma era stato il suo corpo. Era stata lei a essere cambiata in modo irrevocabile. Quindi, anche se lui aveva avuto il diritto di sapere, lei era troppo incasinata e vulnerabile per dirglielo.

Prese il flacone degli antidolorifici, ingollò un paio di pastiglie e si pulì la faccia con una lavetta calda. Si guardò allo specchio. Dall'esterno sembrava ancora la ragazza di cui Wes si era innamorato al college, meno i capelli lunghi, ma dentro di sé non era più la stessa.

Kaylee scese le scale e trovò Wes che fissava gli abeti e le montagne oltre le alte finestre della sala da pranzo. Era il posto che anche lei preferiva in quella casa.

Camminando in silenzio a piedi nudi, entrò in cucina e preparò il caffè, seguendo il solito rito. Rimandando l'inevitabile. Parlargli dei particolari della gravidanza non sarebbe stato facile, anche dopo aver passato del tempo insieme.

Kaylee entrò con due tazze e ne porse una a Wes.

Lui alzò gli occhi, sbattendoli come se fosse stato preso dai suoi pensieri, e accettò il caffè. «Grazie.»

Kaylee si lasciò cadere sul divano e avvolse le mani intorno alla tazza, cercando di assorbire tutta la forza possibile dal suo calore. «Riguardo a ieri sera e a ciò che ho detto, mi dispiace che sia uscito in quel modo. Avevo un piano perfetto per dirtelo quando sono arrivata. E poi le cose si sono sgretolate. Alla fine, ho pensato che sarebbe stato meglio lasciare che il passato restasse nel passato.»

Wes scosse la testa con forza. «Quel discorso folle era vero? Hai avuto un... *un bambino*? E non me l'hai detto?»

Anche dopo tutti quegli anni, gli occhi le si riempirono di lacrime. «No. Non c'è nessun bambino.»

Wes si passò le dita tra i capelli, facendo ricadere le belle ciocche scure sulla fronte. «Sono stato sveglio tutta la notte cercando di capire che cosa diavolo potesse voler dire. Devi spiegarmi tutto dall'inizio.»

Kaylee chiuse gli occhi. «Prima che cominciasse il tuo torneo di qualificazione, l'ultimo anno di college, non stavo bene. Lo ricordi?» Lui la guardò senza capire. «No, ovviamente no. Eri troppo preso a quel tempo.» Appoggiò la tazza di caffè sul tavolino e si massaggiò le cosce.

Wes si guardò attorno, come se stesse mentalmente riavvolgendo un nastro. «Eri... Stanca. Più del solito.»

«Sì. Pensavo che fosse lo stress per gli esami di metà anno. Che la scuola mi stesse esaurendo. Dormivo moltissimo. Il cibo non mi interessava... E poi ho cominciato a perdere sangue. Sai che il mio ciclo era irregolare. Immaginai che fosse quello. Ma questa volta il sanguinamento era accompagnato da un forte dolore.»

Wes strinse i denti e la fissò, aspettando.

«Sono andata all'ambulatorio medico dell'università e mi hanno detto che stavo avendo un aborto spontaneo.» Wes abbassò la testa e Kaylee sospirò, ordinando alla propria voce di smettere di tremare. «Ero incinta di tre mesi.»

«Cazzo» disse Wes. Dopo un lungo momento, alzò gli occhi. «Perché non me l'hai detto?»

«*Dirtelo*? Non sapevo di essere incinta. E quando avrei dovuto parlarti dell'aborto? Mentre mi stavo dissanguando? Lo stesso giorno in cui mi hai detto che non potevi concentrarti su niente fino a dopo il torneo? O quando ho dovuto subire un intervento d'urgenza per rimuovere il bambino che era morto dentro di me?» Sbatté gli occhi per toglierne le lacrime. «No, Wes, non te l'ho detto. Ero sotto shock, riuscivo a malapena a mantenere il controllo.»

Wes si tirò indietro e si coprì il volto tra le mani. «Mi dispiace.»

A Kaylee sfuggì una lacrima e strinse le labbra. «Non eri disponibile, lontano per un allenamento intensivo. Sono andata a casa per guarire, ma continuavo a provare dolore. Sono andata dal mio medico e lui ha detto...», Kaylee si coprì la faccia mentre le lacrime cominciavano a scendere copiose, «che c'era tanto tessuto cicatriziale rimasto dall'intervento che avevo subito che non sarei mai più rimasta incinta.»

Kaylee non vide Wes muoversi. Non lo sentì. La prima cosa di cui si rese conto era che la stava stringendo tra le braccia forti e tirandola in grembo. Le massaggiò la schiena e lei pianse sulla sua spalla. La mano di Wes tremava quando le accarezzò la testa. «Ero egoista. Giovane e stupido. Non sapevo quello che avevo» disse. «Non sapevo cos'era importante.»

Il fardello di Kaylee non si era mai alleggerito da quando aveva perso il bambino insieme alla sua fertilità. Fino a quel momento cioè, mentre ascoltava le parole tenere di Wes. Era ciò di cui aveva avuto bisogno. Il suo sostegno, il conforto. Dio, quanto aveva amato quell'uomo. E una parte di lei lo amava ancora.

Si spostò sul divano, lasciando le gambe sopra quelle di Wes. Lui le afferrò una caviglia, senza lasciarla andare. «Ero arrabbiata con me stessa. Con te. Nella vita c'è di più che non avere figli ma, a quel tempo, volevo sposarti e avere i tuoi bambini.» Gli rivolse un sorriso autoironico. «Sentivo che la mia vita era finita. Non sarei riuscita a vedere la stessa delusione sul tuo volto. Sono caduta in una profonda depressione e ho dovuto andarmene.»

«Lo capisco» disse dolcemente Wes. «E avevi tutti i diritti di prenderti del tempo per te. Ma perché non me l'hai detto, quando ti sei sentita meglio? Perché mi hai scaricato e non sei mai tornata?»

Kaylee spostò le gambe e si tirò indietro per appoggiarle sul pavimento. «È quello il fatto. Pensavo che *tu* mi avresti lasciato. Era una questione di autoconservazione. Eri stato distaccato ed era una cosa grossa. Non avrei sopportato che tu mi lasciassi.» Le lacrime scendevano lungo le guance e lei le tolse con il dorso della mano. «Ero distrutta. Anche se fossi rimasto, non mi avresti più guardato allo stesso modo.»

L'espressione di Wes si indurì. «Kaylee, cazzo. Io ti *amavo*. Non c'era niente che potessi dirmi che avrebbe cambiato quel fatto.»

La sincerità nella sua voce le tolse il fiato. «Non lo sapevo. Io... Io pensavo di essere quella che amava di più. Che ti avrei detto ciò che era successo e tu avresti cercato un modo per tirartene fuori.»

Wes si alzò di colpo, pronunciando una sfilza di imprecazioni. «Tutto questo tempo.» Scosse la testa. «Immagino che non sapremo mai come avrebbe potuto essere.»

Andò verso la porta.

«Wes.» Kaylee si affrettò ad alzarsi in piedi, con un'orribile, brutta sensazione che le fece contrarre lo stomaco.

Wes aprì la porta e voltò indietro la testa, con lo sguardo offuscato. «Ci vediamo in giro.»

La porta si chiuse e a Kaylee mancarono le gambe. Crollò sul pavimento, piangendo silenziosamente.

Anni prima aveva temuto che l'avrebbe lasciata se avesse saputo la verità ma, da quanto Wes aveva detto, si era sbagliata. E se era così, aveva perso molto più di quanto avesse mai saputo.

Capitolo Sedici

Era buio fuori. Chissà che ora era? Wes era al suo ottavo secchio di palline, sul campo pratica, dopo una giornata piena di preparativi per il torneo e un round di pessimo golf. Aveva l'esenzione dello sponsor, ma accidenti voleva dimostrare che meritava di partecipare.

Riusciva più o meno a vedere dove finivano le palline. Almeno la traiettoria. Non aveva bisogno di sapere con esattezza dove atterravano, purché la sua posizione fosse perfetta e la linea e l'arco delle palline fossero buoni. Aveva pasticciato durante il percorso durante il round di golf di quel pomeriggio e non era il modo di giocare durante il Tahoe Invitational. Non poteva fare casino, nonostante come si sentisse dopo la bomba che Kaylee gli aveva scaricato addosso quella mattina.

Aveva avuto un aborto spontaneo… E non glielo aveva detto. Peggio ancora, l'aborto l'aveva danneggiata in modo permanente. Fisicamente ma anche emotivamente.

Gli scendeva il sudore dalla fronte, gli faceva male la schiena e gli sembrava di avere un punteruolo ficcato in testa. Afferrò la mazza e le nocche divennero bianche. Non avrebbe mai potuto prevedere un segreto di quella portata. E non sapeva che cosa fare al riguardo. Kaylee gli aveva tolto la capacità di fare qualunque cosa, a dire il vero. Perché aveva deciso che lui non aveva bisogno di sapere del bambino. Non che potesse biasimarla.

Era stato egocentrico. E non era cambiato molto. Il golf governava ancora il suo mondo.

Wes sistemò un'altra pallina e si preparò al tiro. Kaylee non aveva creduto in lui. Non abbastanza da dirgli che aveva perso il loro bambino. Quella mancanza di fiducia...

«Wes.»

Wes abbassò il gomito e si voltò verso la voce.

Bran alzò la gamba oltre la catena che bloccava il campo prova. «Che cosa stai facendo? Hai il telefono scarico o roba simile? Levi ti sta cercando da tutto il pomeriggio.»

Wes riposizionò la mazza e l'abbassò passando tra le punte dell'erba e mandando la pallina a volare nell'universo buio. «Ho ricevuto il suo messaggio. È tutto in ordine.»

Bran sospirò bruscamente. «Fratello, non puoi sparire dal mondo. Non in questo momento. Non quando il club dipende dalla tua parte in questo show.»

La cosa che batteva nella testa di Wes divenne un martello pneumatico; sentiva il petto così stretto che pensava potesse rompersi. Ringhiò, roteò la mazza e la lanciò nel buio del campo pratica. Si voltò verso Bran che lo guardava stupito. «Non posso sopportare questa merda in questo momento.» Si afferrò la testa e camminò avanti e indietro. «*Non adesso.*»

Si sarebbe potuto pensare che Bran gli lasciasse un po' di spazio, ma no, suo fratello si tolse il berretto, si grattò la testa, con i capelli biondo scuro che si arricciavano sulle punte. «È il torneo che ti sta facendo andare fuori di testa?»

«No.» Wes abbassò il mento sul petto e si strinse la radice del naso

«Che cosa, allora?»

Wes fissò il cielo, una distesa di stelle. «Kaylee. Lei... Ho fatto un casino, Bran. Sono un coglione.»

Sentì suo fratello che sospirava. «Non lo fai apposta.» Wes gli diede un'occhiataccia, che Bran ignorò. «Kaylee lo sa, altrimenti non sarebbe stata con te.»

Wes deglutì. «Non posso sistemare questa cosa. Ed è colpa mia. Era incinta. Al college. Io non c'ero, non le sono stato vicino e lei ha perso il bambino.» Sentì una sensazione di bruciore agli occhi e se li strofinò. Non stava piangendo. Perdere la possibilità di partecipare al tour poteva farlo piangere, non questa cosa accaduta tanto tempo prima. No. Gli occhi erano irritati a causa dell'erba. Ecco tutto.

Suo fratello imprecò. «Wes, dubito che avresti potuto cambiare il risultato. Succede senza alcun motivo a un sacco di coppie.» C'era qualcosa nel tono di Bran...

Wes lo guardò, cogliendo un'ombra scura nella sua espressione sul volto del fratello. «È successo a te?»

Passò un momento, poi Bran annuì. «Alle superiori. Non è stata esattamente la stessa cosa, ma probabilmente sono stato un coglione molto peggiore di te allora, riesci a immaginarlo?»

Wes fece un passo indietro. Come faceva a non saperlo? E di Bran, oltretutto. Non avrebbe mai previsto, nemmeno in un milione di anni, le parole che stavano uscendo dalla bocca del fratello quasi casto. «Perché non hai mai detto niente?»

Bran cominciò a camminare avanti e indietro. «Perché sono stato un completo stronzo e non ho gestito bene la situazione, okay? Perché non c'era nessuno con cui parlarne, eccetto Levi che mi avrebbe preso a calci per tutta la città se l'avesse saputo.» Smise di camminare e fissò il cielo notturno. «Lei ha abortito.»

Wes distolse gli occhi. «Che cosa abbiamo che non va? Perché siamo tutti dei casinisti?»

«Praticamente siamo cresciuti da soli. Potrebbe essere quello il motivo. Ma Levi e Adam mi hanno dato una speranza. Quei due sono riusciti bene, dopotutto.»

Wes ridacchiò, anche se non era divertito. «Perché hanno incontrato Emily e Hayden, che li hanno presi a calci finché si sono rimessi in riga. Adam non era un santo e Levi era egocentrico, come il resto di noi, finché non si è riconciliato con Emily.»

«Vero.» Sul viso di Bran apparve un sorriso che svanì quasi subito. «Kaylee sta bene?»

«No. Sono sicuro che non stia bene. Ha detto che era un disastro quand'è successo. Che...» Gli mancò per un momento la voce. «Che da allora non può più avere figli.»

«Oddio, mi dispiace.»

Wes si sentì attraversare da una fitta di vulnerabilità. «Non so che cosa fare. Non so come sistemare le cose.»

«Come potresti sistemare una cosa successa tanti anni fa? Finora non ti aveva parlato del bambino, vero?»

Wes si sedette sulla banchina dietro il campo. «Ha detto che non sapeva di essere incinta finché non è stato troppo tardi. Io ero concentrato su me stesso e l'ho allontanata.» Alzò gli occhi. «Era incinta di tre mesi, Bran, e non lo sapevo. Non avevo voluto saperlo, perché le mie stronzate erano più importanti. Non stava bene e mi dicevo che era tutto okay. Che tipo d'uomo fa una cosa del genere? L'amavo più di ogni altra donna e le ho spezzato il cuore.» Si fissò le mani, grandi perfino per un uomo, ma eleganti come quelle di suo padre. Non era stato vicino a Kaylee, esattamente come suo padre non era stato vicino a lui. «Forse è colpa mia se ha perso il bambino.»

Bran si strofinò la fronte. «Non è così che funziona, non che sia un esperto. Non puoi sentirti in colpa per qualcosa che non potevi controllare.»

Wes alzò gli occhi. «Tu hai mai smesso di sentirti in colpa? Sei cambiato dalle superiori, eppure quasi non guardi le donne.»

Bran si rimise il berretto, rigido. «Qui non si tratta di me. Puoi riavere Kaylee, se lo vuoi.»

Wes ridacchiò cupamente. «Non ti sei mai chiesto perché non mi impegno mai con le donne?

«Perché sei un puttaniere?»

Wes rivolse un'occhiataccia a Bran. «Ero così incazzato con Kaylee per avermi lasciato che punivo ogni donna venuta dopo di lei. Non ho permesso a nessuna di loro di conoscermi e mi sono assicurato che sapessero esattamente di che cosa si trattava. Incolpavo Kaylee per tutto e non era mai stata colpa sua. Per tutto questo tempo ero io. Ero io il problema.»

Bran sbuffò. «Okay. Lo dirò solo questa volta perché detesto gonfiare il tuo ego. Sei una brava persona, Wes, un gentiluomo. Non ti sei mai impegnato con una donna dopo Kaylee, ma non ti ho mai visto essere crudele. Se l'hai ferita, non è stato intenzionale. E visto che stai scoprendo solo ora del bambino, ha anche lei una parte di colpa per il modo in cui sono andate le cose.»

«No, non è vero. Ci è passata da sola. E poi ha scoperto di non potere più avere figli. E sono io il responsabile.» Wes lasciò cadere la testa nelle mani, con i gomiti sulle gambe.

«C'è qualcosa che posso fare?»

«Tieni a bada Levi. Digli che ho tutto sotto controllo.» Alzò la testa. «Ogni fornitore che ho contattato sta facendo i salti mortali per farmi avere ciò di cui ho bisogno per questo evento. Nessuno vuole essere lasciato fuori da una cosa così redditizia.»

Bran annuì. «È lo stesso anche per me. Ho abbastanza fornitori di alimentari in fila da poter nutrire un piccolo villaggio... Va bene, dirò a Levi che ho parlato con te. Immagino che tu non voglia parlare con lui di Kaylee e del bambino, vero?»

«Cazzo, no! Ma dirò a Kaylee che ne ho parlato con te. Mi spiace di avertelo scaricato addosso. Mi hai colto in un brutto momento.»

Bran gli diede una pacca sulla spalla. «Sono sempre disponibile per te.»

Wes e i suoi fratelli potevano anche essere cresciuti da soli ed essere indipendenti, ma si coprivano sempre le spalle a vicenda. Discutevano, litigavano, ma c'erano sempre quando Wes aveva bisogno di loro.

Si alzò e ispezionò il buio. *Idiota.* Adesso doveva andare a cercare la sua mazza preferita, che aveva lanciato nella notte. «Che ora è?»

«L'una. Vai a casa e cerca di dormire un po'. Sicuro che starai bene?»

No. «Sì.»

«Quando ho intenzione di dormire da uno di voi, preferisco il divano di Levi,» disse Bran, «ma dormirò sul tuo se hai bisogno di avere qualcuno vicino.»

«Sto bene. Ma... Hai visto Kaylee oggi? Ti sembra che stia bene?»

«L'ho vista sulla spiaggia con una truppa di bambini. È brava.»

Certo che era brava con i bambini. Avrebbe dovuto essere una madre... Wes sentì la gola che si chiudeva.

«Okay, allora.» Accese la torcia del telefonino e andò a cercare la mazza nell'oscurità.

«Wes, chiamami se hai bisogno di qualcosa. E per favore, considera la possibilità di parlare con Kaylee. Tiro a indovinare e presumo che non le abbia detto quanto sia devastato per il bambino e per quello che ha passato.»

Wes voltò la testa e gli disse ironico: «Tu che cosa pensi?».

«Esattamente. Quindi forse dovresti farlo. Potrebbe farla sentire meglio e far del bene anche a te.»

«Non può venire niente di buono da quello che ho fatto a quella ragazza.»

«Non è più una ragazza» gli disse Bran. «E potrebbe apprezzare un uomo che si umilia. Specialmente uno che l'ama ancora.»

Wes quasi inciampò. L'ultimo posto in cui voleva scavare erano i suoi sentimenti per Kaylee. E come il fatto che l'aveva lasciato non avesse avuto niente a che fare con il fatto che non lo amava, ma che Wes non le era stato vicino.

Se non fosse stato per lui, avrebbero potuto essere ancora insieme. Ed era una cosa che lo faceva sentire esposto, vulnerabile. Perché, se voleva essere sincero, non aveva mai dimenticato Kaylee.

Capitolo Diciassette

Kaylee osservava i bambini che stavano costruendo castelli di sabbia, seguendo le istruzioni di Hunt. *Istruttore* era una parola da usare in senso lato, dato che Hunt era solo molto limitatamente più maturo dei bambini.

«Niente battaglie con la sabbia!» gridò, scuotendo la testa.

Hunt alzò gli occhi da dov'era dall'altra parte della spiaggia e alzò le mani, come se fosse confuso. Ma Kaylee lo aveva appena visto centrare con una palla di sabbia la schiena di un bambino.

«Non serve.»

Kaylee voltò la testa, vedendo Emily che attraversava precariamente la spiaggia coi tacchi alti, torcendo la bocca mentre fissava Hunt. Arrivò di fianco a Kaylee e strinse gli occhi guardando la baraonda di castelli di sabbia. «Hunt è solo una versione più grande di loro.» Piegò di lato la testa. «Se non lo stai guardando direttamente, potresti scambiarlo per uno di loro. Ma sta attento che stiano al sicuro.»

«È vero» disse Kaylee, fissando anche lei "la costruzione

dei castelli di sabbia", che, essenzialmente, comportava circa duecento dollari di attrezzature, sabbia e un mucchio di costruttori inesperti che scavavano e scaricavano sabbia dappertutto. «È feroce, con il suo fischietto quando un bambino si avvicina troppo all'acqua. In effetti è quasi paranoico.»

«Non la sai tutta» disse Emily. «Hunt ha insistito per avere due bagnini sulla spiaggia. È un'esagerazione, ma Levi ha accettato perché rende la spiaggia più sicura.»

Kaylee guardò le bagnine in servizio e sbuffò. «Devo presumere che le abbia scelte Hunt.»

Emily le fissava, completamente seria. «Ovviamente.»

Le bagnine che aveva assunto Hunt erano veramente brave nel loro lavoro, lo capiva perfino Kaylee. E lei non era una gran nuotatrice. Ma Hunt aveva scelto due *ragazze*, una bionda e una bruna. Entrambe snelle con un gran seno, visi e lunghi capelli naturalmente belli. Nessuna delle due ragazze poteva avere più di diciannove anni ed erano incredibilmente toniche. Okay, avevano corpi perfetti.

Kaylee non era sovrappeso, ma era una donna normale. Aveva qualche buchetto dietro le cosce. Avrebbe scommesso che quelle bagnine non avevano una sola traccia di cellulite nelle loro figure atletiche. Pelle liscia e depilata alla perfezione.

Kaylee diede scherzosamente di gomito a Emily. «Pensi che le abbia fatte sfilare in costume da bagno prima di assumerle?»

Emily sbuffò ridendo. «Senza dubbio. Dai, vuoi che Hunt Cade abbia perso l'occasione per vedere donne quasi nude?»

Risero insieme ed era una bella sensazione. Da quando aveva parlato a Wes dell'aborto spontaneo, Kaylee si sentiva come se avesse perso qualcosa. Aveva pensato di non avere più niente da perdere. Non dopo essersi ritrovata a dover ricominciare la sua vita da zero, due volte. Ma guardare Wes uscire dalla porta dopo avergli detto la verità, le aveva fatto capire che si era sbagliata.

Che lo accettasse o meno, lei e Wes avevano ricominciato a stringere amicizia, e non si era resa conto di quanto significasse per lei. Ora temeva di aver distrutto qualunque cosa avrebbe potuto esserci tra di loro.

«E non poteva nemmeno finire nei guai per molestie sessuali» continuò Emily, sempre parlando di Hunt. «La prova di nuoto e salvataggio facevano parte dei requisiti per ottenere il lavoro. Tutti i candidati, maschi o femmine, hanno dovuto presentarsi in costume da bagno.»

Kaylee annuì saggiamente. «È il suo subdolo tentativo di assicurarsi di avere belle donne nel suo *sancta sanctorum*.»

Emily sorrise e poi lanciò un'occhiata di lato. Si abbassò un secondo netto prima che una palla di sabbia colpisse Kaylee dietro la testa, facendole finire la sabbia tra i capelli e sulla faccia. «Che dia...»

Kaylee si voltò e vide Hunt che batteva il pugno di Bella. «L'ho visto!» urlò.

Hunt buttò qualcosa di plastica dietro la schiena. Probabilmente l'aggeggio di plastica per fare palle di neve che lei aveva comprato per i bambini.

Kaylee si tolse la sabbia dalla faccia e scosse i capelli.

«Mi dispiace» disse Emily, ridacchiando. «L'ho vista arrivare e il mio primo istinto è stato di abbassarmi e schivarla.»

«Furba. Non avrei mai dovuto comprare quegli aggeggi che Hunt diceva essere indispensabili per il suo progetto. Ma trova sempre qualcosa di divertente da far fare ai bambini ed è il motivo per cui sopporto cose tipo la sabbia nei capelli.»

Emily si morse il labbro. «Allora, le cose vanno bene? Sei felice qui?» Sembrava ansiosa.

Malgrado i suoi motivi per venire al lago Tahoe e quello che era successo quando quei piani erano implosi, Kaylee era contenta di aver scelto di restare. Nonostante il modo in cui erano finite le cose con Wes, era la prima volta da anni in cui le sembrava di poter respirare. In parte era dovuto al fatto di avere finalmente detto la verità a Wes, a dispetto del risultato, e in parte era lavorare al Club Tahoe. Gli uomini potevano anche annaspare ogni tanto, mentre cercavano di gestire il resort, ma avevano portato qualcosa di magico in quel posto, un'energia che contagiava tutti quelli che arrivavano lì.

«Mi piace il lavoro al Club dei Bambini. Non sono servizi sociali, ma mi sembra comunque di fare qualcosa di speciale. Non importa che cosa stia succedendo nella vita di quei bambini, possono accantonarlo e venire qua, il posto sicuro dove esplorare chi sono e il mondo intorno a loro.»

Bella si staccò dal gruppo e si avvicinò a loro. Era stata al Club Tahoe per la maggior parte dell'estate e a Kaylee piaceva averla regolarmente lì. Wes l'aveva accolta e la stava allenando al golf, ma Bella sembrava più sicura di sé da quando il Club dei Bambini aveva aperto.

Emily rilasciò il fiato che aveva trattenuto. «Mi fa piacere sapere che sei felice con noi.» Le sorrise consegnandole una busta. «Questo è un extra sullo stipendio. Ho chiesto alla contabilità di fare un assegno invece di depositarlo direttamente sul tuo conto. Volevo darti di persona la buona notizia.»

«Buona notizia?» Kaylee accettò la busta, osservando Emily.

«Il programma dei bambini è cresciuto enormemente da quando abbiamo cominciato e tu sei stata essenziale per farlo funzionare in modo efficiente e, cosa ancora più importante, aiutarlo a svilupparsi. I genitori ti adorano, i bambini ti adorano e io ti adoro. Quindi ti abbiamo dato un aumento.» Abbracciò Kaylee. «Non andartene, mai.»

Kaylee scoppiò a ridere. Avrebbe anche potuto piangere se non fossero state davanti ai bambini. Emily non aveva idea di quanto le avessero dato quel programma e la gentilezza di Levi ed Emily, da quando si era trasferita al lago Tahoe. «Non ho in programma di andarmene.»

«Beh, nel caso ti venisse l'idea, questo aumento dovrebbe invogliarti a restare.»

Kaylee guardò finalmente l'assegno. «Wow, Emily, non dovevi. Ma mi aiuterà sapere che potrò pagare le bollette se dovrò lasciare la casa dei miei genitori. Grazie mille.»

«Il piacere è tutto mio.» Emily alzò gli occhi. «Sembra che i bambini abbiano bisogno di te. Ti lascio alle tue palle di sabbia... Cioè, volevo dire... Ai tuoi castelli di sabbia.»

«Codarda!» le gridò dietro Kaylee mentre Emily si affrettava a scappare qualche secondo prima che Bella le raggiungesse.

Bella gettò le sue braccine sabbiose intorno alla vita di Kaylee, ridacchiando.

«Perché stai ridendo? Ho visto come istigavi Hunt con quella palla di sabbia. E da quando è okay lanciare la sabbia?» Finse di sputare un granello, facendo ridere più forte Bella.

«È stata un'idea di Hunt.»

Kaylee fissò Hunt stringendo gli occhi. «Non mi sorprende. In ogni caso, basta lanciare la sabbia. Non vogliamo che finisca negli occhi dei bambini.»

Bella guardò oltre Kaylee e allentò la stretta. «Wes!» gridò e corse via.

Wes stava attraversando la spiaggia, con una mano infilata nella tasca dei pantaloni e un'espressione seria sul viso. Scorse Bella e il suo sguardo si addolcì mentre la bambina si precipitava verso di lui.

Kaylee sentì lo stomaco che si stringeva e il cuore che batteva più forte. Parlare a Wes della gravidanza e la sua conseguente incapacità di avere figli, non era andata come aveva progettato. Lo aveva sorpreso con la verità, lo capiva. Anche se lui l'aveva confortata per un momento, poi aveva fatto l'unica cosa che aveva sempre temuto: se n'era andato. E da allora non l'aveva più sentito.

Bella si lanciò verso Wes, che l'afferrò. Era un uomo alto, oltre un metro e ottantacinque, e Bella era minuscola. Wes s'inginocchiava sempre quando parlava con lei, come stava facendo in quel momento.

Le disse piano qualcosa all'orecchio e le tese una busta. Bella annuì eccitata.

«Come va il Club dei Bambini?» le chiese a voce alta abbastanza che Kaylee lo sentì.

«Alla grande!» disse Bella. «Hunt ha appena colpito Kaylee in testa con una palla di sabbia.»

Wes arricciò le labbra. «Davvero? Immagino che dopo il lavoro dovrò dare qualche lezione a Hunt riguardo al tirare le palle di sabbia.» Guardò Kaylee: «Stai bene?».

«Non c'è niente di meglio che masticare granelli di sabbia per il resto della giornata.»

«Parlerò con Hunt.»

«No. Veramente, sto bene. Era solo per divertirsi. I bambini adorano Hunt.»

Wes si alzò e appoggiò la mano sulla piccola spalla di Bella. «È perché lo riconoscono come uno di loro.»

Kaylee annuì sorridendo. «Emily e io stavamo giusto discutendo di quello.»

Gli angoli della bocca di Wes non si alzarono veramente, si addolcirono soltanto. E quel piccolo gesto era un sollievo. Aveva bisogno di sapere che era tutto okay tra di loro.

Wes guardò Bella e le chiese: «Beh, che cosa ne pensi?».

Lei alzò la busta che le aveva dato. «Guarda, Kaylee. Wes dice che posso andare al grande torneo di golf con i miei genitori.»

«È meraviglioso, Bella. Ci sarò anch'io e mi assicurerò di cercarti.»

Bella tornò di corsa nel gruppo, agitando le mani e la busta. Parlò animatamente con gli altri bambini, probabilmente condividendo la notizia.

Kaylee stava guardando i bambini ma sentì Wes che si avvicinava al suo fianco.

La pelle lungo quel lato del corpo divenne più sensibile, come anticipando felice un tocco accidentale o un braccio che la sfiorava.

Aveva sperato che parlare a Wes della gravidanza e del motivo per cui se n'era andata avrebbe portato alla chiusura di quel periodo per loro. Ma niente era stato chiuso. E la tensione tra di loro non era completamente sparita.

Tra il fatto che il suo corpo aspettava un contatto con Wes e la sua rabbia perché l'aveva abbandonata l'altro giorno, era tutto maledettamente confuso, quel mix di attrazione e dispiacere.

Indicò Bella. «Sto dando dei pass per il torneo a qualcuno dei miei allievi più bravi. Volevo che ci fosse Bella, in modo che potesse vedere dove arriverà un giorno.»

«E se decidesse invece di studiare il piano?»

Wes le diede un'occhiata. «Hai proprio intenzione di ritornare su quell'argomento?»

Kaylee nascose un sorriso. «È possibile.»

Sentì un ringhio nascere dal petto di Wes. «Qualunque

cosa che finirà per fare... Io la sosterrò» disse un po' riluttante, e Kaylee non riuscì a trattenere la risata.

«Hai una mente a senso unico, Wes Cade.»

Il volto di Wes divenne scuro. Fino a quel momento, Kaylee non si era resa conto di sorridere. Che la tensione tra di loro si era attenuata per un secondo, finché era tornata.

Wes distolse gli occhi. «Mi dispiace, Kaylee. Per essere stato così concentrato sul golf al college, tanto da dimenticare tutto il resto.» Le prese la mano e la strinse, prendendola di sorpresa. «Mi dispiace di non esserti stato vicino.»

Kaylee fissò le loro mani unite, poi alzò lo sguardo sugli occhi di Wes, più chiari al sole. Un blu elettrico, non il turbinio di blu scuro dell'altra sera. Annuì, con la gola stretta. Era la conversazione che avrebbe voluto avere con lui. La condivisione della perdita che non era stata in grado di esprimere anni prima. «Mi dispiace di non aver detto niente quand'è successo. La depressione... mi ha travolto e non riuscivo a vedere una via d'uscita. Ho perso la strada.»

Wes guardò il lago oltre la testa di Kaylee. «Questa è colpa mia. Non ho reso le cose facili per te.» Abbassò lo sguardo su di lei. «Ma puoi parlare di qualunque cosa con me da adesso in poi, okay?»

Si stava prendendo la colpa, ma non era interamente colpa sua. Era stata emotivamente distrutta e in parte era semplicemente dovuto a una grave perdita per cui Wes non avrebbe potuto fare nulla. Gli studiò il bel viso, capelli scuri che gli ricadevano sulla fronte, quegli occhi così sinceri. Com'erano una volta. Quando si erano innamorati...

Stavano finalmente voltando pagina, mettendosi finalmente il passato alle spalle? Wes non le aveva lasciato la mano. E a lei piaceva, veramente, la sensazione della sua mano avvolta sulla propria, calda e forte.

E poi gliela lasciò andare. «Sarà meglio che torni indietro.» Si mosse ed esitò. «Un'altra cosa. Adam e Hayden hanno intenzione di invitarti al loro matrimonio. Volevo avvisarti. Non sentirti obbligata ad andare. Se per te è difficile o...»

Kaylee sorrise. «Va tutto bene. Non mi dispiacciono i matrimoni. Col senno di poi, avrei dovuto porre fine alla mia relazione con Eddy anni fa...»

Si guardarono negli occhi. E accidenti a tutte quelle terminazioni nervose sensibili. Quella sensazione di formicolio adesso era dappertutto, dai follicoli in cima alla sua testa piena di sabbia, fino in fondo alle gambe in vista.

Il suo cuore accelerò, il volto si scaldò e poi rivolse lo sguardo verso i bambini.

Bella saltò sulla schiena di Hunt e Kaylee sorrise. Quella ragazzina adorava veramente gli uomini Cade. Non che Kaylee potesse biasimarla. Che c'era da non amare? «C'è sempre posto per l'amore e nuovi sogni. E li avrò di nuovo, un giorno.»

«Sì.» Le strinse il braccio e si allontanò.

Le farfalle nello stomaco di Kaylee smisero di svolazzare dopo quel tocco, e lei fece un respiro profondo. Wes era Wes e le aveva sempre annebbiato la mente. Non significava niente.

Wes aveva avuto il tempo di calmarsi, erano nuovamente in buoni rapporti ed era tutto ciò che contava. Aveva avuto bisogno di raddrizzare le cose con lui da quando era emersa dalla sua depressione. E adesso era finalmente successo.

Capitolo Diciotto

Wes sogghignò quando Levi si allentò il colletto della camicia sotto lo smoking.

«Detesto queste cose» si lamentò Levi.

Wes afferrò un bicchiere di champagne dal vassoio di un cameriere che passava di lì. «Davvero? Visto che li stai portando così spesso ultimamente, pensavo che ti fossi abituato.»

Proteggere la sua famiglia non era l'unico motivo per cui Levi aveva originariamente scelto di diventare un vigile del fuoco. Era un tipo da jeans e t-shirt. Essere un vigile del fuoco era perfetto per il suo look casual. Una bella camicia di flanella era il massimo dell'eleganza cui Levi era abituato. Ma era cambiato tutto quando era diventato l'Amministratore Delegato del Club Tahoe.

Levi era salito notevolmente di livello in fatto di abbigliamento. Il risultato era isterico. Oh, stava bene come qualunque altro di loro con un completo, ma Levi li *detestava*. Si lamentava, gemeva... Era divertente da guardare.

Senza rilevare il sarcasmo nel tono di Wes, Levi disse: «Non sono ancora abituato... Ma a Emily piace quando mi vesto elegante». C'era un accenno di timidezza sul viso di Levi.

«Quindi Pugno di Ferro in Guanto di Velluto sta esercitando la tua magia su di te?»

«Chiudete il becco» sbottò Adam, arrivato di fianco a loro. Si strinse la radice del naso. «Tutti quanti.» Incluse tutti in quella dichiarazione. Perfino Hunt e Bran, che fino a quel momento erano rimasti in silenzio.

Dire che il fratello, nonché sposo, era un tantino nervoso era un eufemismo.

«Gesù, Adam» disse Bran, dando voce ai pensieri di Wes. «Oggi ti sposerai. Perché tutta quella rabbia?»

La faccia di Adam assunse una tonalità grigiastra.

Wes fece mentalmente un passo indietro. Adam non sembrava molto in forma. «Stai bene, fratello? Non ho mai pensato che avresti avuto ripensamenti sul fatto di sposare Hayden.»

«Ripensamenti?» chiese Adam, che chiaramente non aveva capito lo scherzo. «Idiota. Non ci sto ripensando. Hayden è la cosa migliore che mi sia successa. Se potessi, la porterei via da tutto questo...», guardò la hall, con le sue decorazioni fastose, color rubino e perla, «...*circo*.»

Adam e Hayden si sarebbero scambiati i voti al centro dell'isolotto che il padre di Wes aveva creato quando aveva cominciato la costruzione di quel posto. Gli ospiti potevano guardare dall'altra parte del fiume lento che lo circondava. «Lontana da voi quattro. Mi state stressando.» La faccia di Adam passò da grigia a violacea. «Se uno di voi dà anche solo un'occhiataccia a un altro, giuro che... porterò Hayden lontano da qui e non vi rivolgerò più la parola.» Si tirò i lembi della giacca. Lo smoking di Adam era uguale a quello dei suoi fratelli, tranne la rosa rossa sul bavero al posto di quelle color avorio che aveva il resto di loro. «Anticipare il matrimonio di otto mesi ha impegnato tutto il nostro tempo e vi *ucciderò* se lo rovinerete per Hayden.»

«Cazzo.» Hunt fece una smorfia. «Bel modo di parlare con i tuoi consanguinei, il giorno del tuo matrimonio. Non stai creando un'atmosfera molto romantica.»

Adam strinse i pugni. «*È* una giornata romantica, quindi assicurati che resti così, testa di cazzo.»

Levi mise con cautela una mano sulla spalla di Adam che reagì trasalendo. «Calma, Adam. Nessuno rovinerà la tua giornata.» Fissò ciascuno di loro, mentre Adam non lo guardava, come per dire *Capito?* «C'è Emily al timone, ricordi. Significa che tutto andrà liscio.»

«Grazie a Dio, altrimenti saremmo tutti fottuti.»

Hunt scosse la testa. «Sta imprecando! No, non è nervoso, per niente.»

Adam alzò la testa di scatto e andò verso Hunt.

Non era il solito, tranquillo ed elegante Adam. Si era trasformato in Levi quando questi usava il suo tono da fratello maggiore e maschio alfa. O Wes quando era di cattivo umore, cosa che capitava spesso. Ma i malumori di Wes si erano calmati da quando Kaylee aveva scaricato il fidanzato. Ancora di più da quando si era preso il tempo per ripensare alla loro rottura, alla perdita del bambino e a come l'avesse delusa.

Wes non era stato contento di sé quando Kaylee gli aveva raccontato tutta la storia e il motivo per cui l'aveva lasciato. Era facile biasimare lei per non averglielo detto prima, ma, ripensandoci, si era reso conto che era lui il motivo per cui aveva ritenuto di non potergliene parlare, cocciuto com'era. Che cosa doveva averle fatto passare... Gli faceva venire voglia di buttar giù i muri del suo cottage. Ma almeno adesso sapeva cosa aveva fatto di sbagliato e poteva porvi rimedio. O almeno tentare.

Non era più lo stesso uomo. E lo avrebbe dimostrato a Kaylee. Perché, in qualche modo, dimostrarle che era cambiato e maturato era estremamente importante.

Si era scusato, ed erano in buoni rapporti, ma non bastava. Voleva di più con Kaylee.

Questo impulso a riconquistare la sua ex non era arrivato come un'illuminazione improvvisa. Se ne era reso conto poco per volta, dal primo momento in cui aveva posato gli occhi su di lei nel pro-shop, mesi prima. Si era detto che si sarebbe avvicinato per scoprire perché lo aveva lasciato. Che saperlo gli avrebbe permesso di mettersi il passato alle spalle e avrebbe ricominciato a giocare bene a golf.

Quante stronzate. Wes aveva voluto sapere perché lo aveva lasciato perché non aveva mai smesso di amarla. Non che lo avrebbe mai confessato ad anima viva, ma non era tanto un cavernicolo da non poterlo confessare a se stesso.

Okay, gli ci erano voluti anni per ammetterlo, ma alla fine c'era arrivato. Anche i cavernicoli potevano evolversi.

Levi si infilò tra Adam e Hunt, di fatto impedendo a Adam di fare un occhio nero a Hunt. «Stanno arrivando le damigelle d'onore.» Levi spinse Adam nella loro direzione. «Si stanno preparando ad andare verso l'altare. Sarà meglio che prendiamo posto.»

«Maledizione» disse Bran quando Levi e Adam furono a distanza di sicurezza. «Ricordami di non sposarmi mai.» Guardò Hunt. «Dovremmo lasciar perdere i nostri piani per il ricevimento. L'umore di Adam è bestiale.»

«Diavolo, no!» rispose Hunt. «È solo nervoso. Una volta finita la cerimonia, sarà come nuovo. Gli piacerà quello che abbiamo organizzato.»

Wes gli diede un'occhiata incredula. «Tu e Levi avete fatto a cazzotti nel bel mezzo del ricevimento per il loro fidanzamento. Puoi biasimarlo se pensa che potresti rovinare anche questo?»

Hunt fece una smorfia. «È successo un secolo fa. E quello che abbiamo in mente per il ricevimento lo lascerà senza fiato.»

«Oppure ci ucciderà» borbottò Bran.

Hunt fissò le centinaia di ospiti che si sistemavano oltre il fiume lento. «No,» disse sicuro di sé, «a Hayden piacerà e quindi piacerà anche a Adam.»

E se non le piacerà, pensò Wes, *che Dio ci salvi dall'ira di Adam.*

Era il primo matrimonio di uno dei suoi fratelli, un pensiero spaventoso per Wes. La maggior parte di loro si avvicinava alla trentina, però... Stavano seriamente avvicinandosi a un'età da matrimonio? Anche le sue palle sarebbero diventate cascanti? E qual era la posizione di Kaylee in tutto quello? Adesso che aveva capito che voleva dimostrarle di essere degno di una seconda chance, lei non c'era. Tipico.

Kaylee avrebbe dovuto partecipare al matrimonio, ma Wes non l'aveva vista da quando era arrivato. Ovviamente non lo aiutava il fatto che Adam e Hayden avessero invitato cinquecento milioni di persone, o che un enorme cespuglio di salvia gli bloccasse la vista sulla hall dall'isola, dove stava aspettando che cominciasse la cerimonia.

Wes spostò il peso da un piede all'altro. La stupida sabbia si stava infilando nelle scarpe. Di chi era stata l'idea si sposarsi sull'isola, poi?

Il quartetto accanto a lui suonò la prima nota della marcia nuziale e tutti si zittirono. E poi Hayden, con un abito aderente che mostrava tutte le sue curve, cominciò ad attraversare il ponte che collegava l'isolotto. Era al braccio di suo padre, i capelli biondo scuro raccolti, i caldi occhi castani che fissavano incantati Adam.

E Adam... *Maledizione*, stava piangendo?

Sì, era decisamente una lacrima quella che si era asciugato sulla guancia.

Okay, non era la cosa più virile da ammettere, ma quando uno dei suoi testardi fratelli si commuoveva, Wes tendeva a commuoversi anche lui. Non che stesse piangendo. Doveva solo fare un respiro profondo.

E trattenere il fiato.

E... Ahhh, *vedere Kaylee.*

Finalmente.

Eccola, dall'altra parte con un vestito verde smeraldo che scendeva fino al pavimento, i capelli scuri e lucenti infilati dietro le orecchie che mettevano in mostra orecchini scintillanti. Ma tutto impallidiva in confronto a com'era fottutamente stupenda.

E adesso Wes doveva fare un respiro profondo per motivi diversi. Aveva dimenticato quanto la sua presenza accendesse il suo corpo come un fuoco d'artificio.

L'officiante portò a termine la cerimonia, Levi passò gli anelli a Adam e poi, prima che Wes se ne accorgesse, Adam stava smanacciando la sua sposa come se fossero soli, non circondati da centinaia di persone. Okay, era un'esagerazione, ma, Gesù, potevano prendere una stanza...

Adam si voltò verso la folla, aggrappato alla mano della sua sposa e urlò trionfante.

Di classe. Wes scosse la testa, con un sorriso sul volto. E quello era il fratello schivo e riservato.

La folla eruppe in applausi e fischi. Quando il caos si attenuò e i partecipanti alla cerimonia riattraversarono il ponte. Wes cercò Kaylee. Ma non era dove l'aveva vista l'ultima volta.

E adesso, dove diavolo era andata?

Wes si congratulò con la nuova coppia, abbracciò un migliaio di nonne e zie e strinse la mano ad altri duemila amici di famiglia. Quando sentì di aver fatto il suo dovere come fratello dello sposo, andò a cercare Kaylee, per assicurarsi che non le pesasse partecipare da sola al matrimonio. Il matrimonio che avrebbe dovuto essere il suo.

Gesù, forse quegli idioti dei suoi fratelli avrebbero dovuto pensarci prima di invitarla. Probabilmente si era sentita obbligata a partecipare, dato che lavorava lì. Wes la voleva al matrimonio, ma solo se fosse stato sicuro che la cosa non l'avrebbe sconvolta.

Accelerò il paso e cominciò a chiedere ai dipendenti del club se l'avessero vista. Ma la trovò solo quando Adam e Hayden avevano già fatto il loro primo ballo da sposi.

Il resto degli ospiti era seduto a tavola a osservare la nuova coppia e Wes vide Kaylee verso il fondo della sala. Stava parlando animatamente con uno degli altri ospiti, probabilmente affascinandolo, con un sorriso luminoso e sincero sul volto.

Wes si rilassò. Non si era reso conto di essere così teso finché non l'aveva vista sorridere.

L'uomo si chinò verso di lei. Era un attraente figlio di puttana, con corti capelli scuri e un abito firmato. Kaylee rise a qualcosa che aveva detto e l'istinto iniziale di Wes fu di avvicinarsi e buttare giù a calci quel tizio dalla sedia che aveva avvicinato troppo a quella di Kaylee.

Wes era possessivo con Kaylee e solo con lei. Lo era sempre stato.

Distolse gli occhi, tentando di calmarsi. Tentò perfino di

chiacchierare con la damigella alla sua destra. Ma poi riprese a guardare Kaylee, perché non poteva farne a meno.

Il signor Abito Firmato era appoggiato al gomito e stava invadendo lo spazio personale di Kaylee, mentre sembrava che lei gli stesse raccontando una storia. Il tizio fece un cenno a uno dei camerieri, che versò altro vino a Kaylee. Stava tentando di farla ubriacare?

Basta. Wes aveva visto abbastanza. Quel tizio forse si stava solo comportando educatamente, ma a Wes non importava.

Si alzò e andò da Adam, che stava fissando il seno di sua moglie. «Possiamo continuare la festa?»

Adam alzò gli occhi, sorpreso. «Di che cosa stai parlando? La cerimonia è andata benissimo, dato che voi ragazzi vi siete comportati bene.»

«Fin troppo, vero? Dovremmo cambiare un po' le cose.» Wes fece un cenno a Levi, che annuì e fece un segnale al DJ.

La pacata *Primavera* di Vivaldi si fermò e cominciò *Booty Wurk*.

Ognuno dei fratelli di Wes, con l'eccezione di Adam, che li stava guardando a bocca aperta e col terrore negli occhi, si alzò immediatamente e si spostò al centro della sala.

Si allargarono fino a formare una fila che guardava verso Adam e Hayden. Appena cominciò il coro, Wes e i suoi fratelli alzarono il pugno e mossero i fianchi al ritmo della musica.

Era stata di Hunt l'idea di ballare con una canzone di *Magic Mike* al matrimonio di Adam. Chi altri avrebbe potuto avere un'idea simile? Ma dopo averne parlato con un paio, okay, sette birre, in corpo perfino Bran aveva pensato che fosse una buona idea.

Non avevano genitori in vita, solo l'un l'altro. Il modo in cui Wes e i suoi stupidi fratelli dimostravano il loro affetto poteva non essere tipico: scazzottate, discussioni, balli *Magic Mike* coreografati, ma nessuno si aspettava che i fratelli Cade fossero convenzionali. Solo dopo la morte del padre avevano dovuto darsi una ripulita e fare ordine nelle loro vite.

Hayden era saltata in piedi e scuoteva i fianchi a tempo di musica. Fischiò forte quando i fratelli diedero un altro colpo d'anca, fottuto Hunt e la sua coreografia. Adam scosse la testa, ma stava sorridendo anche lui. Com'era possibile non sorridere? Tutta la sala stava applaudendo... Beh, anche i fischi erano una forma perfettamente accettabile di lode per un uomo.

Hunt, il somaro, fece un salto mortale all'indietro e poi Wes e i suoi fratelli si voltarono e mossero i fianchi a favore degli ospiti seduti dietro a loro. Per Kaylee. Che aveva la bocca talmente aperta che sembrava avesse le mascelle snodate.

Wes finse di afferrare i fianchi di una donna e spingere il bacino verso di lei, un'altra delle mosse capolavoro coreografata da Hunt, ma Wes stava fissando direttamente Kaylee mentre lo faceva, immaginando il suo corpo nudo contro il suo.

L'immagine mentale gli diede una mezza erezione, ma ne era valsa la pena per l'occhiata che ricevette in cambio.

Gli occhi di Kaylee si chiusero lentamente e lo sguardo scese verso la cintura di Wes. E poi fece il più sexy e inconsapevole dei gesti. Si leccò le labbra. Gesù, sì. *La voglio.*

In tutti quegli anni Wes si era autoconvinto che fosse lei la cattiva della storia. Quella che aveva rovinato la sua vita. Ma Kaylee non era mai stata la colpevole. Wes, semplicemente, non aveva mai smesso di amarla, ed era più facile biasimarla che non ammettere la verità.

Kaylee era la stessa ragazza dolce che aveva conosciuto, ma aveva superato una tragedia ed era diventata più forte. Non aveva mai permesso che cambiasse la persona che era nel suo intimo. Era ancora gentile e generosa. Come dimostrava il fatto che i bambini del Club la adoravano.

Wes non poteva farsi perdonare istantaneamente i suoi passati errori, ma poteva cominciare. Chissà come sarebbero andate le cose, cominciando da lì? Se solo non avesse avuto quell'enorme voglia di passare da zero a cento.

Vedere Kaylee leccarsi le labbra e guardarlo proprio *lì* in quel modo sensuale... Era sexy da morire. E lei era single. Il cervello in basso pensò: *perché aspettare?* Wes aveva parecchio da farsi perdonare, se solo lei glielo avesse permesso. Ed era un grosso *se*. Ma niente importava in quel momento. Improvvisamente, quello di sotto sembrava il più intelligente dei due cervelli, e aveva preso il comando.

La musica finì tra gli applausi e Adam e Hayden corsero sulla pista, abbracciando e dando pacche sulla schiena a tutti mentre cominciava una nuova canzone.

«È stato incredibile» disse Hayden. «Quando avete avuto il tempo di allenarvi? Avevate il torneo da preparare, pazzoidi!»

Levi teneva stretta Emily che era corsa a raggiungerli. «Finito il lavoro. Hunt conosceva le mosse, noi l'abbiamo solo seguito.»

«Perché non mi stupisce che ci sia Hunt dietro a tutto?» disse Adam scuotendo la testa.

«Infatti non dovresti stupirti» disse Wes, guardandosi intorno per vedere se riusciva a trovare Kaylee. Ma una donna che conosceva da anni e, sfortunatamente, intimamente, si avvicinò e gli bloccò la vista di quella con cui voleva veramente parlare.

«È stato favoloso» disse. La bionda gli strinse i bicipiti e gli passò la mano dietro la schiena.

Era bella. E Wes non sentiva assolutamente niente per lei. Eppure ci era andato a letto, come aveva fatto con un mucchio di donne, per passare il tempo. Cercando di non pensare al passato e a tutto quello che aveva perso. Che probabilmente non avrebbe più avuto.

Wes si liberò della sua presa. «Scusami, devo parlare con i miei fratelli.»

«Scaltro» disse Bran quando Wes si avvicinò.

Wes alzò le spalle. «Non sono interessato. Non era il caso di illuderla.»

Wes voleva trovare Kaylee e voleva fare il replay del ballo. Con lei. Nuda tra le sue braccia. Nessun altro.

Bran spalancò gli occhi. «In arrivo.»

Per un secondo, Wes pensò che la bionda lo avesse seguito. Ma quando guardò c'era una rossa con un abito nero che puntava verso Bran, e sembrava facesse sul serio. «Penso che tu le piaccia».

«È tutta la sera che mi fissa» brontolò Bran.

«Carina.»

Bran gli diede un'occhiataccia. «Beh, non sono interessato.»

«Alle donne carine?»

Bran scosse la testa e si guardò attorno. «Devo andare.» Se la svignò prima che la rossa potesse raggiungerlo.

La donna si accigliò e cambiò direzione, allontanandosi, visibilmente meno sicura di sé.

Nel frattempo, Bran era andato da una delle cameriere che avevano assunto e le stava timidamente parlando. La povera ragazza sembrava folgorata.

Bran era un bastardo attraente. Avrebbe potuto avere ogni donna che volesse. E quella era attrazione, perché la cameriera da cui era andato non si poteva definire bella. Non che l'aspetto fosse tutto ciò che importava.

Wes era andato a letto con un bel numero di donne belle e quella cui non riusciva a smettere di pensare poteva avere indosso un sacco di patate e i capelli ritti in testa, e l'avrebbe desiderata lo stesso. Perché la bellezza di Kaylee non era solo fisica.

L'attrazione era più dell'aspetto. Era quella cosa che faceva vibrare il tuo corpo nonostante le apparenze e la logica. Chiamateli feromoni, o qualunque cosa fosse, ma quella roba era potente. E i feromoni di Wes accendevano tutti i cilindri nel cervello in basso di Wes.

Adesso capiva perché Kaylee avesse messo fine alla loro relazione al college. Wes pensava che conoscere i fatti avrebbe migliorato il suo gioco, ma lo stava anche portando più vicino alla donna che aveva amato.

Ed era ora di fare qualcosa al riguardo.

Capitolo Diciannove

«T i andrebbe di ballare?» Wes afferrò la mano di Kaylee e praticamente la sollevò dalla sedia per portarla sulla pista da ballo.

Che cosa aveva in mente? Kaylee voltò la testa, poi rivolse un sorriso di scusa all'uomo gentile con cui stava parlando. «Ho scelta?» disse mentre barcollava dietro a Wes.

Wes la tirò vicina e le avvolse le braccia intorno alla vita, dondolando a tempo con una canzone lenta degli anni Ottanta. «No.»

«Buono a sapersi.» Kaylee inspirò. Dio, aveva un buon odore. Perché il suo ex doveva sempre avere un profumo incredibile? Le era sempre piaciuto ballare con Wes. Ed era una buona cosa, altrimenti lui si sarebbe ritrovato con uno stinco dolorante, dopo averla trascinata via in quel modo.

Kaylee piegò di lato la testa. «Mosse veramente impressionanti quelle che avete fatto. Non sapevo che i tuoi fianchi potessero roteare in quel modo.»

«C'è parecchio che non sai di me. Sono un uomo nuovo.»

Kaylee trattenne un sorriso. «Con i fianchi più sciolti come prova.»

Wes alzò gli occhi, come pensandoci. «Prova dei miei talenti extra-curricolari, sì. Ma per scoprire com'è cambiato il resto di me...», il suo sguardo blu scivolò sul suo corpo, «dovremmo passare più tempo insieme.»

Kaylee strinse gli occhi, con il cuore che le martellava in petto. «Pensavo l'avessimo fatto sul campo pratica. Sai, tutte quelle faticosissime ore di allenamento che mi hai fatto fare?»

Wes ridacchiò. «No, quello ero solo io che sghignazzavo mentre Bella cercava di insegnarti come usare una mazza da golf.»

«Ehi!» Kaylee gli schiaffeggiò la spalla dove aveva appoggiato la mano. Cercò di non palpeggiarlo.

Wes era sempre stato sexy e bello, ma adesso si era irrobustito e l'ombra della barba era già visibile anche se doveva essersi rasato prima del matrimonio. Ai suoi ormoni da single, Wes adulto piaceva un po' troppo per sentirsi a suo agio.

«Bella è un prodigio a golf», gli disse, «e non è educato farmi notare che una bambina di cinque anni è migliore di me.»

Wes sorrise. «Le mie scuse. Ma mi piacerebbe passare più tempo con te, fuori dal campo pratica.»

Il sorriso sul volto di Kaylee svanì. Lo fissò in volto. Era serio? «Perché? Abbiamo appena chiarito le cose sul nostro passato e non mi eri sembrato felice che fossi lì, alla serata con i tuoi fratelli.»

Il volto di Wes si indurì. «Perché stavi flirtando con un altro uomo.»

«Eri *geloso*?»

Wes le strinse le braccia intorno. «Geloso anche del tizio che ti sbavava addosso stasera, durante la cena.»

Kaylee ridacchiò. «Non serve. Ho appena incontrato Ted. Lo conosco appena.»

«Lui ti desidera.»

Kaylee scosse la testa. Poteva anche essere attratta dal suo ex. Ma non voleva dire che fosse una buona idea finire in quel ginepraio. «Che importa?»

Wes sembrò catalogare i suoi lineamenti, con lo sguardo che scendeva dagli occhi al naso alle labbra... «Hai bisogno che te lo spieghi?»

«Sì.» Wes era... Beh, Wes. Era bello da morire, sicuro di sé e lei non scherzava quando aveva parlato del movimento dei fianchi. Era stato erotico e le aveva fatto pensare ad *altra roba*. Ma non avrebbe ceduto, assolutamente. Strinse le labbra e la sua voce divenne gelida. «Sei passato da un estremo all'altro da quando sono arrivata in città. Dimmi che cosa vuoi.»

Wes le afferrò il sedere e la tirò verso di sé, sollevandola e incendiandole le labbra con un bacio veloce e bollente. «Proviamo di nuovo, Kaylee» disse a bassa voce, vicino alle sue labbra.

Wes l'abbassò sulla pista ma la tenne premuta contro il petto e le cosce.

Kaylee respirava affannosamente. Cercò di rispondere, di scatenare un po' d'ira su di lui, ma le mani di Wes sul suo sedere le stavano rovinando la concentrazione.

Si tirò indietro di qualche prezioso centimetro. «Sei impazzito?»

Lo sguardo di Wes cadde sulle sue labbra, come se volesse baciarla di nuovo. «Neanche per sogno.»

Kaylee non riuscì a farne a meno. Scoppiò a ridere. Era assurdo.

«Perché stai ridendo? Trovi strano che sia attratto da te?»

Kaylee mise di sorridere e si sentì travolgere da un'ondata di stanchezza. «*Tragico*, trovo tragico che siamo eternamente attratti l'uno dall'altra. È una vera crudeltà da parte dell'universo.»

Wes abbassò la testa e le sussurrò all'orecchio: «Non tragico, forse è destino».

Kaylee tirò indietro di colpa la testa. «Porca paletta. È la frase più sdolcinata che ti ho mai sentito pronunciare.»

Wes fece spallucce. «Che posso farci se la poesia mi sgorga dalle labbra quando sei con me?»

«Non sono sicura che si possa definire poesia» disse Kaylee ridendo.

Wes aggrottò la fronte e strinse più forte il suo sedere. Fortunatamente, la pista da ballo era affollata, altrimenti avrebbero dato spettacolo.

«Wow. Okay. Lo vuoi davvero?» Kaylee lo guardò sospettosa, anche se stava silenziosamente assorbendo il calore del suo corpo, perché, insomma, *era Wes*. Era sempre stata attratta da lui. Lì non era cambiato niente. Era tutto il resto che non era più lo stesso.

«Siamo più adulti, più maturi» disse Wes, come se le stesse leggendo i pensieri.

«Esattamente, e questo significa che dovremmo sapere che non è il caso di ripetere gli stessi errori. Chiodo non schiaccia chiodo.»

«Non sono io quello che sta cercando un ripiego» le disse e la condusse verso il lato della pista appena arrivò una canzone veloce. «E non c'era niente di sbagliato la prima volta, quando stavamo insieme. Solo tempismo sfortunato e cattiva comunicazione.»

Kaylee gli tirò la mano per fermarlo e lo guardò. «C'erano tante cose sbagliate la nostra prima volta. Ha distrutto il mio mondo.»

Wes le strinse la mano. «Il mio più grande rimpianto è ciò che hai passato e che non ero lì per te. Ma non tutto era sbagliato. Non possiamo rimediare a quello che è successo. Quella parte è stata una tragedia, ma il resto...» La fissò negli occhi. «Non ho mai provato per nessuno ciò che provo per te.»

Provo. Aveva detto *provo*, al presente.

Wes spostò le mani sulla sua schiena e si avviarono verso l'uscita della sala. L'unico motivo per cui riuscì nel suo intento era perché Kaylee stava ancora rimuginando sulla sua dichiarazione sui "sentimenti".

«Non basta» disse finalmente, tentando di schiarirsi la testa. Uno di loro doveva pensare in modo razionale, perché poteva facilmente prevedere di innamorarsi di nuovo di Wes. E la spaventava. Innamorarsi di Wes la prima volta l'aveva quasi uccisa. «Mi dici dove mi stai portando?» Kaylee si guardò indietro.

Lui le rivolse un sorriso malizioso. «Fuori.»

«Ma il matrimonio...»

«È finito. Resta solo il ballo.»

«Esattamente. Il ballo. Il ricevimento? Tuo fratello non si arrabbierà?»

Wes alzò pigramente le spalle. «Probabilmente. Ma solo finché non se ne andrà con Hayden. Non so perché, ma il matrimonio lo ha stressato.»

«A volte i matrimoni lo fanno.»

Wes la guardò, con la preoccupazione sul volto. «Sei triste perché oggi avrebbe dovuto essere il tuo giorno?»

Kaylee scosse lentamente la testa. «No, sono sollevata. Scoprire che Eddy mi aveva tradita mi ha salvato da un divorzio in futuro. La sua infedeltà non ha cambiato ciò che era già sbagliato. Non era mai stato giusto tra di noi. Adesso lo so.»

Wes annuì e continuò a camminare, fuori dalla porta posteriore e oltre il fiume lento. Svoltarono in una nicchia semi nascosta dietro l'isolotto dove c'era la buca per il fuoco, con due lettini da spiaggia. C'era una vista perfetta sul lago e su parte delle luci di South Lake Tahoe.

Ovviamente, Wes conosceva ogni centimetro del resort. Inclusi i posti super fichi nascosti con panorami meravigliosi. Kaylee si chiese quante donne avesse portato lì.

Le indicò di sedersi. «Vuoi qualcosa da bere? Champagne?»

Kaylee alzò una mano. «No, grazie. Sto controllando il mio consumo di alcol, dopo la serata al Fireside Lounge con te e i tuoi fratelli. Chiaramente oramai sono un peso piuma.»

Wes si slacciò la giacca dello smoking e si mise a cavalcioni sul lettino accanto al suo, allungandosi poi con le mani dietro la testa. «Immagino che sia stata quella notte che ci ha portato qui. Ciò che hai detto sarebbe uscito una volta o l'altra, ma sono contento che sia successo presto. Avrei sempre voluto saperlo.»

«Avrei dovuto dirtelo anni fa.»

Wes guardò il panorama. «Le cose vanno com'erano destinate ad andare. Adesso siamo qui. È tutto ciò che importa.»

Kaylee sentì nuovamente lo sguardo di Wes su di lei. Il suo calore. Il peso. «Parlando di qui e adesso,» disse Wes, «perché non ti avvicini?»

Kaylee abbassò il mento. «Sei terribile. Non riesco a credere che mi abbia baciato davanti a tutti.»

«Dai, Kaylee, quel bacio covava già da settimane. Era inevitabile.»

Era vero, anche se Kaylee detestava ammetterlo. E faceva freddo lì fuori. Erano passati in fretta dall'estate all'autunno e sentiva l'aria fredda sulla pelle.

A chi importava che cosa facevano? Specialmente adesso che non c'erano più segreti. Erano entrambi single... «Bene. Ma tieni le mani per te.»

«Io sono un *gentiluomo*. Non toccherei mai una signora. A meno che non me lo chiedesse.»

Kaylee percepì il tono divertito della sua voce. Vide le labbra che si muovevano. Sbuffò, ma si spostò comunque sul suo lettino.

Ovviamente, lui non le diede spazio e così si trovò schiacciata contro di lui, praticamente seduta in grembo. «Puoi mettermi le braccia intorno. *Fa* freddo qui fuori. E mi impedirà di cadere da questa cosa, dato che mi hai dato solo lo spazio di mezza chiappa.» Voltò la testa, lanciandogli un'occhiata contrariata.

Era tutto per far scena, però, perché le piaceva restare seduta contro Wes. Aveva detto di non avere provato per nessun'altra quello che aveva provato per lei. Bene. Lei non aveva amato nessun altro come aveva amato lui.

Wes si mise diritto, si tolse la giacca e la drappeggiò sopra a entrambi. Le mise le braccia intorno alla vita e appoggiò il mento sulla sua testa.

Le passò pigramente le mani su e giù sulle braccia. «Meglio?»

Meglio? Era meraviglioso. Come se non ci fosse nessun altro posto in cui avrebbe dovuto essere per tutto quel tempo tranne che tra le braccia di Wes. Non era reale. Il passato era reale, viscerale.

Si voltò fino a essere di fronte a lui, con il petto premuto contro il suo torso. «Perché il golf era più importante di me?»

Il bacio, il fatto di passare del tempo insieme, non li avrebbe portati da nessuna parte, anche se era attratta da Wes. Non sapeva perché sentisse il bisogno di rivangare la vecchia storia, ma era così...

Bene. Stava prendendo in considerazione di vederlo come più di un amico, dato che l'aveva baciata e toccata, dando vita a ogni tipo di pensiero peccaminoso. E se stava pensando di peccare, doveva sapere che cosa c'era nel cervello di quell'uomo cocciuto quando stavano insieme.

Wes aggiustò le mani nella nuova posizione, ma le tenne avvolte intorno a lei. Kaylee lo sentì scuotere la testa sopra la propria. «Il golf non è mai stato più importante. Tu eri...»

Kaylee alzò il mento per poter vedere parte della sua faccia. «Io ero che cosa?»

Wes si chinò all'indietro e guardò in basso: «Tutto».

Capitolo Venti

Wes sollevò il mento di Kaylee e le baciò piano le labbra. Quando lei non obiettò, spostò la mano più in basso e la tirò più vicina, abbassando nuovamente la bocca e le aprì le labbra.

Aveva il cuore che martellava in petto, il corpo che si stava scaldando. Probabilmente poteva prendere fuoco solo grazie alla lingua di Kaylee che scivolava sulla sua. E poi lei si staccò. «Che cosa intendi con "ero tutto"? Chiaramente non era così, altrimenti non avrei mai rotto con te.»

Wes si passò la mano sul volto. «Nella mia testa tu eri tutto. Sooolo... Solo non sapevo che cosa stessi facendo. Sai che sono cresciuto senza una madre. E mio padre non c'era quasi mai. Ho imparato cos'è l'affetto dai miei fratelli.» Sogghignò. «Pensaci, è un cieco che guida un altro cieco. L'unica cosa che avevamo tra di noi era la lealtà. Ma eravamo anche sempre in competizione. Avevamo il bisogno di vincere e dimostrare il nostro valore... O forse ero solo io.» La guardò intensamente negli occhi. «Pensavo di aver bisogno del successo nel golf per meritarti. È stato solo quando sei tornata nella mia vita che mi sono reso conto che avevo solo bisogno di te.»

Kaylee spalancò gli occhi mentre lo fissava. «Accidenti a te» disse. Poi gli abbassò la testa e attaccò la sua bocca con le labbra e i denti.

Wes le spostò il mento con il pollice e l'indice, per trovare l'angolo giusto per adorare la bella bocca piena di Kaylee.

Si era detto che il motivo per cui la sognava di notte era perché era la donna con cui aveva passato più tempo. Che l'adocchiava, quando lei non stava guardando, perché era una bella donna.

Tutte stronzate.

La desiderava.

Aveva detto la verità affermandolo. Il golf non era mai stato più importante di Kaylee. Ma che cos'era lui senza lo sport? Non era mai stato bravo in niente, eccetto il golf. E pensava che senza quello non fosse degno di lei. Ma al diavolo anche quello. Se lei era disposta a restare, lui avrebbe fatto tutto il possibile per renderla felice.

Aveva vinto il jackpot quando quella bella ragazza era arrivata alla festa al college e si era dimostrata la donna perfetta per lui. Aveva pensato di dover costruire una vita per loro ma, a un certo punto, lungo la via, aveva perso di vista ciò di cui *lei* aveva bisogno. E poi l'aveva persa del tutto.

Ora Kaylee era tornata. E lui non l'avrebbe lasciata andare così facilmente.

Lei gli avvolse le braccia intorno al collo e lui colse l'occasione per passarle le mani intorno alla vita e sul fianco. Raccolse il tessuto del vestito e fece scorrere le dita sulla sua gamba morbida. E poi la sollevò e la passò sopra la propria, tirandola più vicina.

Kaylee gemette e gli occhi di Wes quasi si rovesciarono nella testa alla sensazione del suo calore contro la propria erezione.

Il suo cazzo era un posto felice, così vicino a Kaylee, eppure non ancora abbastanza vicino. Ma andava bene così. Poteva sopportare quella forma di punizione. Era il dolore che aveva provato quando lo aveva lasciato che non voleva più provare.

Le baciò il collo e il seno sopra la scollatura. «Vuoi che ci spostiamo in un posto meno pubblico?» Dolore o no, Wes aveva delle idee. Idee nude, scivolose. E perché diavolo? Era la *sua* ragazza, l'unica che avesse mai definito così.

Le abbassò il reggiseno e leccò il capezzolo.

Kaylee gli tirò i capelli, strofinandosi contro di lui. «Uh?»

«Siamo in pubblico qui. Potrebbe passare qualcuno.»

«Che cosa suggerisci?» La sua voce era sospirosa e un po' acuta, proprio come ricordava che fosse quando era eccitata.

Wes divenne più duro.

La baciò a lungo e profondamente. «Era un sì?»

Lei esitò, giusto il tempo perché si preoccupasse che avrebbe detto di no. «Sì.»

Wes sorrise e la tirò in piedi.

«Wes» disse Kaylee mentre cercava di stargli al passo. Forse stava camminando un po' troppo in fretta. «Dove stiamo andando?» Kaylee guardò indietro, nella direzione dei lettini che Wes aveva posizionato per il suo uso privato.

La maggior parte della gente non conosceva il suo posto segreto. I lettini erano nascosti e lui andava lì quando aveva bisogno di tempo per sé. A volte, con lui c'era uno dei suoi fratelli. Era un posto privato, ma non abbastanza per quello che aveva in mente.

«Potrei portarti se ti fanno male i piedi» disse Wes. «Vuoi saltarmi in groppa?»

«Oppure, ecco un'idea...», disse sarcasticamente Kaylee, «potresti rallentare.»

Era colpa sua se aveva fretta?, pensò Wes. Sarebbe successo e non c'era la minima possibilità che avrebbe sprecato quell'occasione. «Non posso. Voglio ricominciare esattamente da dov'eravamo.» Guardò indietro e sorrise. «Ti sei mai denudata su un campo da golf?»

«Sei molto presuntuoso.»

«Speranzoso. Ora rispondi alla mia domanda.»

«No. Sai che non l'ho mai fatto. Con chi avrei potuto farlo su un campo da golf, eccetto te?»

«Vero.» Le strinse la mano. «Rimediamo.»

Lei gli tirò il braccio. «Non voglio venire nel tuo posto preferito per far sesso, Wes Cade.»

Lui le posò l'altra mano sul sederino morbido e la tirò con sé. «Non ho mai fatto sesso in quel posto prima d'ora.»

«Mai?» Wes sentì il suo sguardo. «Nemmeno una volta?»

«No, sarà la prima volta anche per me. Ma ha senso.»

Kaylee si mise intorno alla vita il braccio che non le stava tenendo Wes. La temperatura stava scendendo velocemente. Perfino Wes sembrava freddo. Le aveva dato la sua giacca, ma lei indossava un abito leggero. «Come?»

«Perché farò l'amore per la prima volta su un campo da golf, con l'unica donna che abbia mai amato.»

Kaylee si fermò ed emise un lungo sospiro, ma gli stava stringendo la mano e gli fissava la bocca. «Super presuntuoso.»

«Speranzoso, Kaylee. Speranzoso.»

«Non sono mai riuscita a resisterti. E adesso stai ricorrendo all'artiglieria pesante con tutte quelle parole dolci.»

Wes le prese il volto tra le mani. «Vorrei tentare... Se mi darai un'altra chance.»

Kaylee sbatté gli occhi per qualche secondo, studiandolo. «Cominciamo con il sesso e poi vedremo.»

Lui sorrise e la strinse contro il suo fianco, sollevandola da terra. «È il modo che preferisco per cominciare.»

* * *

Kaylee strillò. «Wes! Mi hai appena rotto una costola.»

«Scusami.» Wes la rimise gentilmente a terra. «Aspetta qui, okay?»

Kaylee fissò, ammutolita, mentre Wes correva verso il pro-shop.

Lo stava facendo davvero? «Wes, se stai anche lontanamente pensando di prendere le tue mazze per colpire qualche pallina, giuro su Dio che ti ritroverai senza il tuo paio preferito!»

Wes si bloccò con la mano sulla maniglia. «Cavoli, Kaylee, non mettermi in mente quell'immagine quando stiamo per fare sesso.»

Ma stava sorridendo mentre entrava nel negozio. Tornò qualche secondo dopo con quello che sembrava del tessuto in una busta di plastica trasparente.

Wes lo mise sotto il braccio e le prese la mano. «Coperte.» Alzò una scatola di preservativi. «E altre cose essenziali.» Agitò maliziosamente le sopracciglia.

Lo stava veramente facendo? Fare sesso con il suo ex? «Vendete i preservativi nel pro-shop?»

«Gli uomini giocano a golf, Kaylee. A volte hanno bisogno di alcune cose prima di andarsene a fine giornata.»

«Io sono una donna e gioco a golf.»

153

«Bene. Tenere i preservativi da vendere è stata una mia idea.» Le rivolse un sorriso diabolico. «È comodo.»

Lei sbuffò.

«Hai veramente pensato che volessi prendere le mie mazze dopo tutto quello che abbiamo passato?» Sembrava sinceramente ferito.

Kaylee lo guardò di sottecchi. «L'hai già fatto in passato.»

Lui si fermò e le voltò gentilmente il viso verso di lui. «E ho imparato la lezione. Non c'è niente – *niente* – che vorrei fare adesso... Tranne farmi te» disse sorridendole lascivamente.

Kaylee gli diede uno schiaffo sul petto. «Non è per niente romantico!» disse, ma stava ridendo perché Wes le stava baciando il collo e le faceva il solletico sui fianchi.

«Hai detto che vuoi solo sesso.» La sollevò e se la gettò sulla spalla. «Sono l'uomo per te.»

Kaylee adorava il lato scherzoso di Wes. Non era pronta per niente di serio. Non dopo il fidanzamento fallito. Così andava bene.

Tecnicamente, non avrebbe dovuto avere nessun tipo di relazione. Ma era attratta da Wes in modo ridicolo e lui non le stava dichiarando amore eterno, o roba simile. Sembrava perfettamente contento di mantenere le cose casuali. E a Kaylee stava bene così, perché con Wes si sentiva al sicuro.

Con lo stomaco schiacciato contro la sua spalla, guardò la scatola che aveva in mano. «Sai che non abbiamo bisogno di questi affari.»

Lui sbuffò. «Cerchi di incastrarmi?»

«Sei un tale somaro! Non posso restare incinta, ricordi? Solo tu potevi scherzare sul mio dolore.» Le sue parole erano serie, ma non il suo tono di voce. Gli uomini non erano dei maghi quando si trattava di cose femminili e Wes probabilmente stava solo cercando di essere cauto.

Lui le strinse le gambe. «Non è uno scherzo.» Fece scivolare il corpo di Kaylee lungo il petto e non in modo seduttivo. Bloccò il movimento quando poterono guardarsi negli occhi. «Mi dispiace veramente tanto, Kaylee. Mi dispiace essere io il motivo per cui non puoi avere figli.»

Kaylee passò il pollice lungo il labbro inferiore pieno di Wes. «Non è stata colpa tua. Non avevi alcun controllo su ciò che è successo. Ma, veramente, non abbiamo bisogno di preservativi. A meno che tu sia stato un ragazzaccio. Oddio, quand'è stata l'ultima volta in cui ti sei fatto controllare?»

Wes gettò la scatola di preservativi oltre la spalla e la sollevò di nuovo. «Te l'ho detto, sono sano come un pesce. Mi sono fatto controllare qualche settimana fa. Inoltre non ho mai fatto sesso senza un preservativo da quando stavamo insieme. Cazzo, non vedo l'ora di essere dentro di te.» Wes cominciò a correre, *a correre.*

«Rallenta!» esclamò Kaylee mentre rimbalzava sulla sua spalla. «Hai idea di come sia scomoda?»

«Non posso rallentare. Devo portarti da qualche parte in privato e toglierti quel vestito prima che tu cambi idea.»

«Non ho ancora deciso! Non hai vergogna?»

«Neanche un po'.» Fece scivolare il corpo di Kaylee lungo il proprio, questa volta con un sorriso sfacciato sul volto mentre lei scivolava contro ogni rilievo e incavo del suo corpo muscoloso.

Quando i piedi toccarono terra, Wes si chinò e la baciò dolcemente, ma a lei girava la testa e il corpo formicolava nei punti strategici. L'aveva fatto apposta per farla impazzire.

Wes restò lì per un momento, senza muoversi, semplicemente studiandole la faccia e guardandola negli occhi.

«Kaylee.» Scosse la testa. «Non riesco a credere che sia tornata.»

Era troppo. Per Wes non era solo sesso e nemmeno per lei, ma Kaylee voleva che fosse così, almeno per il momento. Era l'unico modo in cui potesse lasciarsi andare e godersi il fatto di stare con lui. Appoggiò la mano sulla sua erezione e avvolse l'altra intorno al suo collo, tirandolo giù per potergli mordere il labbro. «Togliti i pantaloni» mormorò.

Wes ringhiò togliendosi le scarpe con il calcio. Si abbassò i pantaloni mentre cercava di baciarla.

Kaylee rise vedendolo lì con i boxer di maglia e la camicia bianca dello smoking. «Dio, ma lo desideri davvero.»

Wes si strappò il cravattino a farfalla e si tolse la camicia passandola dalla testa finché rimase solo con i boxer, e Kaylee smise di ridere.

Wes, adulto e muscoloso, era sexy da morire e la guardava come se volesse leccarle ogni centimetro del corpo.

Il respiro di Kaylee divenne irregolare.

Wes le avvolse intorno le braccia e la tirò vicina, baciandole la spalla mentre abbassava la cerniera del vestito con un movimento fluido. «Sei così bella.» Alzò la testa. «Nessuna è più bella di te.»

Lei gli passò le mani sul petto caldo. *Sesso.* Era solo sesso. Con un uomo che amava sinceramente, anche se quell'amore era intrecciato con il suo passato. Avrebbe accettato il suo corpo e qualunque cosa lui volesse darle perché ne aveva bisogno. Dio ne aveva avuto bisogno per così tanto tempo.

Wes le abbassò il vestito sulle gambe e aprì a forza la busta di plastica, scuotendo quella che sembrava una coperta con un lato impermeabile. L'appoggiò sul green della diciottesima buca, sorprendentemente isolato di notte, poi la prese per mano e la tirò finché gli ricadde sul petto. Si abbassò con lei tra le braccia fino a stendersi sulla coperta, petto contro petto, passandole dolcemente le dita lungo la schiena e sul sedere. Emise un lungo sospiro. «Toccarti è una sensazione incredibile.»

«Lo dici solo perché vuoi fare sesso senza un preservativo.»

Lui si bloccò. «*Cazzo*. Dovevi proprio ricordarmelo? Sto tentando di andare adagio.»

La sua erezione ebbe uno scatto contro la sua pancia e Kaylee allungò la mano, accarezzandolo. «È diventato più grosso da quando eravamo insieme? Non stai prendendo qualche integratore, vero?»

Lui le tolse il reggiseno e restò sopra di lei. Il suo calore la teneva sorprendentemente calda, nonostante l'aria fresca. «Smettila di scherzare, sono serio sul fatto di avere bisogno di essere dentro di te. E no, il mio cazzo non è cresciuto, è sempre stato enorme.»

Kaylee sbuffò e lo osservò toglierle attentamente le mutandine beige, per poi baciarla sopra il punto di giunzione delle gambe. «Niente arroganza, eh» disse senza fiato, cercando di trovare un tono scherzoso, ma distratta dall'uomo che la divorava con gli occhi.

Wes tracciò una linea di baci lungo l'esterno della gamba, mentre una mano accarezzava l'altra. «La tua pelle ha esattamente lo stesso profumo, cocco e miele.» La fissò con gli occhi blu. «Mi fa venire voglia di leccarti.»

«Sporcaccione.»

Sul viso di Wes apparve un altro sorriso diabolico. «Non ne hai idea.» E poi le allargò le gambe e la leccò, con le dita che l'accarezzavano appena oltre il punto dove la sua lingua stava compiendo la magia.

Oh Dio. «Sembra che tu abbia acquisito nuove... abilità.»

Le arrivò un grugnito da là in basso e poi Wes voltò la testa e la sua lingua fece una specie di leccata laterale che le fece emettere suoni imbarazzanti.

«Shh, Kaylee» disse a bassa voce, sensualmente, con il fiato che passava sulla carne tenera. «Non vogliamo che qualcuno ci trovi.» Poi abbassò di nuovo la testa e tornò a fare quel movimento di lato con la lingua, spedendola in un immediato mini-orgasmo che le mandò lampi di luce nella testa e fece contrarre i muscoli della vagina, mentre la pressione aumentava promettendo qualcosa di enorme.

Gli afferrò i lati della testa appena la sua smise di esplodere in fuochi d'artificio e lo tirò verso l'alto prendendolo per le orecchie. «Dentro, adesso.»

«Sicura di volerlo?»

Dio, non sapeva che cosa intendesse dire. Che la penetrasse? Sì, certo. Sperava che non si stesse riferendo a qualcosa di più. «Sì.»

Wes si tolse i boxer, appoggiò le braccia muscolose accanto alla testa di Kaylee ed entrò lentamente.

Strinse i denti ed emise lentamente il fiato. «Okay, andrò piano in modo da non fare una figuraccia. Avevo dimenticato com'era con te.» Abbassò la testa e Kaylee sentì il suo respiro caldo accanto all'orecchio.

Decidendo di ignorare la sua richiesta, perché era piuttosto eccitata e vogliosa, Kaylee mosse i fianchi e Wes gemette.

Doveva avere le cose sotto controllo, perché cominciò a ondulare sopra di lei, con i fianchi che facevano piccoli, stretti cerchi che la portarono dai mini-orgasmi all'attesa di quello grande.

«Non spostarti e non muoverti» gli ordinò. «Continua a fare esattamente quello. È favoloso.»

E come il bravo soldatino che era, Wes mantenne lo stesso passo, la stessa posizione, finché Kaylee venne con una forza che le fece sbattere la testa contro il terreno.

Wes le mise la mano sotto la testa e si spostò fino a spingere forte dentro di lei, strofinando il punto su cui aveva appena operato.

I suoi movimenti non erano più ritmici e con un'ultima spinta, la riempì, gemendo il proprio orgasmo. Il suo corpo entrò e uscì lentamente da lei per qualche altra spinta extra, scosso da spasmi incontrollabili.

Le baciò la guancia, la bocca e poi lasciò cadere la testa di lato alla sua, con il respiro pesante, come se avesse appena corso un chilometro. «Sei sicura di non potere restare incinta? Perché penso di averlo appena fatto.»

Kaylee sorrise. «Non è divertente.» Ma lo era, perché era Wes e non intendeva farle del male.

Kaylee aveva le gambe allargate, il suo primo amore ancora dentro di lei che le accarezzava la tempia con il pollice. Non credeva che Wes si accorgesse nemmeno di farlo.

Wes spostò una mano sotto il sedere di Kaylee e l'altro sotto la schiena, rotolando poi per portarla sopra di lui, ancora in profondità dentro a lei. «Dovresti saperlo, non ho intenzione di lasciare il tuo corpo. È il mio posto felice.»

«Gli ospiti del matrimonio potrebbero avere qualche problema se ci trovassero qui, così.»

«Che si fottano. Sei qui e questa volta non ho intenzione di lasciarti andare.»

Capitolo Ventuno

aylee alzò la testa dal petto di Wes. «Non hai intenzione di lasciarmi andare, eh?»

«No.» La tirò più vicina, premendole nuovamente la testa contro il proprio petto. «Considerati messa sotto chiave.»

«Wow. Sei diventato possessivo da quando stavamo insieme.» Ma le piaceva che l'apprezzasse e la volesse tenere vicina. Eddy aveva sempre messo i suoi amici al primo posto. Poi ricordò che Wes aveva fatto del golf la sua priorità.

«Sono sempre stato possessivo» continuò, ignaro dei pensieri che le stavano passando per la testa. «Ho fatto uno stupido errore e mi sono lasciato distrarre dal golf e mi sei scivolata via. Non rifarò lo stesso errore.»

Kaylee alzò nuovamente la testa e lo fissò, perché era necessario dirlo, anche se apprezzava le sue parole. «Sono appena uscita da un fidanzamento. Sono lieta che tu sia maturato da quando stavamo insieme. Ma questo...», indicò a casaccio intorno a loro, «è fino dove arriveranno le cose.»

Il sorriso di Wes sembrò forzato. «Certo, ma potrei cercare di andare all'assalto più tardi.»

Kaylee lasciò uscire il fiato che stava trattenendo e ricadde sul suo petto. «Oh, giusto. Assalta pure. Purché sia solo sesso.»

Kaylee era sempre stata un tipo da relazioni. Fare sesso casuale non le era mai venuto in mente fino a poco tempo prima. Probabilmente aveva a che fare con il suo partner. Wes non era un estraneo, e gli credeva quando diceva che non aveva mai inteso ferirla, anni prima. «Informale... Sì, mi sta bene. Specialmente ora che sei diventato un olimpionico del sesso orale.»

«Olimpionico.» Kaylee sentì il sorriso nel suo tono di voce. «Bello. Ma, Kaylee?» Aspettò che lei alzasse il mento. «Quello era solo un assaggio di quello che verrà.»

Kaylee sentì una stretta allo stomaco. Era bastato quello: la voce profonda e sexy di Wes che le prometteva orgasmi nel suo futuro l'aveva trasformata in un budino tremolante.

Wes le strinse il sedere. «Vieni, torniamo indietro e mangiamo qualcosa. Sto morendo di fame.»

Cibo? Sì, cibo. Era una bella distrazione. Perché non era possibile che stesse veramente pensando al secondo round così presto. Okay, ci stava pensando, eccome.

Wes allungò la mano per prendere il suo vestito e glielo porse mentre Kaylee si alzava.

Kaylee osservò Wes che si rimetteva lo smoking. Adorava il modo in cui lui si muoveva. La sicurezza in ogni gesto. Non gli importava delle grinze o dei capelli in disordine. Li pettinò con le dita e fu a posto, poi infilò una mano nella tasca dei pantaloni dello smoking mentre la osservava con un sorriso sensuale. Era virile, motivato, eppure era generoso. Wow, com'era generosa la sua lingua. E le sue mani...

Kaylee si piegò per mettersi le scarpe e per nascondere la faccia in modo che lui non vedesse il rossore sulle guance. Wes era arrogante. Non era il caso di alimentare il suo ego già ipertrofico. Dio solo sapeva dove sarebbero finiti.

Si raddrizzò e si lisciò il vestito. «Lascerò che sia tu a spiegare a Adam dove siamo stati.»

Wes le afferrò la mano e le baciò le nocche. «Non preoccuparti. Ci penso io.»

* * *

Appena tornarono al ricevimento, Kaylee si diresse in bagno.

Wes intravvide Adam che diceva qualcosa a Hayden, poi lo vide attraversare a passo fermo la sala. Afferrò Wes per il braccio e lo tirò in un angolo. Non che Wes non sarebbe riuscito a liberarsi dalla sua presa. Avevano più o meno la stessa altezza e peso. Zuffe tra lui e Adam avevano sempre un esito incerto. «Dove diavolo sei stato? Sei stato assente per tutto il ricevimento!»

«No, non per tutto il ricevimento, solo la parte del ballo.»

Adam si accigliò e sembrò che stesse digrignando i denti.

«Adam, potresti avere bisogno di farmaci se è questo che ti fa la vita matrimoniale. Che c'è? Sei carico come un toro di Pamplona.»

Adam sbuffò e distolse gli occhi. «Hayden ha messo in pausa il sesso fin dopo il matrimonio. Voleva che la nostra prima notte di nozze fosse speciale.»

Wes inarcò un sopracciglio. «Da quanto tempo?»

«Quattro settimane.»

«*Gesù Cristo.*» Wes si guardò in giro drammaticamente,

cercando un altro dei suoi fratelli. «Dovremmo portarti in ospedale.»

«Non fare l'idiota» disse Adam. «Non sono mai stato come te o Hunt. Non ho mai avuto bisogno di una donna diversa ogni notte.»

«Ah, davvero? E com'è la tua libido ora che hai Hayden nella tua vita?»

Adam deglutì. «Lo ammetto, sono un po' teso quando è intorno e non posso *averla*.»

«Allora, che diavolo ci fai ancora qui? Vai a trovare la tua donna.»

Sul volto di Adam apparve l'inizio di un sorriso, ma poi si accigliò. «Non posso.» Si passò la mano sulla bocca. «Ho promesso a Hayden che avremmo avuto questa cosa post-ricevimento: pizza e cocktails. C'erano talmente tanti invitati che voleva qualcosa di speciale per i nostri amici più intimi.»

«Io non dirò niente se voi due ve la svignerete. Fallo, fratello, prima di implodere.»

«Non mi sentirei sul punto di implodere se voi somari non foste tanto somari.»

«Sì, invece.»

«Sì, hai ragione.» Guardò Wes implorante. «Come faccio a portarla fuori di qui senza che si irriti?»

Wes mise una mano sulla spalla del fratello e si chinò verso di lui. «Ecco che cosa devi fare...»

Qualche momento dopo, Kaylee tornò. «Hai visto Hayden?» Si guardò attorno. «Volevo congratularmi con lei, ma non riesco a trovarla da nessuna parte.»

«Già, perché ho aiutato Adam e sgattaiolare via con lei» le rispose Wes.

«Davvero?»

Wes fece spallucce. «Adam voleva cominciare la luna di miele. Sono un tipo romantico, sai.»

Kaylee incrociò le braccia sul petto. «E questo non ha niente a che vedere col fatto che Adam era infuriato perché eravamo andati via?»

«*Irragionevolmente* infuriato. Non sarebbe stato così teso se Hayden non avesse messo il veto sul sesso fino alla prima notte di nozze.»

Il volto di Kaylee si addolcì. «Ooh, è dolce. Voleva che fosse romantica.»

Lui la fissò inorridito. «Non farti venire delle idee.»

«Wes, non ci sarai al mio matrimonio, quindi non preoccuparti per quello che farò o non farò io.»

Sì che ci sarò, pensò Wes. Era una follia. Voleva ricominciare a frequentare Kaylee, niente di più. Poteva essere pronto per qualcosa di solido tra di loro, più di lei, ma non era pronto a convolare a nozze.

«Come hai fatto ad aiutare Adam ad andarsene presto?»

«Gli ho detto di dirle che aveva un regalo che lo aspettava nella suite presidenziale che non poteva aspettare.»

«Ed è vero?»

Wes indicò le vicinanze del suo inguine.

Kaylee lo guardò stringendo gli occhi. «Stai scherzando? Hayden sarà incazzata quando scoprirà che l'ha inventato solo per farla denudare.»

«Probabilmente. Ma solo fino a quando la farà felice a letto.»

«Se riusciranno ad arrivare al letto *prima che lei lo uccida.*» Kaylee scosse la testa. «Voi Cade siete veramente speciali, lo sai?»

«Lo dici come se fosse una brutta cosa.» Le avvolse un braccio intorno alla vita. «Andiamocene da qui. Ritroveremo più tardi i miei fratelli. Non è che non li veda ogni giorno, comunque.» Guardò significativamente in basso. «Inoltre sono pronto per il secondo round.»

«Ah!»

Wes si chinò verso di lei finché le loro bocche furono a pochi millimetri. «La mia lingua è irrequieta.»

La sentì deglutire. «Immagino che potremmo andarcene adesso» disse Kaylee, con la voce di quando era eccitata.

Wes sogghignò. «Qualunque cosa tu voglia, Kaylee. Il mio corpo è a tua disposizione.»

Capitolo Ventidue

Wes non poteva biasimare Kaylee perché era sulla difensiva quanto si trattava di relazioni. Lui aveva fallito con lei, poi era intervenuto McStronzo e aveva completato il disastro. Ma questa era la seconda chance di Wes con la donna che non aveva mai smesso di amare. E si sarebbe impegnato al massimo.

Intravide Kaylee seduta a uno dei tavoli intorno alla piscina, che sorrideva ai bambini in acqua. Attraversò la pavimentazione ed estrasse la sedia accanto a lei agganciandola con un piede. Si sedette accanto a lei e tese due sandwich avvolti nella carta. «Prosciutto o tacchino?»

Kaylee afferrò le patatine che Wes aveva infilato sotto il braccio. «Te ne sei ricordato!» Sorridendo, Kaylee aprì il sacchetto e indicò il sandwich di tacchino.

Wes le passò il sandwich e le diede un'occhiata incredula. «Pensavi che avrei dimenticato il tuo cibo spazzatura preferito?» Avvicinò ancora di più la sedia. «Ho quasi perso un braccio la volta in cui ho preso l'ultima patatina. Non è una lezione che si scorda facilmente.» Finse di rabbrividire.

«Mai rubare il cibo di una donna quando ha in mano un coltello.»

Kaylee si coprì la bocca con la mano, nascondendo la risata e il cibo che stava masticando. «Ben ti sta! Io non ti ruberei mai l'ultimo bastoncino di liquirizia rossa. Non riesco a credere che abbia tentato di prendere quella patatina.»

Wes scosse a testa. «Non mi perdonerai mai, vero?»

«No.» Ma stava sorridendo.

Wes l'avrebbe fatta ridere tutto il giorno se avesse potuto. Per quanto lo riguardava, quando Kaylee era felice, i fiori sbocciavano, gli estranei si abbracciavano e cessava di esistere l'aggressività al volante. Gli sembrava di poter conquistare tutto. Il torneo era alle porte e Wes era preoccupato di fare casino come era successo al college.

I preparativi per un torneo di quell'importanza erano tremendamente impegnativi e non voleva rovinare la loro relazione appena sbocciata non dedicandole abbastanza tempo. Non che Kaylee la considerasse una relazione. Era inflessibile nel dire che si trattava solo di sesso. E lui era felice di accontentarla. Ma gli appuntamenti per il pranzo che era riuscito a infilare nelle ultime settimane, rendevano le cose tutt'altro che casuali. Non che avesse intenzione di dirlo a Kaylee. Si assicurava di sfruttare ogni momento libero per stare con lei. Sfortunatamente, non erano molti.

Si stava facendo il culo per preparare tutto per il grande evento, perfino omettendo le sessioni di allenamento per riuscire a fare tutto il lavoro e avere comunque tempo per Kaylee. Era una novità. Non aveva mai messo niente davanti al golf.

Era disposto a mettere da parte qualche sessione di allenamento, ma non poteva deludere i suoi fratelli quando si trattava di far funzionare il club. E il torneo era fondamentale per le casse del Club Tahoe, dopo la sottrazione di fondi da parte di un impiegato infedele. Era successo poco dopo che i fratelli avevano assunto la gestione del club e, sfortunatamente, avevano anche perso clienti importanti. Avevano bisogno del torneo.

Se solo fosse riuscito a convincere Kaylee che una relazione con lui era la cosa giusta. Poi avrebbe potuto chiederle di resistere fino alla fine del torneo, quando avrebbero potuto passare più tempo insieme. Ma lei era maledettamente cocciuta riguardo al restare amici che scopavano, insistendo a commentare quanto fosse fantastico.

Solo Kaylee poteva decidere di colpo di non volere nient'altro che sesso.

Wes morse il suo sandwich e la studiò di sottecchi. «Allora, stavo pensando che potrei smettere un po' prima stasera. Grigliare qualcosa per te. Ho delle bistecche nel freezer che devo proprio cuocere.» Non serviva che lei sapesse che le aveva comprate in negozio dopo mezzanotte la sera prima, solo per allettarla e portarla nella sua tana. «Che ne dici?»

Kaylee annuì. «Buone. Porterò un'insalata.»

Wes scosse la testa. «Lascia che mi occupi io di tutto.»

Kaylee lo guardò sospettosa. «Mi piace passare il tempo con te ma... Non stai cercando di corteggiarmi, vero?»

Lui ridacchiò e si appoggiò allo schienale, fingendosi rilassato. «Cucinare per qualcuno una relazione non fa.»

«Perché stai parlando come Yoda?»

Dio, era nervoso. E non era più lo stesso, in fatto di corteggiamento. «Stavo solo dicendo che avrei pensato io a tutto. E non preoccuparti, si tratta ancora solo di sesso.»

Wes prese una patatina e la alzò perché lei approvasse. Kaylee sorrise e annuì. Lui se la mise in bocca e si pulì le dita con un tovagliolo. «Chiedi pure a uno qualunque dei miei fratelli. Sono anni che non voglio una relazione. Perché dovrei cominciare adesso?»

«Giusto, sì, okay.»

Wes cercò di non sorridere. Gli occhi di Kaylee erano sfocati e si stava massaggiando la parte alta delle cosce. Ci stava ripensando? In effetti voleva una relazione ma aveva troppa paura per accettarla? Maledizione, andare piano era terribilmente irritante.

Wes aspettò finché Kaylee finì il suo sandwich, poi prese i rifiuti dal tavolo e li scaricò in un cestino vicino.

Kaylee diede un'occhiata al suo telefono e poi lo mise in tasca. «Sarà meglio che torni. Hunt sta occupandosi dei bambini.» Fece una smorfia. «Se lo lascio lì troppo a lungo, quando torno trovo dei trabocchetti.»

Wes sorrise. «Mi sembra giusto. Allora, vengo a prenderti alle sette?»

«Certo.»

Ce l'aveva fatta. Era un appuntamento, anche se Kaylee non lo sapeva.

Wes andò a prendere Kaylee a casa sua e si diresse al suo cottage composto da una sola stanza lungo il Pioneer Trail. Avrebbe potuto arrivarci da sola, ma in questo modo poteva passare più tempo con lei. Inoltre, lei era stata così occupata a cercare di capire se la cena significasse qualcosa di più che non aveva obiettato quando le aveva proposto di andare a prenderla.

Wes attraversò la cucina e prese un altro dei cibi preferiti di Kaylee: formaggio spalmabile e crackers. Andò al tavolo alto e glieli porse, insieme a una bottiglia di birra, mentre le bistecche stavano marinando.

Picchiettò le dita sul tavolo osservandola spalmare la bontà formaggiosa sul cracker, emettendo piccoli gemiti di piacere e facendogli pensare ad altre attività.

Il tavolo occupava un quarto dello spazio in quella casa minuscola e il letto quasi metà, ed era giusto perché era lì che avveniva la magia. Se fosse stato fortunato, avrebbe avuto *fortuna*... con la donna che... Non *amava*.

Che era importante per lui. Non era il caso di impazzire completamente come aveva fatto Adam con Hayden, o perfino come Levi con Emily.

Gesù. Solo perché i suoi fratelli maggiori si erano sistemati, non voleva dire che anche lui dovesse pensare a una cosa permanente. Wes voleva che le cose fossero sicure con Kaylee, certo, ma non per sempre.

Aggrottò le sopracciglia. Se non avesse sistemato le cose con Kaylee in modo permanente, lei sarebbe uscita con qualcun altro, e questo a lui non stava bene. Per. Niente.

Si diede mentalmente una scossa. Niente da fare. Stava ancora cercando di convincerla a chiamarlo il suo ragazzo.

«C'è qualcosa che mi disturba» disse, tentando di capire la sua avversione a stare con lui in modo serio. Immaginava che il loro passato avesse una grossa influenza, ma doveva esserci di più. «Hai detto che McStronzo...»

Lei sbuffò. «Eddy.»

«... Ti era stato vicino dopo la nostra rottura.»

Lei scosse la testa. «C'è voluto quasi un anno prima di sentirmi abbastanza bene da frequentare ancora qualcuno e poi ho incontrato Eddy.»

Wes strinse i denti. Si ficcò in bocca un cracker, respirando a fondo dal naso. Pensare a Kaylee che affrontava tutte quelle procedure mediche da sola gli faceva venire voglia di rompere qualcosa. «Giusto. Allora, perché sei uscita con lui e non qualcun altro? Non avevi mai sopportato gli idioti come *Eddy*.»

Kaylee gli rubò il cracker su cui Wes aveva spalmato con cura il formaggio e diede un morso. «All'inizio era gentile. E non è niente male da vedere.»

«Se ti piace quel tipo» borbottò Wes.

«Ma hai ragione.»

Wes alzò gli occhi. «Davvero?»

Kaylee appoggiò il cracker che stava mangiando e Wes si portò alla bocca la birra, aspettando pazientemente che continuasse. «Eddy non è il tipo d'uomo che frequenterei di solito. Penso che il nostro legame sia derivato dal fatto che anche lui non può avere figli.»

Wes si soffocò con la birra. «Scusa?»

Kaylee fece spallucce. «Ha avuto un incidente giocando a lacrosse, mentre scherzava senza le protezioni adeguate. Ha tagliato...»

Wes sbatté la bottiglia di birra sul tavolo. «Basta! Basta così. Non ho bisogno dei particolari. Solo sentire parlare di palle e ferite mi fa venire la nausea.»

Lei scosse la testa, esasperata. «Non ho mai parlato di *palle*.»

«Era implicito.»

Kaylee fece spallucce e si mise in bocca il resto del cracker.

Wes strinse il pugno. Non sapeva perché il fatto che Kaylee avesse quel legame con Eddy lo facesse incazzare, ma era così. «Quindi potevate capirvi.»

«Nessuno dei due sarebbe rimasto deluso quando l'altro non avrebbe potuto avere figli, quindi sì. Almeno era quello che pensavo. Ma adesso... Adesso non sono sicura che Eddy sia il tipo di persona da avere figli. Non credo che la sua infertilità significasse per lui ciò che la mia significa per me. Quasi mi chiedo se non l'abbia usata per...»

«Per avvicinarsi a te?»

«Sì.»

Considerato il tipo, Wes avrebbe scommesso la palla sinistra che era così. Non che fosse disposto a rinunciare a una delle sue *ragazze*.

«A volte...» Kaylee strinse le labbra.

«A volte?»

Kaylee bevve un sorso di birra. «A volte mi chiedo se non stesse con me perché ero vulnerabile e facilmente manipolabile. Volevo così disperatamente avere un legame con qualcuno che capisse che cosa stavo passando che ho ignorato i problemi nella nostra relazione.» Si prese la testa tra le mani. «Ho chiamato alcuni dei nostri comuni amici... Eddy aveva un bell'harem. Sono stata una tale idiota a non capire che cosa stesse facendo.»

«Kaylee.» Le prese la mano e lei alzò gli occhi. «Qualunque cosa abbia fatto, non era colpa tua. È quello che era. Non ha niente a che vedere con te.»

Kaylee annuì, ma tirò lentamente indietro la mano, avvolgendosi le braccia intorno alla vita.

Wes si alzò e andò verso il frigorifero a prenderle un'altra birra. Sostituì quella che aveva quasi finito. Non avrebbe mai dovuto affrontare quell'argomento, ma chiariva molte cose. «Quindi non sei mai stata su un piano di parità con quel tizio. E adesso hai paura che succeda la stessa cosa con noi.»

Kaylee si irrigidì. «Anche tu mi hai calpestato.»

Wes appoggiò le mani sul tavolo e si chinò in avanti. «No. Non l'ho fatto. Sei sempre stata la cosa più importante per me. Non ero mai andato con un'altra donna. Te l'ho detto.»

«Non mi sentivo alla pari con te durante gli ultimi sei mesi in cui siamo stati insieme. Fisicamente, avevo evidenti problemi fisici. Non stavo bene. E tu non ne avevi idea.»

«Perché ero un idiota. Te l'ho spiegato.»

Lei tolse le braccia dalla vita e raddrizzò la schiena. «Non accetterò mai di mettermi in una posizione in cui non sia io la priorità.»

«E non dovresti farlo.» Wes pensò al lavoro che aveva davanti a sé con il torneo, ma accantonò il pensiero. Poteva giostrarsi con il lavoro e Kaylee. Doveva farlo.

«Hai ragione, non lo farò. Perché non permetterò che procediamo oltre a quello che siamo adesso. Ho imparato dal passato.» Gli rivolse un sorriso tremolante. «Scopamici, giusto?»

Cazzo no, ma non era abbastanza stupido da non dirsi d'accordo. Qualsiasi cosa dicesse Kaylee, erano molto più che amici. «Per ora.»

Prima che Kaylee potesse reagire, Wes le chiuse la bocca con un bacio appassionato finché la sentì che si aggrappava a lui. Sollevò per un attimo la bocca. «C'è di più per noi, Kaylee.»

Capitolo Ventitré

W es stava dicendo sciocchezze. Non c'era niente di più per loro. Era troppo rischioso e Kaylee non aveva intenzione di sacrificare una qualsiasi parte di sé che non poteva sopportare di perdere. Non avrebbe ceduto sulla faccenda della relazione e Wes lo avrebbe capito abbastanza presto.

Wes le passò le mani lungo le spalle e le afferrò i gomiti, cercando di farla alzare.

«E la cena?» gli chiese quando la sua bocca scese sul suo collo. Tirò indietro la testa perché le sue labbra erano incredibili.

Wes la guidò verso l'enorme letto, difficile da non vedere, dato che viveva in una scatola da scarpe.

Già, il ragazzo con fondo fiduciario viveva in un cottage di cinquanta metri quadrati.

Visto l'aspetto di quel posto, il letto era la cosa migliore che possedeva. Ma Kaylee non poteva lamentarsi, visto che stava giusto ottenendo i benefici delle sue scelte.

La parte posteriore delle ginocchia colpì il soffice materasso mentre Wes le passava le mani lungo la cassa toracica, scendendo fino in vita e fermandosi ai fianchi. «Mi piace l'idea di prenderti nel mio letto.»

Fino a quel momento, i loro momenti sexy erano avvenuti a casa di Kaylee.

Wes la sollevò di una decina di centimetri e la gettò sul materasso.

«Wes!» esclamò Kaylee, ma stava ridendo e si infilò sotto le coperte quando lui si lanciò sopra di lei, sostenendo il peso sulle braccia.

«Sì, Kaylee?»

«Non abbiamo mangiato. Pensavo che mi avresti preparato la cena.»

Lui le stuzzicò il collo con il naso e fece una specie di cosa vorticosa con la lingua. «Oh, ho intenzione di farlo. Ma questo materasso è nuovo di zecca.» Passò sensualmente la mano sopra la trapunta, con la bocca e la faccia contro il collo di Kaylee mentre mormorava contro la sua gola: «Inaugurarlo dovrebbe essere la prima cosa da fare, non credi?».

La sua mano si diresse verso il seno e Kaylee gli afferrò il sedere. Aveva dimenticato quanto potesse essere divertente e completamente sexy fare sesso finché lei e Wes non avevano cominciato a sgattaiolare intorno al Club Tahoe nelle ultime settimane. «Mi piace fare sesso con te» disse Kaylee con un sospiro.

Wes alzò la testa e inarcò un sopracciglio, con un sorriso sul volto. «A me piace fare sesso con *te*.» Le baciò la punta del capezzolo attraverso la maglietta di cotone, mandando fitte di piacere fino al basso ventre.

Kaylee gli rialzò la testa afferrandolo per i capelli scuri.

«Sììì?» le disse, tirando in lungo la parola, divertito, mentre la guardava negli occhi.

«Intendo dire che mi fai sentire bella. Quando siamo insieme...» Aveva sulla punta della lingua di dirgli che le cose sembravano giuste per la prima volta da anni, ma non poteva. Lui avrebbe creduto che si trattasse di qualcosa di più, ma lei non voleva niente di più di quello che avevano in quel momento. «Sei speciale per me. Ecco tutto. Volevo solo che lo sapessi.»

Il sorriso di Wes svanì. Kaylee era sicura che stesse per dire qualcosa, forse che erano qualcosa di più di semplici scopamici; quindi ruppe l'incantesimo e gli diede uno spintone.

Wes rotolò facilmente sulla schiena e Kaylee montò a cavalcioni.

Lui appoggiò le mani sul suo seno. «A me stanno bene le ragazze sopra.»

Meno male che Wes si lasciava facilmente distrarre dalle tette.

Kaylee lasciò vagare le mani sul suo torace, contenta che la conversazione non si fosse spinta troppo lontano nella direzione sbagliata. Gli passò le mani sullo stomaco e sotto la t-shirt, sui rilievi dei suoi muscoli addominali. Tracciò le ossa del bacino con la punta delle dita e poi scese più a sud, lungo i muscoli che formavano quella V così sexy.

Wes reagì con uno scatto, o almeno lo fece la sua erezione. Diventava un maschio molto malleabile quando Kaylee aveva le mani su di lui.

«Se vai ancora più a sud, ti ribalterò» le disse. «Ma, per favore, continua pure a esplorare.» Ripiegò le braccia dietro la testa e sorrise quando lei si slacciò il reggiseno e poi riportò nuovamente le mani sul suo seno, con un'espressione seria. «Adorerò sempre queste tette, Kaylee. Sono mie.»

«Sei ridicolo» gli disse Kaylee ridendo.

Ignorandolo, gli slacciò il bottone dei jeans, aprì la cerniera e gli abbassò i pantaloni fino alle cosce.

Con le palpebre a mezz'asta, Wes aggiunse: «Non

fermarti. Per favore non fermarti. Farò sesso orale con te cinque volte al giorno se solo continuerai».

«Trattativa inutile. Lo faresti comunque.»

«Vero, mi piace il tuo sapore.»

Una fitta di eccitazione la colpì dove contava e Kaylee scivolò lungo il corpo di Wes; voleva procedere in fretta a fare ciò che aveva in mente. «Ricordo anch'io il tuo sapore.» Estrasse la sua erezione, lunga a spessa, e Wes gemette quando l'accarezzò. «E la sensazione nella mia bocca» aggiunse con un sorriso malizioso.

Wes la fissò, senza quasi sbattere le palpebre, mentre Kaylee passava la lingua sulla cima della sua erezione. Lo prese in bocca fin dove riuscì, roteando la lingua e succhiando.

Wes cominciò a respirare affannosamente e strinse i pugni lungo i fianchi. «*Cazzo.*»

La sua testa ricadde all'indietro e Kaylee continuò a osservarlo mentre lo accarezzava. Avrebbe sorriso anche lei, vedendolo godersi quello che gli stava facendo, ma aveva la bocca occupata. Non scherzava quando diceva che pensava fosse cresciuto. Wes era grosso, o almeno più grosso di ciò cui era stata abituata negli ultimi anni.

Kaylee usò le mani, la bocca e i denti finché si sentì sollevare.

Wes la tirò verso l'alto e la ribaltò sulla schiena, coprendola. E poi l'attaccò con la bocca, bollente e famelica.

Kaylee non aveva mai smesso di amare Wes, probabilmente non avrebbe mai smesso. Ma non significava che gli avrebbe affidato il suo cuore. Non era decisamente saggio fare sesso con lui, visto che non aveva intenzione di andare oltre, ma non riusciva a farne a meno. Lui era persuasivo e lei teneva troppo a lui.

Wes smise di baciarla solo per spogliarsi e spogliarla in

fretta, con pochi gesti efficienti. E poi fu dentro di lei, fissandola negli occhi come se l'amasse.

Se qualcuno, quattro anni prima, avesse chiesto a Kaylee che cosa servisse per avere una buona relazione, lei avrebbe descritto proprio quello. Non il sesso, ma il modo in cui Wes la guardava, il modo in cui voleva stare con lei, come la toccava con tanto affetto. Ma ora era più vecchia e più saggia. Aveva bisogno di più di ciò che lui le stava offrendo al momento. Aveva bisogno di essere la prima cosa in assoluto per qualcuno.

Wes non usciva con nessun'altra, Kaylee lo conosceva abbastanza da fidarsi che fosse monogamo, ma non era sicura di potersi fidare che lui non mettesse le sue aspirazioni professionali al primo posto, trascurandola come aveva fatto quando stavano insieme. E lì sorgeva il problema. Lei *voleva* che Wes realizzasse i suoi sogni, lo aveva sempre voluto. Era il motivo per cui aveva lasciato che le cose durassero a lungo, al college, senza lamentarsi. Ma alla fine, accantonare i propri bisogni l'aveva quasi distrutta.

Non avrebbe rischiato di rifarlo.

«Sei distratta.» Wes era sorpreso. «A che diavolo stai pensando in un momento simile? Io sto per esplodere, ma tu devi venire per prima.»

«Sto pensando a te.»

Wes strinse gli occhi. «Sarà meglio che stia pensando a quanto sei vicina a venire.» La ribaltò in modo che lei fosse di nuovo sopra. Toccò con il pollice l'apice delle sue cosce, accarezzando con un ritmo lento e costante il battito che sentiva.

Kaylee gemette e gli premette le mani sul petto. Ondulando e lasciando che la sensazione la portasse in alto. La stava toccando nel punto giusto e ogni volta che lei ricadeva, il piacere aumentava. I suoi muscoli si contrassero e le sfuggì un grido.

Wes lasciò che l'orgasmo si esaurisse, poi le afferrò i fianchi e si spinse forte. Venne qualche secondo dopo, rallentando i movimenti, con il petto ansante.

Kaylee si rannicchiò sopra di lui, sentendo il suo cuore battere mentre rallentava piano.

«Venire dentro di te non finisce mai di piacermi.»

«Mi fa piacere che tu sia contento» disse Kaylee, convinta però che da quella relazione, lei stesse ottenendo più di Wes. Lui era così voglioso di soddisfarla e chi poteva rifiutare?

Wes premette il palmo della mano sulla sua schiena e la tirò più vicina. «Perché non dovrei essere felice? Passare del tempo con te è sempre bello: risate, sesso sul campo da golf, guardarti che ti occupi dei tiranni conosciuti come i bambini del Club dei Bambini. Poi, i nostri corpi si incastrano perfettamente. Non ci potrebbe essere niente di meglio.»

Kaylee chiuse gli occhi. Perché Wes stava comportandosi da uomo perfetto quando lei era così diffidente? «Sei un grand'uomo, Wes.»

Lui si bloccò per un attimo e disse: «Per te».

Capitolo Ventiquattro

Wes si rese conto di aver fatto un po' troppa pressione nel suo tentativo di ottenere che Kaylee diventasse la sua ragazza. Doveva fare un passo indietro. Avrebbe smesso di dire quanto fossero perfetti insieme e si sarebbe concentrato sul dimostrarglielo. Finora, Kaylee sembrava più rilassata, fino al punto di smettere di preoccuparsi di che cosa pensassero gli altri e di permettergli di portarla in giro come se stessero frequentandosi. Anche se tecnicamente, *secondo lei*, non era così.

«Sei sicuro che vuoi che venga?» chiesi Kaylee mentre si vestivano a casa sua. Erano andati a casa dei suoi genitori dopo il lavoro per rinfrescarsi. Beh, cioè, lei era andata a casa per rinfrescarsi. E lui era andato per sedurla nella doccia.

«Certo.» Wes si infilò una canottiera seguita da una maglia a maniche lunghe. «La settimana del torneo comincia domani e stiamo controllando gli ultimi particolari. Non possiamo bere, domani mattina dobbiamo essere al massimo della forma.»

«E tu a che punto sei col tuo gioco?» gli chiese Kaylee

mentre si infilava i jeans e gli stivaletti. «Ti sei allenato moltissimo. Non sei preoccupato?»

Wes fece una smorfia scherzosa. «Non ero nervoso fino a quando non ne hai parlato.»

Lei sorrise. «Scusami, ma è quello che hai sempre voluto.»

Wes si sedette su letto per allacciarsi le scarpe. «Sì, era così. Ma mi piace lavorare al club.» Ridacchiò. «Non avrei mai pensato di dirlo. All'inizio, quando ho cominciato a gestire il campo da golf, dopo la morte di mio padre, non vedevo l'ora di andarmene. Sembrerà strano, ma è cambiato tutto quando ho cominciato a dare lezioni a Bella.» Wes finì con le scarpe e si appoggiò con i gomiti sulle cosce. «È stato straordinario vedere quella ragazzina cavarsela in quel modo spettacoloso. Era talento puro. Io sono sempre stato atletico, ma Bella è magica. Per una volta, mi sono entusiasmato per la carriera di qualcun altro. Insegnare a Bella mi ha fatto capire come può essere gratificante allenare. Comunque, non che mi piaccia granché insegnare a gente senza capacità.»

«Come me.»

Wes le rivolse un sorriso malizioso. «Tu *sei* un'eccezione.»

«Perché mi metto nuda con te?»

«Esattamente.»

Kaylee gli lanciò in testa un cuscino. «Sei terribile.»

Wes deviò il cuscino con una teatrale mossa di karate. «Insomma... Come ti stavo dicendo, prima di essere interrotto in modo così scortese, probabilmente ci è voluta la tragedia della morte di mio padre per farmi tentare di fare qualcosa di nuovo, ma è stato un campanello d'allarme. Non mi illudo per questa esenzione degli sponsor. È un'opportunità incredibile, ma non finirà col darmi una carriera nel tour. Non ho mai ottenuto costantemente un punteggio abbastanza basso da farcela a entrare nel circuito. Giocherò e mi divertirò alla grande, ma ho altri sogni su cui concentrarmi adesso.»

«Allenare la piccola Bella?»

Wes si alzò e tirò su Kaylee con lui. «Allenare Bella e altri come lei è uno di quelli.» La baciò sulle labbra e le afferrò la mano prima che lei potesse chiedergli degli altri suoi sogni.

Kaylee non voleva conoscere le sue idee per loro. Ma un giorno, magari presto, sarebbe successo. «Vieni, ci stanno aspettando. Sarà meglio che andiamo.»

* * *

«Dimmelo di nuovo? Perché ci stiamo incontrando al Blue Casinò invece del Fireside Lounge?» Kaylee ispezionò il salone del casinò. La rumorosa area gioco era tutta blu neon con particolari arancio.

Adam e la sua neo-sposa Hayden lavoravano nella direzione del Blue Casinò, ma erano appena tornati dalla loro luna di miele. Kaylee non pensava che Hayden fosse già tornata al lavoro e aveva sentito che Adam avrebbe aiutato Levi ed Emily col torneo per tutta la settimana. Non sapeva se ci fosse un conflitto di interessi perché Adam lavorava al Blue Casinò, pur essendo co-proprietario del Club Tahoe, ma sembrava che al Blue non importasse.

Wes le mise la mano in vita mentre salivano i pochi gradini del Monte Belle Lounge, dove li stavano aspettando i suoi fratelli e le loro compagne. «Le birre sono a metà prezzo fino alle sette, stasera. Non potevamo lasciarcelo sfuggire.»

Kaylee lo fissò in viso. «Sei serio? Voi fratelli siete probabilmente gli uomini più ricchi in città e cercate i drink scontati?»

«A chi non interessa un bel due-per-uno?»

Kaylee alzò una mano, arrendendosi. «A quanto pare, nemmeno ai miliardari.»

«Non sono sicuro che miliardari sia corretto. Multimilionari, probabilmente. Sono più di dieci anni che non controllo il mio fondo fiduciario.»

Kaylee inciampò sul tappeto. «Scusami?»

Wes si fermò e voltò la schiena ai suoi fratelli. «Sai che non mi è mai interessata quella roba.»

«So che non ti è mai interessato se gli altri avessero o meno soldi e so che non sei uno snob. Ma chi non sa quanti soldi ha?»

Wes si grattò la nuca. «So quanto ho *io*, solo non so quanto abbia messo mio padre nel mio fondo fiduciario. Erano sempre soldi suoi.»

«Che aveva dato a te. Wes, c'è gente che fatica, là fuori, che ucciderebbe per una frazione di ciò che ti ha dato tuo padre. Se non lo vuoi, donalo.»

Wes sospirò. «Ti capisco e lo prenderò in considerazione. Per il momento, Levi sta prelevando denaro da tutti i nostri fondi fiduciari per fare girare le cose nel resort. Poi... Vedrò che cosa fare dopo.»

Kaylee avvolse la mano sul suo braccio muscoloso e continuarono ad andare verso il gruppo. Quello era Wes. Il multimilionario che viveva in un cottage di una sola stanza e andava dove le birre erano scontate della metà. Non era materialistico. Non era un traditore. E teneva moltissimo a lei. Era un uomo che le stava rendendo difficilissimo non innamorarsi nuovamente di lui. Sospirò e si appiccicò un sorriso sul volto per il gruppo che quella sera era più numeroso del solito.

Emily si alzò e andò ad abbracciarla. «Sono così contenta che ce l'abbiate fatta a venire.» Guardò Kaylee e agitò le sopracciglia dando un'occhiata a Wes.

«Siamo amici» disse Kaylee a bassa voce, leggendo nella mente di Emily. Tutti i fratelli di Wes e le loro compagne avevano fatto ipotesi su Kaylee e Wes, ma lei si rifiutava di etichettare la loro relazione.

«*Comunque*,» disse Emily, che chiaramente non le credeva, «lascia che ti presenti qualcuno dei nostri amici. Questo è Jaeg, con la sua fidanzata, Cali e la cugina di Cali, Ireland, che ha appena cominciato a lavorare al Blue Casinò.»

La rossa carina, seduta accanto alla fidanzata di Jaeg la salutò con la mano. «È un piacere conoscerti.» Il suo sguardo tornò velocemente verso Bran.

Povero Bran. Personalmente, Kaylee pensava che Wes fosse il più attraente dei fratelli Cade, ma c'erano alcune donne che non riuscivano a distogliere gli occhi da Bran. Sfortunatamente, il fratello di Wes era maledettamente timido.

Kaylee e Wes salutarono il resto del gruppo e si sedettero ai tre tavoli rotondi che erano stati avvicinati per far posto a tutti. I fratelli di Wes erano tutti grandi e grossi. Se si aggiungeva Jaeg al gruppo, era come avere una tavolata di quarterback.

«Allora, qual è il programma per domani?» chiese Kaylee. «Che cosa posso fare per aiutarvi. Tenere lontani i bambini?»

«In effetti,» disse Emily, «pensavo che potremmo portarli. La maggior parte dei genitori in città sarà presente all'evento. Potremmo non avere molte presenze nel Club dei Bambini, ma quelli che ci sono potrebbero godersi il torneo. Adam è il paio di mani in più che abbiamo questa settimana.» Si voltò verso Adam, che aveva il braccio sulle spalle di Hayden e sembrava completamente innamorato di sua moglie. «Non ti dispiacerebbe preparare un picnic per il Club dei Bambini, vero?»

«Sono ai tuoi ordini.»

Hayden gli sorrise. «Ti aiuterò anch'io. Ho preso una giornata libera. Il Blue Casinò sa che non siamo ancora mentalmente tornati dalla nostra luna di miele e quindi ci stanno dando molta libertà d'azione questa settimana.»

«Eccellente» disse Emily. «Quindi, visto che ci siamo occupati dei bambini, il merchandising e le tende sono a posto, gli stand di venditori di cibarie e i ristoranti sono pronti...», diede un'occhiata a Bran, che annuì, «... il campo da golf è pronto e gli addetti al torneo sono schierati... Dovrebbe andare tutto bene. A meno che qualcosa vada storto, cosa che succede sempre.» Abbassò la fronte sulle mani e chiuse gli occhi. Levi le massaggiò la schiena.

«Sta bene?» chiese Kaylee.

«Sta bene» disse Levi. Emily alzò una mano, agitandola per confermare. «È solo stressata.»

«Ma tu no?»

Levi fece spallucce. «Emily si stressa abbastanza per tutti e due. Il mio lavoro è tenerla calma.»

Wes ridacchiò e Kaylee si voltò a guardarlo.

«Vuole dire in camera da letto» disse Wes.

Levi gli diede un'occhiataccia.

«C'è qualcosa che possiamo fare per aiutarvi?» chiese Cali.

«È una cosa grossa» aggiunse Jaeg. «Anche noi dovremmo essere a portata di mano domani.»

«Assolutamente» confermò Cali. «In effetti, non sarei sorpresa se il mio capo e l'intera squadra non si fossero presi una settimana di ferie per godersi il torneo. Non capita spesso che arrivi qualcosa di simile in città.»

Durante il percorso, Wes aveva detto a Kaylee che i loro amici li avrebbero raggiunti e, a quanto pareva, Cali lavorava per uno degli amici di Jaeg e Adam, che aveva un'impresa di costruzioni locale.

«E anch'io. Ci sarò anch'io» aggiunse Ireland. Questa volta non lo guardò, ma Kaylee colse comunque la smorfia sul volto di Bran.

Proprio non gli piaceva quella ragazza. E non aveva senso. Era veramente carina e sembrava dolce.

«Resterò qui per il prossimo futuro», disse Ireland, «e mi piacerebbe che mi coinvolgeste di più.»

Bran brontolò sottovoce.

Ireland raddrizzò le spalle rigide a quel suono, ma cercò di sorridere. «Ho lavorato in praticamente tutti i campi mentre mi pagavo il college e l'università, quindi ho esperienza.»

Bran la guardò e, questa volta, sul suo volto c'era una traccia di sorpresa. Forse perfino ammirazione. Ma svanì in fretta e tornò a guardare i suoi fratelli. «Purché non ci sia un incidente da avvelenamento da cibo, dovrebbe andare tutto bene.»

«Stai scherzando?» chiese Hunt. Aveva controllato nonstop il suo telefono. «Tutto può andare storto e probabilmente lo farà.»

Emily risucchiò il fiato spalancando gli occhi.

Levi diede un'occhiataccia al fratello. «Chiudi il becco, Hunt. Non ci stai aiutando.»

«In quel caso,» disse Hunt, «abbiamo finito qui? Ho un impegno.» Diede una lunga occhiata a Ireland. «Puoi unirti a me. Non c'è bisogno che resti qui con le coppie.»

Ireland arrossì e diede un'occhiata a Bran. «Non tutti sono in coppia.»

Hunt scosse la testa. «Chi, Bran? Non lo troverai mai con una donna.»

«Io ho abbastanza donne» borbottò Bran. «Solo non del tipo con cui esci tu.» Guardò Ireland, come se ne fosse un esempio.

Ireland arrossì, con le guance in tinta con i capelli. Distolse gli occhi e disse: «No, grazie. Stasera resterò con mia cugina».

Cali urtò piano la spalla di Ireland per dimostrarle solidarietà.

Ahi. Il commento di Bran e l'occhiata che aveva dato a Ireland? Brutale.

Ireland era veramente carina. Eccezionale, perfino, con i luminosi capelli rossi e la pelle chiara. E aveva anche delle belle curve. Quindi, praticamente, il tipo di donna per cui sbavava la maggior parte degli uomini. A pensarci bene, si sarebbe aspettata che Wes le sbavasse dietro, ma era occupato a cercare di portare sempre più in alto la mano sulla coscia di Kaylee. Continuava anche a chinarsi verso di lei e annusarla.

«Hai un buon profumo» le sussurrò con la sua voce sexy e bassa.

Wes era una minaccia: avevano appena fatto sesso! Ma Kaylee sorrise. Non aveva mai dovuto preoccuparsi con lui con le altre donne intorno. Una volta deciso, era l'uomo di una sola donna.

E poi il suo sorriso morì. Wes aveva deciso?

Facevano sesso. E anche se sembrava che lui fosse stato generoso con il suo affetto prima che lei arrivasse in città, da allora non l'aveva più visto con nessuna. E Wes lo aveva confermato, dicendoglielo. E adesso facevano sesso, ma come amici, vero?

Okay, quindi i confini tra una relazione e scopare come amici erano diventati incerti. Ma se lui non fosse stato il tipo monogamo, lei non avrebbe accettato quell'accordo.

Adam fece un cenno alla cameriera nella sala, che sembrava stesse aspettando il suo segnale. Un paio degli uomini stavano bevendo birra ma alcuni avevano preferito bottiglie d'acqua.

La cameriera si avvicinò con parecchi bicchierini di liquido giallo.

«*Lemon drops*» disse Levi. «Abbiamo lasciato la scelta a Emily, dato che ha praticamente organizzato da sola il torneo, facendo arrivare centinaia di operai, assumendo cinquanta nuovi dipendenti e ha preparato al meglio il casinò e l'albergo per l'evento. Bran e io abbiamo aiutato come dei bravi Sherpa, portando in giro cose e rompendo le teste quando necessario.»

Hunt alzò il bicchiere e gli altri lo imitarono. «Piuttosto fruttato, ma ci sto. A Emily, per averci salvato tutti, a Wes, perché faccia faville sul campo domani, e a che nessuno venga calpestato dalla folla domani.»

«Cin-cin» dissero tutti.

Capitolo Venticinque

Il primo giorno del torneo cominciò e finì in un turbine di attività. Non solo l'albergo e il casinò se la cavarono alla grande, Wes aveva giocato la partita della sua vita ed era entrato tra i primi venti con un punteggio di meno quattro. E non finì lì. I giorni successivi andarono perfino meglio.

Wes non avrebbe mai previsto di superare il primo turno con una posizione così in alto nel tabellone. Fu ancora più sorpreso di superare il secondo giorno, battendo metà dei professionisti. E adesso era tra i primi dieci a metà strada dell'ultimo round del torneo, con una vera chance di finire abbastanza in alto da ottenere un invito al torneo seguente.

Era da perderci la testa.

Controllò le gradinate. Era stato talmente concentrato quel giorno che era la prima volta che aveva la possibilità di cercare Kaylee. Non che sperasse di vederla. Era stata occupata con i bambini per tutto il fine settimana e il fatto che ci fosse uno del posto nel round finale aveva attirato ancora più gente.

Wes avrebbe dovuto essere nervoso. Era stato così all'inizio del torneo, ma assumere la direzione del campo da golf lo aveva cambiato. Aveva altri sogni su cui concentrarsi, oltre al campionato di golf. Sogni come dirigere un programma di golf per bambini, come stare con Kaylee...

La vita era bella sia che fosse o meno al vertice nel suo sport preferito, ma non si lamentava, perché era incredibile.

Fece un altro birdie alla penultima buca e raccolse la pallina, dando un'altra occhiata alle gradinate. Ancora nessun segno di Kaylee.

Grazie al cielo, l'evento era andato bene fino a quel momento. C'erano stati piccoli incidenti, come finire gli asciugamani alla piscina e sulla spiaggia, ma Levi aveva noleggiato un enorme pickup e aveva mandato Jaeg a due diversi Costco per rifornirsi. Avevano scoperto che dopo aver passato tutta la giornata sul campo da golf, la gente si precipitava in piscina. Poi seguiva il gioco d'azzardo la sera tardi. C'erano stati due situazioni di cui Wes aveva sentito parlare, con gli spettatori che si azzuffavano. Se n'era occupato Adam, sfruttando i suoi contatti al Blue Casinò per ottenere l'aiuto di altri agenti della sicurezza fuori servizio.

Avevano già aumentato il servizio di sicurezza, ma, a quanto pareva, alcuni fan di golf potevano diventare violenti quando bevevano e si eccitavano per la gara. Non che Wes potesse biasimarli. Era il più competitivo tra i suoi fratelli. Ed era il motivo per cui era stata una sorpresa scoprire che quando la sua vena competitiva era indirizzata su qualcos'altro, diciamo una vivace brunetta, gli restava solo lo spazio per fare la sua partita.

Impressionante. Avrebbe dovuto portare Kaylee a tutti gli eventi di golf al college. Ma non l'aveva fatto. Era stato uno stronzo egoista. Aveva pensato di avere la ragazza e che tutto ciò che gli restava da fare era entrare tra i professionisti. Dio, che idiota era stato.

Wes seguì il suo caddy e la folla verso l'ultima buca. Non c'era un momento migliore per mantenere la rotta, cioè fare felice Kaylee, il più possibile. Desiderava solo poterle dire che era la cosa più importante per lui. Perché si era reso conto che era così.

Quando Kaylee gli aveva detto della perdita del bambino e perché lo aveva lasciato, aveva deciso che non avevano avuto una vera possibilità con tutto quello che era successo. Sì, aveva fatto degli errori, ma il suo cuore era sempre stato con lei. Ora doveva solo convincerla che erano perfetti l'uno per l'altro.

Fu solo quando era sul punto di fare l'ultimo tiro che Wes finalmente la scorse. Stava sorridendo oltre il diciottesimo green con le braccia intorno alle spalle di due bambini. Gli tolse il fiato. E meno male. Era così concentrato su quanto fosse stupenda che si era inconsciamente preparato per il tiro e poi aveva fatto rotolare con calma la pallina in buca per un altro birdie.

Wes si passò la mano sul volto, sorridendo. Il torneo era finito ed era arrivato tra i primi dieci. E significava che si era automaticamente qualificato per il torneo successivo.

Porca miseria!

* * *

Wes consegnò il suo cartellino dei punteggi e si diresse immediatamente verso Kaylee. E fu placcato da un'eccitatissima Bella.

«Ce l'hai fatta, Wes! Ce l'hai fatta!»

«Un giorno ci sarai anche tu, Bella.»

«Con il duro lavoro, giusto? Proprio come mi dici tu.»

«Giustissimo.» La rimise a terra e strinse le mani ai suoi genitori, erano eccitati anche loro e sembravano sinceramente grati per tutto il lavoro che aveva fatto Wes per aiutare la loro figlia a imparare il gioco.

Forse, tutto sommato, i suoi genitori non erano così male, ed era felice di saperlo. Wes osservò Bella allontanarsi tenendo per mano suo padre, con la madre che sorrideva accanto a loro.

Cercò Kaylee, ma sembrava essersi allontanata entusiasta. Stava ancora lavorando e doveva occuparsi di almeno un altro paio di bambini. Doveva averli riportati al Club. Gli caddero le spalle. Avrebbe voluto festeggiare con lei, ma capiva che aveva un lavoro da fare.

La pacca successiva arrivò da Hunt e quasi lo fece cadere. «Cazzo, non riesco a crederci» disse Hunt eccitatissimo. «Stronzo. Non mi avevi mai detto che c'era la possibilità che arrivassi così in alto.»

«Non lo sapevo nemmeno io» disse Wes ridendo. «È stata una sorpresa anche per me.»

Poi arrivarono tutti i suoi fratelli, con Jaeg, Cali e altri amici che si congratularono con lui. La sua famiglia non poteva restare a parlare, dato che erano tutti in servizio fino a che l'ultimo degli ospiti avesse lasciato il campo, ma era importante per Wes averli vicini nel torneo della sua vita.

Andò a controllare come andavano le cose con il suo vice e anche col capo giardiniere. Andava tutto bene. La vendita delle mazze era al massimo da sempre, una cosa che non si erano aspettati. Wes aveva immaginato che avrebbero venduto un mucchio di magliette, ma non le mazze.

Fu solo al crepuscolo che vide Kaylee venire verso di lui dalla direzione del resort. Niente bambini, quindi era fuori servizio.

Corse verso di lei e la sollevò da terra, baciandola.

La fece roteare e lei tirò indietro la testa ridendo. «Mettimi giù prima che vomiti.»

Wes la rimise dolcemente a terra, senza curarsi di quanto sembrasse stupido. «Riesci a crederci?»

Lei sorrise da un orecchio all'altro. «Sì, sapevo che ce la potevi fare.»

Wes non era il tipo di uomo da sentirsi la gola chiusa. Praticamente mai, a meno che uno dei suoi fratelli scoppiasse in lacrime, cosa che non succedeva quasi mai. Ma dovette lottare contro le lacrime che gli bruciavano in fondo agli occhi.

Affondò la testa accanto al collo di Kaylee e respirò il suo profumo. «Grazie per aver sempre creduto in me, anche quando ero uno stronzo che non si accorgeva di niente.»

«Avevi ventidue anni. La maggior parte dei ventiduenni è un somaro incurante. Ti ho perdonato molto tempo fa. Avevo solo bisogno che mi perdonassi per come io avevo gestito le cose.»

Wes si raddrizzò e la tenne vicina. «Non c'era niente da perdonare.» L'aveva già detto, ma lo ripeté. «Ci sarò sempre per te. Da qui in poi, okay?»

Kaylee lo fissò negli occhi e, per la prima volta, Wes pensò che forse Kaylee stesse capendo. Che forse lo stava vedendo sotto una luce diversa. Che poteva significare un futuro per loro.

«Wes Cade?»

Wes guardò alle sue spalle in direzione dell'uomo che stava camminando verso di loro.

Si era imbattuto nel suo amico Tom che li aveva segnalati, ma non aveva mai incontrato nessuno degli organizzatori del tour. Era stato troppo occupato a giocare. E questo tizio con un blazer scuro con uno stemma rosso sembrava uno dei membri della commissione.

«Sono Wes.» Strinse la mano dell'uomo e presentò Kaylee.

«Bel gioco là fuori» disse il funzionario del tour. «Non sapevo che il nostro ospite giocasse così bene a golf.» Si chinò verso Wes come per rivelargli un segreto. «Di solito, quelli che accettano l'esenzione dello sponsor non sono granché.»

Wes ridacchiò. «A essere sincero, ho avuto qualche buona giornata. Ecco tutto.»

«Giornate veramente buone, da quanto ho visto.» Si rivolse a Kaylee. «È stato un piacere conoscerla, signora. Wes, si assicuri di mettersi in contatto con noi dopo il torneo. Ci è piaciuto il vostro campo. Vorrei parlare di opportunità future, se vi interessa.»

«Assolutamente. Grazie, signore.»

Kaylee rimase in silenzio quando l'uomo si allontanò ma appena fu fuori portata d'orecchi, gli strinse il braccio intorno alla vita. «Porca paletta, Wes! È la tua occasione.»

Lui annuì. Si stava avverando tutto ciò che aveva voluto. Ma stava anche cercando di capire come giostrare tutto: il prossimo torneo, lavorare al club e Kaylee. Appena ne aveva fatto la sua priorità, le cose si erano messe bene. Ma come diavolo avrebbe fatto ad accettare tutte le cose belle che stavano succedendo senza sbagliare qualcosa?

Capitolo Ventisei

Erano passate due settimane dal Tahoe Invitational e Wes era stato assente per quasi tutto il tempo. Aveva ottenuto un ottimo punteggio nel torneo successivo, quindi era tornato a casa per un paio di giorni e poi era partito per il torneo seguente. Kaylee gli mancava da pazzi, ma stava accettando i suoi viaggi e anche sostenendo i suoi sogni.

Wes si fermò nel vialetto e Kaylee corse fuori dal cottage e si buttò tra le sue braccia. «Ciao» gli sussurrò.

«Ciao?» Wes le afferrò il sedere e la portò in casa, chiudendo la porta con il piede. «Sono stato lontano cinque giorni e tutto quello che ricevo è un ciao?» Appoggiò la borsa accanto alla porta, la portò verso il letto e si lasciò cadere con lei sul materasso. «Mi sei mancata.» Respirò il suo profumo e le passò le mani lungo corpo.

«Mi sei mancato anche tu, ma non volevo che ti sentissi in colpa per essere partito. Volevo che potessi partecipare al torneo.»

«Non trattenerti mai dal dirmi quanto ti manco. In

effetti, puoi dimostrarmelo.» Le afferrò un seno e Kaylee fece una smorfia. «Ti ho fatto male?»

Lei arricciò il nasino. «Sto bene. Le mie tette sono ridicolmente indolenzite questo mese. Stupida sindrome premestruale.»

Wes abbassò la testa e le sfiorò appena il seno con un bacio leggero. «Meglio?»

Lei gli passò la mano sull'erezione. «Sono solo le tette che sono indolenzite, non è il caso di essere troppo delicato con il resto di me.» E gli strinse il sedere.

Wes si tirò indietro con una finta espressione d'orrore. «Sono scioccato. Pensavo che fossi un delicato fiorellino.»

Kaylee rise e lui cominciò a toglierle i pantaloni, mordicchiandole la pancia. «Mi sono mancate queste mutandine.» Gliele tirò giù con i denti. «E queste gambe sexy.» Le leccò la coscia fino all'inguine e lei gli passò la mano nei capelli, stringendoli.

«Sbrigati, Wes. Sai quanto tempo è passato?»

Lui si tolse in fretta la camicia. «Cinque giorni, sei ore e quarantadue minuti.»

Kaylee si appoggiò sui gomiti mentre Wes si toglieva i pantaloni. «Davvero?»

Lui fece spallucce e si sdraiò accanto a lei, con gli occhi fissi sul suo seno, che, a quanto pareva, era off-limits. «Ero annoiato in aereo e ho deciso di calcolare quanto tempo era passato da quando ti avevo visto. Ora, dove eravamo? Ah sì, non ho il permesso di mettere la bocca sul seno, quindi dovrò accontentarmi di leccare altri posti.» Wes inarcò un sopracciglio e Kaylee inspirò forte.

«Con la tua magica lingua?»

«La mia magica lingua è molto...», le baciò il naso e le labbra, «... molto ansiosa.»

E fu così che passarono la notte. Recuperando il tempo perduto. A letto, mangiando, ridendo e finalmente addormentandosi.

Alle dieci la mattina seguente, Wes sbadigliò e guardò Kaylee. Era sdraiata, immobile ma non stava dormendo. Non stava sorridendo, né voltandosi verso di lui come faceva di solito quando si svegliava. «Tutto bene?»

«Non mi sento bene. Penso che il mio corpo stia tentando di liberarsi di qualcosa.»

Wes si mise seduto, ma tenne le coperte ben rimboccate intorno a lei. «Vuoi che chiami Emily per dirle che non andrai a lavorare domani?»

Kaylee scosse la testa e si strinse le stomaco. «No. Penso che passerà ma potrei restare nel tuo letto per oggi, se va bene...»

Wes le baciò la fronte. «Resta fin quando vuoi. Devo andare a lavorare e assicurarmi che il campo sia a posto. Sarò di ritorno tra qualche ora. Vuoi che ti porti qualcosa?»

Lei borbottò: «No» e si si rannicchiò sotto le coperte.

Wes si fece la doccia e si vestì. Preparò pane tostato e caffè per entrambi. Quando andò a controllare Kaylee, lei era ancora sepolta sotto le coperte. «Dovresti mangiare qualcosa.»

Lei emise un gemito.

Wes andò verso il letto e si sedette sulla sponda, appoggiandole una mano sulla gamba. «Kaylee, va veramente tutto bene?»

Lei sbirciò fuori dalle coperte e gli rivolse un sorriso appena accennato. «Mi sento un pochino meglio.» Si sedette e prese la t-shirt che si era tolto lui la sera prima.

Scese dal letto e andò a piedi nudi verso il tavolo dove Wes aveva lasciato il pane tostato. Si arrampicò sullo sgabello, si infilò la maglia sotto il sedere e diede un morso al toast imburrato. «Buono. Probabilmente avevo solo bisogno di mangiare.»

Kaylee era adorabile, con i capelli in disordine e la t-shirt enorme. Wes non si sarebbe mai stancato di vederla così. «Ti porterò qualunque cosa tu voglia. Chiamami se ti va qualcosa. Sai che Bran te lo farà preparare da uno dei ristoranti.»

Lei sorrise. «Non preoccuparti per me. In bocca al lupo, hai parecchio lavoro da recuperare. Sanno che partirai di nuovo domani, vero?»

Wes scosse la testa. «Avevo intenzione di dirglielo una volta lì.»

«Come farai a gestire il campo da golf mentre partecipi al tour?»

Wes prese le chiavi e si passò una mano sul volto. Era successo tutto così in fretta. Prima l'organizzazione del Tahoe Invitational, aspettandosi di giocare e niente più e poi era entrato nel campionato professionisti. «Non ho mai pensato di doverlo fare. Ma è l'occasione di una vita. Non posso rinunciare, capisci?»

Kaylee deglutì e, per un secondo netto, Wes vide i l dubbio sul suo volto. E poi Kaylee sorrise. «Non dovresti.» Prese un alto pezzo di pane tostato ma non lo mangiò, lo tenne solo in mano e lo studiò come se fosse la cosa più inte-ressante che vedesse da giorni.

Wes si avvicinò e le baciò la testa. «Tornerò presto.»

Ma, una volta fuori, cominciò a ripensarci. Non poteva incasinare le cose con Kaylee. Finora, lei aveva accettato tutto senza lamentarsi. E nessun uomo sano di mente avrebbe rinunciato all'opportunità di giocare nel campio-nato dei professionisti. Per il momento doveva andare bene così.

Salì sulla Range Rover e si diresse al club.

* * *

Levi e Bran si erano uniti a Wes nella steakhouse del Club Tahoe per il pranzo. «Kaylee non si sente bene» disse Wes.

Levi si accigliò. «Che cosa significa che non sta bene? Hai fatto qualcosa?»

«Ovviamente no.» Wes mangiò un boccone di pane all'aglio. «Ha lo stomaco sottosopra o qualcosa del genere.» Masticò il pane con la fronte aggrottata. «Dovrei preoccuparmi? Farla visitare da un medico?»

Levi guardò Bran, che alzò le spalle: «Lo chiedi a noi?».

Giusto. Che ne sapevano i suoi fratelli?

A Wes non sembrava giusto lasciare Kaylee a casa mente non si sentiva bene. Ma era stato lontano due settimane e stava per partire per un'altra. I suoi fratelli lo avrebbero ucciso se non si fosse fatto vivo quel giorno. Aveva gestito le cose da remoto e tutti gli altri avevano dovuto supplire alla sua assenza.

«Wes» disse Levi. «Dovrai prendere una decisione e presto. Se prendere seriamente questa faccenda del campionato, o dedicarti al club. Non puoi fare entrambe le cose. Ma tanto perché tu lo sappia, se farai casino con Kaylee, o se comunque lei decidesse di andarsene per causa tua, Emily scatenerà le ire dell'inferno su di te.»

Wes si appoggiò al sedile.

«Maledizione, dovevi proprio dirlo, vero?»

Levi sogghignò. «So quanto ti spaventa la mia ragazza.»

Wes annuì con aria saggia. «Non voglio far arrabbiare Pugno di Ferro in Guanto di Velluto.»

Bran ridacchiò.

«Esattamente» disse Levi. «A Emily, Kaylee piace. E il

resort ne ha bisogno per il Club dei Bambini. *Quindi non fare casini.*»

«Me lo sto già ripetendo da solo, fratello.»

Capitolo Ventisette

Kaylee sentiva Emily che la fissava. «Ho qualcosa in faccia?»

Emily scosse la testa e fece un cenno agli operai perché portassero le scatole per la nuova parete da scalata da installare nella zona giochi del Club dei Bambini. «No. È solo che sembri pallida. E... Ti ho sentito in bagno questa mattina. Va tutto bene?»

Merda. Kaylee aveva la nausea ultimamente, ma era una cosa che andava e veniva. Wes era partito un paio di giorni prima e allora si sentiva meglio. Ogni tanto, però, aveva i crampi allo stomaco e le sembrava di essere sul punto di vomitare. Quella mattina aveva dimenticato di fare colazione e aveva vomitato. Doveva essere proprio in quel momento che Emily era entrata in bagno. La nausea era passata appena aveva mangiato qualche cracker al bar della piscina.

Kaylee disse agli uomini su quale parete dovevano montare la struttura, aspettò che cominciassero l'installazione e poi tornò a rivolgersi a Emily. «Ho lasciato la nuova assistente a lavorare con i bambini mentre io mi concentro sugli altri progetti. Ci sono meno bambini dopo il torneo, ma posso restare a casa se pensi sia meglio. È solo che... Non so che cosa ci sia che non va. Non ho la febbre, solo la nausea ogni tanto.»

Emily la prese gentilmente per il braccio e la tirò da parte. «Kaylee, non voglio essere indiscreta. Ho la sensazione che tu e Wes non amiate parlare della vostra... amicizia. Ma è possibile che tu sia incinta?»

Kaylee la fissò. Era probabilmente ciò che sembrava dall'esterno. «*No*. Assolutamente no.» Lo disse scuotendo la testa.

«Hai controllato?»

Kaylee deglutì. Non aveva mai pensato a una gravidanza. Non da quando il suo medico le aveva detto che non sarebbe più rimasta incinta. E Kaylee non aveva usato precauzioni con Eddy.

Ma Eddy non poteva avere figli...

«Kaylee? Stai bene?»

«Io... Sì, scusa. Solo... Non l'avevo preso in considerazione perché mi era stato detto che non posso avere figli.» Le parole del medico erano sembrate così definitive a quel tempo. Ma senza la nebbia della depressione di allora, si chiese se il medico non potesse essersi sbagliato. Non aveva mai chiesto una seconda opinione.

Emily chiuse gli occhi. «Mi dispiace di averne parlato. Non lo sapevo.»

«No, va bene. Ma, davvero, sarà un virus. Devo assicurarmi di fare colazione. Stamattina l'ho dimenticata e sembra che in qualche modo peggiori la nausea.»

Emily piegò di lato la testa. «Sai, mia sorella è appena rimasta incinta. Dice che se non mangia prima di scendere dal letto si sente male. Pensi che sia una cosa ormonale?»

Kaylee ridacchiò. «Non ne ho idea, ma vedrò un medico e controllerò. Promesso.»

Emily sorrise. «Fammi sapere se hai bisogno che qualcuno copra il tuo turno. Di colpo ho tutto questo tempo libero, dopo aver lavorato ottanta ore la settimana prima del Tahoe Invitational.»

«Grazie, te lo farò sapere. Sono ancora nuova in questa zona, quindi non ho nemmeno un medico.»

Emily prese il suo telefono. «Ti mando i contatti del mio medico e anche della ginecologa di mia sorella. Ne avrai bisogno, se è qualcosa che ha a che fare con gli ormoni.»

Kaylee la ringraziò e fece una telefonata più tardi per fissare un appuntamento. Erano tutti prenotati, ma il Club Tahoe aveva un'ottima assicurazione medica che copriva perfino l'ambulatorio urgenze del posto. Ci sarebbe passata prima di andare a casa per assicurarsi, se non altro, che qualunque cosa avesse non fosse contagiosa.

* * *

Kaylee guidò verso casa uscendo dall'ambulatorio scuotendo la testa. «Devono essersi sbagliati. Dev'essere un errore.»

Squillò il telefono sul sedile accanto a lei e sobbalzò. Si fermo a un semaforo e controllò chi la stava chiamando.

Wes. Naturalmente la stava chiamando proprio quando lei stava andando fuori di testa. Il telefono squillò di nuovo e lei parcheggiò. «Pronto?»

«Come sei vestita?»

«È questo il modo di salutarmi?»

«Hai detto che mi vuoi solo per il mio corpo. Mi sto attenendo al tuo copione.»

Kaylee rise. Nonostante l'improvviso momento – *che*

cazzo! – che stava vivendo, Wes riusciva sempre a farla ridere. «Ho detto che non volevo niente di serio.»

«Esattamente. Tutto sesso per tutto il tempo.»

«La nostra non-relazione ha gonfiato pericolosamente il tuo ego. Potresti avere bisogno di sgonfiarlo un po'.»

«Che ci posso fare se sono sicuro di me?»

Sicuro di sé? Oddio, la sera in cui avevano fatto sesso sul campo da golf, Wes aveva scherzato dicendo che poteva averla messa incinta con il suo orgasmo esplosivo. Non era possibile che avesse avuto ragione. Eppure, secondo il medico che aveva appena visto... Wes aveva ragione. Kaylee era incinta.

«Mi hai chiamato per qualche motivo o solo per infastidirmi mentre sto guidando?»

«Stai guidando? Non dovresti rispondere al telefono quando sei per strada.»

«*Stavo* guidando. Adesso sono sul lato della strada ad aspettare che tu mi dica perché mi hai chiamato due volte, facendomi temere che ci fosse una qualche emergenza.»

«Farò in fretta, perché non mi piace l'idea che tu sia ferma al buio sul lato della strada. Indovina chi ha fatto abbastanza punti negli ultimi tornei da qualificarsi per il resto di quelli di questa stagione?»

«Wes Cade, stella emergente del golf?»

«Esatto, bellissima. Sei pronta a viaggiare con me?»

Kaylee si sentì sprofondare. *Non di nuovo.*

Aveva un lavoro che amava al lago Tahoe. Nuovi amici. Una nuova vita e adesso si supponeva che fosse incinta... A quello non riusciva ancora a credere. E lui le stava chiedendo di rinunciare a tutto? Wes era eccitato e non conosceva tutti i fatti, ma le sembrava tutto come la prima volta.

La sua vita era implosa l'ultima volta in cui Kaylee

l'aveva costruita intorno a Wes. Non poteva correre quel rischio.

«Innanzitutto, congratulazioni. Sei un atleta incredibile e hai lavorato moltissimo per arrivarci. Secondo, dovremo parlare del resto quando arriverai a casa. Quando arrivi?»

«Domenica, appena finirà il torneo. Ma, seriamente, Kaylee. Scherziamo sempre dicendo che tra di noi è una cosa così, casuale, ma non lo è per me e, credo, nemmeno per te. Io voglio di più.» Lo sentì sospirare. «L'ultima cosa che voglio è obbligarti a lasciare il tuo lavoro, come aveva fatto lo stronzo con cui eri fidanzata, ma questa è l'occasione di una vita e ti voglio con me. Pensaci, per favore, vorrei che venissi con me, okay?»

Prendere in considerazione di cambiare la sua vita con lui? Era esattamente il motivo per cui non aveva voluto niente di serio con Wes. Perché sarebbe stata tentata di fare qualunque cosa fosse servita per stare con lui. Era sempre stato così. Aveva mantenuto informale il loro rapporto, ma non poteva mentire a se stessa e dire che non lo amava. Kaylee aveva sempre amato Wes. Troppo. Ed era quello il problema. Tendeva ad accantonare i propri bisogni.

«Sta per fermarsi un'auto della polizia.» Una bugia. Aveva bisogno di una scusa per non rispondere alla domanda. «Devo andare. Parleremo più tardi.»

«Certo.» Ma aveva sentito l'esitazione nella voce di Wes. La conosceva troppo bene.

Che cosa poteva fare?

Capitolo Ventotto

Usando qualche intricato contatto a Tahoe, Emily riuscì a farle avere un appuntamento per il giorno dopo con la ginecologa di sua sorella. Kaylee non aveva comunicato a Emily il motivo per cui aveva bisogno di vedere uno specialista, solamente che il medico dell'ambulatorio le aveva detto che era importante che ci andasse.

La gravidanza era un grosso problema. Specialmente per una persona cui era stato detto che non poteva restare incinta. Il medico dell'ambulatorio doveva essersi sbagliato.

«Bene,» le disse la ginecologa, mettendosi le mani in grembo, «le avevo detto che il test di gravidanza che le hanno fatto all'ambulatorio è molto affidabile. Dopo l'esame fisico e l'ecografia, posso confermare la gravidanza.»

Kaylee restò a bocca aperta.

«Ho visto il tessuto cicatriziale che aveva notato l'altro medico. Secondo la mia opinione, non sarebbe stato sufficiente per impedire future gravidanze, motivo per cui adesso lei è incinta. Mi dispiace che allora abbiano formulato una prognosi così infausta, che l'ha lasciata impreparata. Da quanto posso vedere, la gravidanza sta procedendo bene. Vuole sentire il battito del suo bambino?»

Bambino. *Bambino.*

Kaylee non riusciva a parlare. Non riusciva a formare le parole. Si limitò ad annuire.

Il medico prese una sonda ecografica e la piazzò sul basso ventre di Kaylee, facendo una leggera pressione. Premette un tasto... e Kaylee sentì il suono ritmico del battito cardiaco del suo bambino. Suo e di Wes.

Cominciò a piangere. «Non è possibile.»

Una mano calda e gentile si appoggiò sulla sua spalla. «È reale» disse il medico. Si voltò verso lo schermo e fece piccoli movimenti con la sonda sulla pancia di Kaylee. «Secondo le misure, è di circa dieci settimane.»

Kaylee si sedette di colpo. «Dieci settimane!»

Il medico sorrise. «Dieci settimane. Vorrei che cominciasse subito a prendere le vitamine prenatali. C'è una piccola lista di altre cose che vorrei prendesse in considerazione mentre è incinta: cibi da evitare e quel tipo di cose. Ci sono anche parecchi libri sulla gravidanza che possono aiutarla a capire i cambiamenti che stanno avvenendo nel suo corpo. Ma, nel frattempo, ha qualche domanda da farmi?»

«Sì, che cosa faccio?»

Il medico si mise a ridere. «Si prenda cura di sé. Riposi. Resti idratata e mangi in modo sano. Faccia esercizio fisico come farebbe normalmente e, se di solito non lo fa, cerchi di fare una passeggiata almeno una volta al giorno.» Il medico rimosse la sonda e diede a Kaylee dei fazzoletti di carta per togliere il gel dalla pancia. «L'ha già detto al padre?»

«No.» Kaylee scosse la testa, stordita. «Non sapevo nemmeno che fosse una possibilità. I miei cicli sono irregolari e con il tessuto cicatriziale...»

«Comprensibile. Sarò felice di incontrare anche lui se vuole fissare un altro appuntamento. Altrimenti, vorrei vederla tra quattro settimane. Può prenotare la visita alla reception.»

Il medico diede a Kaylee dei formulari da riempire e lasciò che si vestisse. Kaylee uscì dalla sala visite e prenotò l'appuntamento successivo. Poi uscì dall'edificio, camminando alla cieca verso la sua auto, dove rimase seduta a fissare fuori dal parabrezza. Un momento dopo, le lacrime cominciarono a scendere lungo le guance e lei sorrise. L'attimo seguente, il panico le fece stringere il petto e pianse per un diverso motivo.

Respirò lentamente, tentando di calmarsi. Lo stress non era salutare e aveva *un bambino* che cresceva dentro di lei.

Che diavolo avrebbe detto a Wes?

Lui stava realizzando i suoi sogni. Sogni che non solo lo portavano lontano da Kaylee, ma che lo avrebbero allontanato anche dal loro figlio, se questa gravidanza non fosse finita in un aborto spontaneo come la prima.

Oddio, un aborto.

Scosse la testa. Non poteva pensarci in quel momento. Doveva concentrarsi su come dirlo a Wes. Non avrebbe fatto due volte lo stesso errore, lasciandolo all'oscuro. Meritava di saperlo, a prescindere da come l'avrebbe presa.

Era un brav'uomo, migliore di quando si erano frequentati la prima volta, e lo aveva amato da impazzire anche allora. Ma se gli avesse parlato del bambino e lui avesse rinunciato al campionato? E rinunciato all'unico sogno che avesse mai avuto?

* * *

Kaylee era al piano di sopra quando Wes la chiamò. Doveva aver usato la chiave nascosta quel bastardo.

«Sono di sopra!» Nascose in fretta il libro sulla gravidanza che le aveva raccomandato la ginecologa e accavallò le gambe, spazzolandosi indietro i capelli.

Lo sentì precipitarsi su per le scale, più felice di quanto lo avesse mai visto. Wes lasciò cadere la borsa, attraversò la stanza e salì su letto. Le avvolse le mani intorno alla vita e usò il suo stomaco come cuscino. Proprio sopra il loro bambino.

Kaylee sbatté le palpebre per rimandare indietro le lacrime che le avevano di colpo riempito gli occhi. Accidenti agli ormoni della gravidanza. Non poteva cominciare a piangere. Era indispensabile che avessero quella conversazione senza che lei mostrasse troppa emozione o facesse sentire Wes obbligato a fare qualcosa che avrebbe rimpianto.

Wes emise un lungo sospiro, e il suo corpo si rilassò e divenne pesante. «Mi sei mancata. Sono così felice di essere a casa.»

Erano a casa? Loro due insieme?

Wes alzò gli occhi, sonnacchioso. Il poveretto aveva viaggiato senza sosta. «Come ti senti? Stai lottando contro quel microbo da un paio di settimane, giusto? Sei andata a vedere un medico?»

Lei annuì.

«E?»

«Sono sana.» Non sapeva perché non glielo avesse semplicemente detto. Stava permettendo alle sue paure di avere la meglio su di lei..

«Bene. Allora hai pensato a quello che ti ho detto al telefono?» Sembrava super eccitato. «A proposito di viaggiare con me? Levi mi prenderà a calci se ti porto via dal club, ma non importa. Se ne farà una ragione.»

Lei lo guardò tristemente. «Non posso viaggiare con te, Wes.»

«Non puoi?» ripeté e si sedette. «Perché no?»

«La mia vita è qui. Mi piace veramente il mio lavoro e non voglio lasciarlo.»

Wes annuì solennemente, come se stesse prendendolo in considerazione. «Capisco.» Le rivolse un sorriso malizioso. «Non significa che non userò tutte le armi a mia disposizione per farti cambiare idea.»

Kaylee tentò di sorridere.

Il sorriso svanì dal volto di Wes. «Che cos'altro c'è? Non sembri più tu.»

Lei guardò fuori dalla finestra, fissando i pini. «Wes e si ti dicessi che ho scoperto che i medici si erano sbagliati? Sul fatto che non potessi restare incinta?»

«Direi che è una notizia meravigliosa. E che devi cominciare immediatamente a prendere la pillola.»

Kaylee strinse gli occhi e la sua mente andò immediatamente in un'altra direzione. «Niente preservativi?»

Lui la guardò con aria innocente. «Mi hai rovinato, Kaylee. Ho bisogno di essere dentro di te senza niente tra di noi.»

«Sei serio?»

«No, metterei un preservativo» brontolò. «Ma se per te è lo stesso, preferirei che prendessi la pillola.»

Kaylee gli osservò gli occhi. «Non prenderò la pillola... perché sono già incinta.»

Il sorriso di Wes sparì. «Ripeti?»

Kaylee storse la bocca e si picchiettò il mento. «Sai, probabilmente mi hai messa incinta quella prima sera al campo di golf. È tutta colpa tua, se ci pensi. Avevi detto che mi avevi ingravidato e l'hai fatto. È per colpa della tua arroganza e della tua virilità se ci troviamo in questa situazione.»

Wes saltò giù dal letto. «Che cazzo!» Il suo sguardo era così intenso che pensò potesse avere un infarto.

«Siediti, prima di farti male.»

Ma lui non si sedette. Camminò intorno alla stanza, guardando ogni tanto lei e la sua pancia. «Non può essere.»

«È così.»

«Come?»

Kaylee gli diede un'occhiata. «Come pensi sia successo?»

«Ma avevi detto...»

«Mi ero sbagliata. *Il medico* che mi aveva detto che non potevo restare incinta si era sbagliato.»

«Ma sei stata con... Sai.» Sospirò. «Non mi piace proprio pensarti con chiunque altro, quindi mi addolora parlarne, ma sei stata con altri.»

«Sono stata con *un altro* dopo di te. Una persona che non può avere figli.» Inarcò un sopracciglio.

«Porca. Miseria.» Ricominciò a camminare avanti e indietro passandosi la mano tra i capelli. Si fermò a guardarle la pancia, poi scosse la testa e ricominciò a camminare. E poi cominciò a borbottare in modo incoerente.

«Wes.» Lui non reagì. «Wes, sto cominciando a preoccuparmi.»

Lui si fermò accanto alla sponda del letto, con gli occhi sgranati e deglutì. «Starai bene per un po'? Hai bisogno qualcosa?»

Kaylee scosse lentamente la testa. Si era preoccupata che non la prendesse bene, ed effettivamente la situazione non sembrava promettente.

«Okay. Perché ho bisogno di vedere i miei fratelli. Ma tornerò.» Le guardò nuovamente la pancia e poi uscì dalla stanza, con le chiavi in mano. Qualche secondo dopo, Kaylee sentì la porta d'ingresso che si apriva e si chiudeva al piano di sotto.

Era così che sarebbe andata? Wes lo zombie? Poteva sopportarlo, perché anche lei era spaventata a morte. Ma non era quello che la preoccupava.

La spaventava rovinare i suoi sogni. Quelli che aveva finalmente realizzato. E che anche lui pensasse che glieli stesse rovinando.

Capitolo Ventinove

Wes era seduto al bar della steakhouse del Club Tahoe. «Ho bisogno di parlarti» disse a Bran che stava rimettendo una bottiglia su uno dei ripiani di vetro dietro il bar.

«Che c'è?»

Il bar era vuoto nell'intervallo tra pranzo e cena, ma non sarebbe durato. Molto presto la gente l'avrebbe affollato per una cena da gourmet in uno dei migliori ristoranti in città. «È personale» rispose Wes.

Bran appoggiò la bottiglia, si asciugò le mani con uno strofinaccio e fece il giro del bancone. Si sedette accanto a Wes. «Stai bene?»

Wes scosse la testa e fece un respiro profondo. Aveva creduto a Kaylee quando gli aveva detto che non poteva restare incinta, se l'era presa con se stesso, sentendosi responsabile. «Kaylee mi ha appena detto che è incinta.»

Bran sgranò gli occhi. Si passò una mano nei capelli chiari e si guardò attorno, come se fosse scioccato quanto Wes.

Non era ciò di cui Wes aveva bisogno. Maledizione,

aveva bisogno che suo fratello fosse quello razionale. Perché lui pensava di stare per perdere la testa.

Bran era il pensatore: l'unico fratello che non agiva senza prima soppesare tutte le conseguenze. Non avrebbe fatto l'amore con una donna su un campo da golf e senza protezione. Merda, Bran era un tale monaco in quei giorni che non avrebbe fatto l'amore con una donna su un campo da golf. Punto.

«Non sei la prima persona coinvolta in una gravidanza non programmata» disse infine Bran. «Presumo non fosse programmata...»

L'unica persona a cui Wes aveva parlato dell'aborto che Kaylee aveva subito era Bran. «Non programmata.»

«Se potessi tornare indietro nel tempo, so che cosa avrei fatto se la ragazza con cui uscivo alle superiori mi avesse dato una scelta. La domanda è: tu che cosa vuoi fare?»

Wes diede un'occhiata tagliente a Bran. «Voglio mio figlio e voglio sostenere Kaylee, senza se e senza ma. Ma c'è di più.» Si massaggiò la fronte. «Ho appena ricevuto la notizia che ce l'ho fatta a far parte del campionato per il resto dell'anno. Il sogno che ho da quasi tutta la vita si è appena realizzato. Ma se accetterò questa opportunità, sarei lontano praticamente per tutto il tempo.»

Bran scosse la testa. «Il tuo tempismo lascia a desiderare.»

Wes ridacchiò, cupo. «Dillo a me. Il problema è che voglio tutto. Kaylee, il bambino... Adesso mi piace perfino gestire il campo. Mi piace insegnare ai bambini e allenare le future stelle del golf.»

«Ma rinunciare al tuo sogno, fratello... È dura.»

Wes lo guardò storto. «È tutto qui quello che sai fare? Non eri un barista che ascoltava i problemi di tutti e dava consigli?»

«Ero, al passato.» Bran si alzò e tornò dietro al bancone, prendendo un bicchiere pulito. «Ora sto gestendo quattro ristoranti e preferirei cavarmi gli occhi piuttosto di ascoltare i problemi di un'altra persona, esclusi i fratelli. Ho già il mio carico di stronzate con i dipendenti che arrivano al lavoro con tutti i loro problemi.» Riempì il bicchiere con un liquido ambrato e glielo passò attraverso il bancone. «Coraggio liquido, fratello. È tutto ciò che ti posso offrire. E non per farti pressioni o altro, ma hai anche un altro problema. Levi è ancora incazzato perché sei sempre via. Se scegli il campionato, dovrai trovare qualcuno che gestisca il campo da golf e non è ciò che avrebbe voluto papà. Non che ti serva che te lo ricordi.»

Nessuno di loro, forse con l'eccezione di Adam, era stato vicino a loro padre. Ma dopo la sua morte, tutti i fratelli di Wes si erano assunti la responsabilità di gestire seriamente il resort, nel modo in cui lo aveva sognato il padre. Come una sorta di tributo al vecchio.

Wes buttò giù il drink e spinse il bicchiere sul bancone. «Credimi, non l'ho dimenticato.»

Bran lo studiò mentre versava un altro bicchierino a Wes. «Kaylee è una brava ragazza. Sei diverso quando sei con lei, meno teso. Lei ti rende felice, vero?»

Wes annuì, ma non era pronto a parlare dei suoi sentimenti per Kaylee con suo fratello, dato che non li aveva ancora rivelati a lei. Non voleva ferirla, ma quella gravidanza? Avrebbero potuto prenderlo a sberle in faccia e non sarebbe stato più sconvolto.

Wes bevve il secondo drink. «Sarà meglio che continui a versare. Ne avrò bisogno per capire che cosa fare.»

* * *

Kaylee non si infastidì quando Wes uscì immediatamente dopo aver ricevuto la notizia del bambino. Sinceramente, lei aveva avuto bisogno degli ultimi due giorni per venire a patti con la notizia ed era ancora sotto shock. Ma adesso era buio e Wes non era tornato. Né l'aveva chiamata o mandato un messaggio.

Sentì il calore salirle al petto. Era stanca di mettere i bisogni degli altri davanti ai propri.

Si era sempre sentita come un'appendice rispetto alle ambizioni di gloria di Wes, al college. Anche se aveva creduto che lui l'amasse, non era stato sufficiente. Aveva voluto venire al primo posto. Poi, quando era stata nel suo momento peggiore, aveva incontrato Eddy e lui l'aveva messa al primo posto. Per un po'. Finché si era dimostrata tutta una bugia. Eddy amava solo se stesso. Ed eccola lì, a fare nuovamente sesso con Wes e restare incinta, una cosa che pensava non sarebbe stata possibile.

Kaylee non era semplicemente furiosa con Wes per essere corso via e non averla più contattata. *Era. Incazzata.*

Gli aveva detto che era incinta del loro bambino e lui se n'era andato per consultarsi con i suoi fratelli? Che stronzo!

Lo stava facendo di nuovo. Mettere i propri bisogni al primo posto. Era successo lentamente con il campionato di golf, ma non poteva biasimarlo per essersi buttato, realizzando finalmente i suoi sogni. Ma adesso lei era incinta e aveva anche lei bisogno di lui. Per lo meno, aveva bisogno di parlarne con lui, sentire che non era da sola come era successo quattro anni prima.

Avrebbe mai imparato? Era da sola.

Wes non era cambiato. E non poteva biasimarlo. Anche lei era scivolata nelle vecchie abitudini, senza mai dire niente sul tempo che lui passava lontano, permettendogli di farsi vivo tutte le volte che ne aveva voglia. Si era detta che non avevano una relazione proprio per evitare questo risultato, ma non era vero. Kaylee non frequentava nessun altro e nemmeno Wes.

L'unica cosa che non riusciva a capire era perché lui avesse scelto di frequentarla di nuovo. Tutte le volte in cui lei gli aveva detto che non voleva niente di serio, lui aveva solo annuito e continuato ad attirarla in una relazione. Però non aveva mai detto di amarla. Né aveva parlato del loro futuro a meno che fosse quello in cui lei lo seguiva per tutto il paese, seguendo i tornei. E adesso lei gli aveva imposto un futuro diverso e lui era scappato.

Kaylee si lasciò cadere sul divano e si prese la testa tra le mani. «Merda.»

Non era nemmeno sicura che la gravidanza sarebbe proseguita. Aveva perso il primo bambino più o meno intorno al punto in cui si trovava adesso, cosa che aveva rovinato tutto.

Si alzò e si precipitò in cucina. Mise i piatti nella lavastoviglie. Accidenti a lui! Che cosa diavolo aveva il suo sperma? Com'era possibile che fosse rimasta incinta la prima volta in cui facevano sesso dopo quattro anni? Non sapeva se fosse successo sul campo da golf, ma doveva essere successo allora, o subito dopo, visto a che punto era nella gravidanza. Chiuse la lavastoviglie e incrociò le braccia, proprio mentre Wes entrava dalla porta d'ingresso.

Le spalle ampie urtarono contro gli stipiti. Quasi perse completamente l'equilibrio quando cercò di chiudere la porta. Kaylee sbirciò fuori dalla finestra e vide un taxi che si allontanava. Strinse gli occhi. Perfino ubriaco, Wes era attraente. Ancora di più perché non era in guardia, scompigliato, in disordine e fanciullesco. «Ti dico che sono incinta e tu mi pianti in asso per andare a ubriacarti?»

Wes appoggiò il portafogli sul tavolino, attraversò la

stanza e si stese sul divano, con il braccio sopra la testa. «Non adesso. Parliamo domani?»

Lei gli andò accanto e lo fissò furiosa. «Ma tu, almeno, lo vuoi questo bambino?»

Wes spostò il braccio, mostrando un occhio deciso. «Tu non farai del male al nostro bambino.»

Kaylee alzò le braccia. «No, ovviamente. Dio, Wes. Potrebbe essere la cosa più bella che mi sia mai capitata. E pensavo che tu potessi almeno essere positivo al riguardo.»

Lui si coprì nuovamente l'occhio. «È così.»

«Già» disse Kaylee. «Si vede proprio.» Chiuse a chiave la porta e tornò da lui. Stava russando leggermente, il somaro!

«Wes!» Si avvicinò e diede uno spintone alla sua gamba con il piede nudo.

Lui si mosse di scatto, sembrò che volesse mettersi diritto, ma invece si abbandonò di nuovo. «Che c'è?» disse farfugliando.

Tutto. Semplicemente tutto.

Kaylee andò verso la scala. «Non tentare nemmeno di venire nel mio letto stanotte o ti ritroverai con quel culo ubriaco sul pavimento.»

Ecco, gliel'aveva detto.

Ma non era proprio così. Perché Wes era uscito e si era ubriacato, e non per festeggiare. Si era ubriacato pensando "porca miseria, la mia compagna di scopate è incinta, e adesso che faccio?"

Sentì le lacrime che le pungevano gli occhi mentre saliva le scale. Sarebbe stata meglio senza di lui. Sentì un dolore al petto e se lo massaggiò. Wes non andava bene per lei o il bambino. E *questo* lei non l'avrebbe perso.

Si fermò in cima alle scale e si mise le mani sulla pancia. «Tu e io veniamo per primi questa volta.»

Capitolo Trenta

Wes partì il giorno dopo per il torneo seguente. Non era necessario che arrivasse due giorni prima, ma aveva bisogno di tempo per sé. Aveva bisogno di capire quale fosse la sua prossima mossa. Perché Kaylee aveva appena messo sottosopra la sua vita.

Una volta tanto, aveva pensato che le cose non potessero essere più perfette. Aveva di nuovo Kaylee nella sua vita e stava avendo un grande successo al golf. Okay, un certo successo, dato che non stava vincendo i tornei, ma, diavolo, era comunque una buona cosa.

Lasciò cadere gli antidolorifici nel palmo della mano e li mandò giù con un sorso d'acqua. Gli sembrava di aver sbattuto la testa sul marciapiede. Che diavolo c'era nel whisky la sera prima?

Già, ma dopo il quinto bicchierino aveva perso il conto di quanto avesse bevuto. Probabilmente era quello il problema principale.

Aveva giocato da schifo durante l'allenamento quel giorno e incolpava l'alcol che stava ancora uscendogli dai pori. Ma in realtà potevano essere molte cose, con una bella brunetta in cima alla lista.

Aveva dei problemi. Solo perché faceva parte del tour non significava che fossero tutti unicorni e arcobaleni. In fondo alla mente si era preoccupato, pensando a come avrebbe fatto a tenersi Kaylee mentre viaggiava di continuo. Era una vita che la maggior parte delle donne non avrebbe accettato volentieri e aveva già fatto passare l'inferno a Kaylee anni prima a causa delle sue ambizioni. E adesso c'era un bambino da prendere in considerazione.

Gesù.

Il torneo andò da schifo come l'allenamento. Aveva giocato malissimo, non era arrivato tra i primi e quindi non tra quelli che si dividevano la borsa. Ma andava bene lo stesso, perché non ci era stato con la testa. E quando si trattava di golf, eri fottuto se la testa non c'era.

Tornò in volo al lago Tahoe e parcheggiò nel vialetto di Kaylee senza aver capito di più di quanto era partito, ma molto più stanco. Si mise in spalla la sacca da viaggio e salì lentamente i gradini della casa dei genitori di Kaylee. Arrivò alla porta d'ingresso, ma era chiusa a chiave.

Sospirando, Wes si chinò e cercò la chiave nascosta, ma non c'era.

Che cazzo? Bussò alla porta. «Kaylee, apri.»

Appoggiando la testa contro la porta, fece riposare le sue ossa mortalmente stanche e cercò di sentire se ci fossero movimenti all'interno. Doveva esserci. La sua auto era nel vialetto.

Finalmente sentì dei passi dall'altra parte della porta e si tirò indietro, sollevato di essere a casa e di poter finalmente vedere la sua ragazza.

Casa. Kaylee era la sua casa.

Aprì la porta, ma Kaylee non stava sorridendo come faceva normalmente quando lui tornava da un torneo.

Wes si sentì stringere il petto per la paura. Le guardò istintivamente la pancia, non che potesse capire se c'era qualcosa che non andava solo guardando. «Il bambino sta bene?»

Kaylee appoggiò la spalla allo stipite della porta. Era strano. Non si era spostata per farlo entrare e tutto ciò che lui voleva era abbracciarla, magari crollare sul divano e metterle la mano sulla pancia. *Mmm*, non ci aveva mai pensato prima, ma sembrava bello.

«Non è una buona idea lasciarti entrare» disse Kaylee.

Per un secondo, la mente di Wes si svuotò. Perché non poteva entrare? Avrebbero avuto un bambino. Non era stato in grado di convincerla ad avere una relazione seria con lui, ma, per quanto lo riguardava, era sottintesa. Lui non stava frequentando nessun'altra e nemmeno lei.

A meno che non fosse così.

Sentì una fitta di gelosia, la faccia calda. «Perché no?» La domanda uscì più aspra di quanto avesse inteso.

Kaylee deglutì e si mise eretta. «Se questo bambino ce la fa...» Aveva la voce rauca e sbatté un paio di volte gli occhi. «Non ti impedirò mai di vederlo. Voglio che tu faccia parte della sua vita.»

Di che cosa stava parlando? Sembrava che stesse per dargli il benservito. Diavolo, no!

«Kaylee, farò parte della vita di questo bambino. Sarò suo padre. Sarò tutto quello che vorrai.»

Lei fece un respiro profondo e accennò a un sorriso, ma non bastava. C'era la tristezza in fondo ai suoi occhi. «Sono contenta di saperlo.»

Ne aveva dubitato? «Lasciami entrare, così possiamo parlare.»

Lei scosse la testa. «È meglio così. Quello che stavamo facendo...», indicò loro due con la mano, «non era mai destinata a durare. Sei importante per me, Wes, ma è ora che mettiamo fine alle cose e limitiamo i danni.»

Wes strinse i denti. Per un secondo netto aveva pensato che lei avesse voltato pagina mentre lui era lontano, ma era stata una reazione istintiva. Quel comportamento non era da Kaylee. Ma non sarebbe importato, se alla fine lei lo avesse allontanato.

«No» disse alla fine.

Lei incrociò le braccia sul petto. «Non hai scelta. Ti avevo detto che non volevo niente di serio. Non è cambiato niente...»

«È cambiato tutto.»

«... E io non voglio essere incastrata in una relazione perché sono rimasta incinta. Non è giusto per nessuno dei due. E specialmente per il bambino. Lui, o lei, merita dei genitori che si amano.»

Wes l'aveva sulla punta della lingua, voleva dirle che l'amava. Che durante gli ultimi anni era stato un disastro perché l'amava maledettamente tanto e perderla gli aveva incasinato la testa. Ma non lo fece.

Non c'erano dubbi che fossero attratti l'uno all'altro. Le lenzuola andavano in fiamme quando erano insieme, ma non sapeva se lei lo amasse o no. E il suo orgoglio scelse quel momento per rialzare la testa, impedendogli di rendersi vulnerabile.

«Wes. Siamo esattamente allo stesso punto di allora. Il golf è al primo posto e io... Dio, che cosa sono io, al terzo posto? Al quarto? Che cosa sarebbe il bambino per te?»

«Te l'ho già detto. Tu sei tutto per me.» Era la cosa che più si avvicinava a come si sentiva veramente.

«Ma non è vero, non capisci? E non lo sarò mai. Non

voglio derubarti della possibilità di far parte del tour. Sei andato così bene finora e sei abbastanza importante per me da volerlo *per te*. Ti prometto che non ti impedirò mai di vedere il bambino, se vorrai far parte della sua vita.»

«La bambina.»

«Bambina?»

«Avremo una bambina.»

Kaylee lo guardò perplessa. «Non puoi saperlo.»

Wes fece spallucce. «È un presentimento. Comunque non esiste che io non voglia far parte della vita di nostra figlia. O della tua.» Si chinò in avanti finché le loro teste furono vicinissime. «Tu sei mia, Kaylee.»

Kaylee non riusciva a immaginare di amare qualcuno come amava Wes, quindi, in un certo senso, lui aveva ragione. Era sua. E se tutto fosse andato bene, avrebbe avuto quel bambino. Ma aveva imparato a mettere i propri bisogni al primo posto e non semplicemente accantonarli in modo che Wes potesse perseguire i propri obbiettivi di vita. Il tour era il sogno di Wes, non il suo. E se glielo avesse permesso, lui avrebbe calpestato tutto ciò che lei amava: amici, famiglia, un lavoro dove poteva fare la differenza. Il Club Tahoe le aveva ridato ciò che aveva perso. Non l'avrebbe buttato via per il comodo di Wes.

Ed era il motivo per cui sapeva che non avrebbe mai funzionato tra loro due. Lei e Wes non avevano gli stessi obiettivi, e lui si aspettava che fosse lei ad accettare tutti i compromessi.

«Kaylee, sono stanco morto. Mi dispiace di essermi ubriacato quando mi hai detto del bambino, ma non prendere decisioni finché non avremo avuto la possibilità di parlare. E non pensare che non abbia notato che hai spostato la chiave. Quella cosa era lì da oltre dieci anni.» Il suo tono si fece duro. «Me ne andrò se è ciò che vuoi. Per ora. Ma tornerò.»

Si voltò e andò verso la sua auto prima che lei potessi dirgli che non ne valeva la pena. Una parte di lei voleva disperatamente Wes nella sua vita... Ma era la parte che doveva ignorare. Perché portava solo dolore.

Ricacciò indietro le lacrime. Aveva la gola secca per tutto il piangere che aveva fatto quella settimana. Wes pensava ci fosse altro da dire, ma non era così. Lei aveva deciso.

Porre fine alle cose era la cosa giusta da fare. Doveva essere così. Adesso doveva solo convivere con quella decisione.

Capitolo Trentuno

Kaylee non voleva vederlo e la cosa lo stava facendo impazzire. Era andato a casa sua più volte per parlarle, ma lei aveva ripetuto la stessa cosa ogni volta: che tra loro era finita, ma che non gli avrebbe impedito di vedere il bambino. Non che Wes avesse mai pensato che l'avrebbe fatto. Non era da Kaylee. Era una persona amorevole e aveva sempre voluto il meglio per i bambini.

Cazzo, aveva voluto il meglio anche per lui. E lui era stato uno stronzo. Non sapeva esattamente come avesse fatto a riuscirci questa volta, ma era piuttosto sicuro di averlo fatto. E rendeva tutta la situazione così maledettamente frustrante. Perché la cosa giusta per lui era stare con lei.

Levi, Emily e Bran erano seduti di fronte a Wes nel Fireside Lounge e lo stavano trafiggendo con occhiate malevole.

«Hai fatto un casino» disse Levi.

Emily scosse lentamente la testa. «Se Kaylee se ne va, Wes, che Dio ti aiuti... Non sai quanto te la farò pagare.»

Levi guardò significativamente Emily e poi tornò a guardare Wes, come per dire: *ti rendi conto di che cosa intendevo dire?*

«Fratello,» disse Bran, «qualunque cosa tu abbia fatto, sistemala e basta. Credi a me, non puoi perdere questa chance.»

Le parole di Bran avevano un peso che Levi poteva non notare, ma non Emily, che spostò il suo sguardo su Bran. «Che cosa intendi dire per "credi a me"?»

Bran schivò la domanda e bevve un sorso di birra. «Niente.»

«Io non voglio perderla» disse Wes, andando in aiuto del fratello. Bran ovviamente non voleva che gli altri sapessero che aveva messo incinta una ragazza alle superiori. Qualunque fosse il motivo, Wes era l'unico con cui si era confidato. «Sto cercando di sistemare le cose, ma Kaylee è testarda come un mulo. Dice che non funzionerà mai. Che è proprio come prima. Ma non è così. Una volta ero un somaro, pensavo solo a me stesso, ero talmente preso dai miei obiettivi che non vedevo che cosa stava succedendo intorno a me.»

Levi inarcò un sopracciglio. «Non stai facendo esattamente la stessa cosa? Ne sei sicuro?»

Era così? Il campionato non era la sua massima priorità, ma le sue azioni lo stavano sicuramente rendendo tale. E non aveva reagito nel modo giusto quando Kaylee gli aveva detto di essere incinta. A sua difesa, chi lo avrebbe fatto in quelle circostanze?

Ma Levi poteva aver ragione. Wes non stava mostrando a Kaylee tutte le sue carte, quando lei aveva altrettanto da perdere. Se voleva avere una chance, doveva aprirsi con lei. Non le aveva proprio detto ciò che provava per lei. Che voleva stare con lei. Che l'amava... Dio, riusciva a vedersi stare insieme per sempre. Ed era maledettamente spaventoso, se ci pensava bene, ma non quanto l'idea di perderla di nuovo. Non sapeva come fosse possibile trovare l'anima gemella a vent'anni, ma a lui era successo.

Ora doveva solo convincere anche lei.

Capitolo Trentadue

Nelle ultime settimane, Kaylee si era resa conto che Wes faceva di tutto per restare più tempo con lei. Oh, aveva anche viaggiato, ma il tempo tra un torneo e l'altro si dilatava sempre di più. Sembrava aspettare fino all'ultimo secondo prima di partire per la destinazione successiva.

Non che cambiasse qualcosa. Lei stava voltando pagina.

Okay, non stava veramente voltando pagina. Le mancava. Ma doveva anche pensare al bambino. Ora era di quattordici settimane e aveva superato il primo trimestre. Non si sarebbe sentita a suo agio finché il bambino non fosse nato sano, ma era un sollievo sapere di aver superato il periodo in cui aveva perso il primo figlio.

Aveva parlato del bambino ai suoi genitori e sua madre era in estasi. Non vedeva l'ora di diventare nonna. Suo padre, al contrario, era furioso e avrebbe voluto fare fisicamente del male a Wes. Kaylee era nubile e suo padre incolpava ancora Wes per averla messa incinta l'*altra* volta. La sua logica non faceva una piega. Era naturale che suo padre non avesse perdonato il suo ex-boyfriend/papà del bambino.

Ora che lo shock della gravidanza era svanito, Kaylee era entusiasta del figlio che non aveva mai pensato di poter avere. Wes le stava vicino e l'aiutava a non sentirsi sola. In effetti, era accanto a lei mentre aspettavano l'appuntamento con la ginecologa. Aveva insistito per accompagnarla e lei non aveva nessun motivo per non accettare.

Wes controllò l'orologio. «È in ritardo.»

Kaylee appoggiò la mano sulla piccola sporgenza della pancia. Cominciava a vedersi un po'. Addio pantaloni aderenti. Poteva ancora cavarsela passando un elastico attraverso la prima asola e girandola intorno al bottone per darle un po' di spazio, ma molto presto avrebbe dovuto investire in abiti premaman. «Sì» disse con calma, voltando la pagina di una rivista di moda.

Dieci minuti dopo, Wes controllò ancora l'orologio. «Perché non ci chiamano?»

Kaylee si voltò a guardarlo e Wes trasalì. Probabilmente lo stava fulminando con lo sguardo. «Vuoi restare qui o no?»

«Sì. Voglio restare qui» le rispose. «Ma è scortese farci aspettare... No?»

«I bambini non arrivano quando glielo dici tu. E la mia ginecologa è molto occupata. Spesso c'è da attendere parecchio.»

Wes la fissò. Kaylee riusciva a capire che stava decidendo fin dove spingersi. Wes si grattò una guancia. «Purché tu sia contenta di lei.» *Furbo.*

Kaylee sorrise e si rimise comoda. «È così.»

* * *

Wes aveva appoggiato la testa all'indietro e aveva fatto un pisolino quando finalmente chiamarono Kaylee. La ginecologa era in ritardo di tre quarti d'ora, ma a Kaylee sembrava non importasse, quindi non importava nemmeno a Wes. E fu in quel momento che se ne rese conto. Se Kaylee era contenta, era contento anche lui. Quindi aveva dormito.

Ma adesso era sveglio. Data la storia di Kaylee, le avevano offerto di fare un'altra ecografia per rassicurarla che il bambino stesse bene. Wes avrebbe visto suo figlio per la prima volta e si sentiva come se la pelle gli andasse stretta.

Suo figlio. Con Kaylee. Era eccitato e terrorizzato. E se qualcosa non andava con il bambino? E se Kaylee avesse sofferto come era successo con l'aborto?

Che cosa stava pensando? Sì, avrebbe sofferto, il parto non era uno scherzo. Ed era il motivo per cui lui era in uno stato di ansia perpetua.

Attraversarono l'ufficio per andare in un altro ambulatorio, dove aspettarono quindici minuti, ma chi li stava contando? Finché entrò la dottoressa.

«Come andiamo?» chiese a Kaylee, chiudendo la porta. Wes si presentò e lei gli strinse la mano.

«Mi sento meglio» disse Kaylee una volta fatte le presentazioni. «Niente più nausea mattutina.»

«Sì, è normalmente il periodo in cui sparisce. Sta prendendo le vitamine prenatali?»

Kaylee descrisse le vitamine che stava prendendo e la dottoressa sembrò contenta.

«Perché non cominciamo con le misurazioni? Poi faremo l'ecografia.»

Kaylee si sdraiò su lettino e la ginecologa prese un centimetro. Misurò Kaylee dall'osso pubico fino a un punto sopra l'ombelico. «Il suo utero è delle dimensioni giuste per le quattordici settimane. Diamo un'occhiata al bambino, okay?»

La ginecologa versò del liquido chiaro e appiccicoso sulla pancia di Kaylee e prese una sonda. L'immagine che apparve sullo schermo era un insieme di forme che Wes non riuscì a decifrare. Cominciò a sudare, in preda al panico. C'era qualcosa che non andava con il bambino?

E poi il medico premette un tasto e il suono di un cuore che batteva velocemente riempì la stanza.

Kaylee tese la mano verso di lui, con gli occhi pieni di lacrime. Era la prima volta da settimane che permetteva che la toccasse, e Wes non diede per scontato quel momento. «È il nostro bambino.»

Wes respirò lentamente, cercando di calmarsi. Non voleva assolutamente crollare nello studio del medico perché aveva sentito il battito del cuore del suo bambino. Poteva contare sulle dita di una mano il numero di volte in cui si era sentito così prossimo alle lacrime da quando era un bambino, ed erano successe tutte da quando Kaylee era arrivata in città. Era diventato un rammollito, ma l'avrebbe accettato se significava poter stare con lei. «È veramente il battito della nostra bambina e non quello di Kaylee?»

Il medico sorrise. «Il battito del cuore del bambino è molto più veloce di quello della madre. È veramente della vostra bambina, anche se non sono proprio sicura che avrete una lei. Potrebbe essere un maschietto. È troppo presto per saperlo.»

Kaylee si asciugò una lacrima e sorrise. «Wes è sicuro che sia una bambina.»

Il medico spostò la sonda sulla pancia di Kaylee. «Il feto è in una buona posizione. Potrei dare un'occhiata, anche se il risultato potrebbe non essere accurato. Volete che provi?»

«Sì» disse Wes e poi si rivolse a Kaylee. «Se va bene per te.»

Kaylee annuì.

«Bene» disse il medico dopo aver spostato la sonda qualche millimetro per volta. «Non vedo attributi maschili.

Sembra che Wes possa aver ragione, anche se non ne saremo sicuri fin verso la diciottesima o ventesima settimana.»

La cassa toracica di Wes si espanse talmente che temette che gli sarebbe esploso il petto. Avrebbe avuto una bambina. Non gli importava quello che aveva detto il medico, lui ne era sicuro. Una bambina con la donna che amava...

Avrebbe aggiustato le cose con Kaylee, a qualunque costo. Doveva dimostrarle che si sarebbe preso cura di lei e della loro bambina e le avrebbe rese felici.

Capitolo Trentatré

Wes aveva ascoltato il battito del cuore della sua bambina e poi era partito per il torneo seguente. Quasi non aveva voglia di andare.

Sempre più spesso, di recente, si trovava incollato al fianco di Kaylee, fomentando la sua confusione e l'irritazione. Ma, accidenti, voleva disperatamente far parte della vita di Kaylee e della loro bambina non ancora nata.

Trovava ogni scusa per passare al Club dei Bambini e portava il pranzo a Kaylee ogni volta che era in città, cosa che non sembrava le desse fastidio. Il suo appetito stava crescendo in modo esponenziale. Volavano occhiate minacciose se mai Wes si avvicinava al suo cibo.

Aveva imparato la lezione: mai mettersi tra una donna incinta e il suo cibo se ci tenevate ai vostri arti.

A metà del suo ultimo torneo, il suo amico Tom lo invitò fuori per dei drink. A Wes non piaceva molto bere durante un torneo, ma Tom aveva insistito.

Si erano appena seduti al bar e avevano ordinato una birra, quando Tom cominciò a fare pressioni su Wes.

«Ho bisogno di una donna.» Tom ispezionò il bar e il

suo sguardo cadde su una bionda piccolina nell'angolo. «Troppa tensione sul campo. Mi fai da spalla stasera?»

Cazzo. L'ultima cosa che voleva Wes era flirtare con una donna perché il suo amico potesse portarsela a letto. E perché avrebbe dovuto farlo?

«Non stasera.» *O mai*, pensò.

Aveva una figlia in arrivo. Non era più nella stessa situazione di Tom. Ed era una scoperta scioccante. Non gli interessava più lo stile di vita del suo amico, che anche Wes aveva avuto fino a soli pochi mesi prima, anche se se ne stava stancando anche allora.

Da quando Kaylee era arrivata in città, Wes aveva smesso di dare la caccia alle donne. Si allenava ed era occupato ma, in realtà, era come fosse diventato l'ago di una bussola puntato solo su Kaylee. Tutto il resto era finito sullo sfondo. Era l'unica donna che voleva e non si trattava solo di sesso. Anche se voleva decisamente fare sesso con lei, se mai fosse riuscito a riaverla nel suo letto.

Wes amava Kaylee. Era la sua anima gemella, la donna per cui avrebbe lottato. La donna che gli diceva che era un somaro quando si comportava da somaro. E, per qualche motivo, un rimprovero di Kaylee era peggiore di quello di chiunque altro.

Rideva quando Emily gli rendeva la vita difficile, o quando i suoi fratelli gli stavano addosso. Ma se faceva arrabbiare Kaylee, non riusciva a sopportarlo. Doveva sistemare le cose appena possibile perché l'ultima cosa che voleva era che lei fosse infelice.

«No?» disse Tom. Scosse la testa. «Come dimentichi in fretta. Ho fatto entrare il tuo campo di golf nel tour, che ti ha procurato l'esenzione dello sponsor. È l'unico motivo per cui sei qui seduto adesso.» Fissò la bionda e il gruppo di donne con cui era. «Penso che tu me lo deva, non credi?»

Wes non disse che aveva giocato maledettamente bene e che quello era l'unico motivo per cui era andato oltre il Tahoe Invitational. Percepiva una minaccia quando la sentiva. «Da quanto tempo sei un coglione?»

Tom sbuffò. «Scusami? Vuoi ripensare alle tue parole? Non dimenticare che faccio parte dell'organizzazione del tour. Una mia parola e sarai sbattuto fuori, così!» disse schioccando le dita.

Era possibile? Wes non lo sapeva, ma sinceramente non gliene importava un fico secco.

Si alzò e buttò qualche banconota sul tavolo per la birra che non aveva finito. «Io torno in albergo, goditi la tua serata.»

Tom si alzò di colpo. «Non lo dimenticherò, sai» gridò mentre Wes andava verso l'uscita.

Wes uscì in fretta dal bar dove non aveva nemmeno voluto andare. E quando arrivò in albergo, prese in considerazione di abbandonare l'intero maledetto torneo. Ed era una follia. O forse no.

I suoi fratelli avevano ragione. Non contava quanti sandwich portava a Kaylee quando era in città. Era comunque assente per la maggior parte del tempo. E significava che stava mettendo il tour al primo posto, davanti alla sua famiglia con Kaylee, allo stesso modo in cui suo padre aveva messo il club davanti a Wes e ai suoi fratelli.

Aveva la possibilità di essere un vero padre e che cosa stava facendo? Stava mettendo il lavoro davanti alla donna più importante della sua vita e alla sua futura bambina solo per poter cazzeggiare nel circuito, in mezzo al branco.

Avrebbe potuto qualificarsi a tempo pieno per il tour? Vincere un torneo? Forse. Ma poi che cosa avrebbe ottenuto? Il successo sarebbe stato vuoto se non avesse potuto veder crescere sua figlia. E se non avesse avuto Kaylee.

Wes fece qualche telefonata e poi i bagagli.

Sapeva dove voleva essere. E non era lì.

* * *

Quando Wes arrivò al lago Tahoe, Kaylee non era in casa. Andò a lasciare a casa i bagagli e si diresse al club. Erano passate le ore d'ufficio, non riusciva a immaginare dove potesse essere ma sperava che uno dei suoi fratelli lo avrebbe saputo prima di rovinare la sorpresa chiamandola.

Non dovette cercare lontano. E non fu uno dei suoi fratelli ad aiutarlo. Wes entrò nel Fireside Lounge e controllò i tavoli. Kaylee era seduta al bar davanti a Emily, che faceva da barista, ma solo per Kaylee a quanto pareva. Erano da una parte del bancone e il barista regolare stava servendo il resto dei clienti dall'altra parte.

Wes si lasciò sfuggire un sospiro. Non c'era niente come non sapere dove fosse la madre incinta della tua bambina alle nove di sera. Non che fosse tardi, ma sì, aveva solo bisogno di sapere che stava bene.

Le fissò ed Emily alzò gli occhi. Alzò discretamente una mano, fermandolo.

Kaylee prese quello che sembrava uno shot arancio ed Emily le disse qualcosa a bassa voce all'orecchio. Kaylee annuì ed Emily si affrettò ad andare da Wes.

Emily doveva aver detto a Kaylee che c'era lui nel lounge perché non guardò indietro.

«Che cosa ci fai qui?» disse Emily sottovoce, guardando verso il bar.

«Che cosa ci faccio qui? Perché stai dando shot alcolici alla mia ragazza incinta?»

«La tua ragazza?» gli chiese inarcando un sopracciglio.

Lui sospirò e le fece segno di continuare. Per quanto riguardava Wes, Kaylee *era* la sua ragazza.

«È succo d'arancia, non alcol. Il succo d'arancia contiene acido folico che fa bene al bambino.»

Wes scosse la testa. «Di che diavolo stai parlando?»

Emily gli afferrò il braccio e lo tirò fuori dal lounge e nella hall. «Kaylee non può bere ma non voleva restare sola stasera, quindi stiamo improvvisando. Ora, perché sei qui? Non dovresti essere su un campo da golf dall'altra parte del paese?»

Wes distolse gli occhi. «Sono tornato.»

«È successo qualcosa?» chiese Emily preoccupata.

«Non esattamente.»

«Visto come sei franco e aperto, immagino che non abbia intenzione di dirmi che cosa sta succedendo?»

«Corretto.»

«Bene, ma non puoi stare qui adesso.» Guardò verso l'ingresso del Fireside Lounge, dove potevano giusto vedere Kaylee che alzava un bicchierino di succo d'arancia.

«Perché diavolo no?»

«Perché Kaylee si sente triste. Non è facile essere una donna incinta e single.»

«Non ha bisogno di essere una donna incinta single» disse Wes. «Sto cercando da un po' di dimostrarle che voglio qualcosa di serio.»

«Beh, qualunque cosa tu stessi facendo non sta funzionando.» Emily si voltò e andò verso il lounge. «Forse potresti essere più diretto» disse, voltando la testa e lasciandolo a balbettare.

Era quello che stava facendo lasciando il tour per stare con Kaylee.

A Wes mancavano il club e i suoi studenti, quindi lasciare il tour non riguardava solo lei. Voleva anche esserci per i suoi fratelli. La verità era che era più felice al lago Tahoe che sulla strada.

Aveva seguito Kaylee ogni volta che poteva quando era a casa, cercando di dimostrarle che c'era per lei. Ma fino a quel giorno, le cose che stava facendo giravano intorno alla sua agenda.

Wes e Kaylee erano adulti con un bambino in arrivo. Doveva dimostrarle che era serio e che ci sarebbe stato a lungo termine.

Kaylee voleva che fosse diretto? Glielo avrebbe fatta vedere lui.

Capitolo Trentaquattro

La settimana seguente, Wes lavorò quaranta ore al pro-shop e al campo da golf, assicurandosi che funzionassero regolarmente. Bella venne in città con i suoi genitori per il fine settimana e riuscì a infilare un paio di lezioni anche con lei. Stava diventando maledettamente brava. Era impaziente di vedere dove sarebbe stata tra qualche anno, una volta che fosse stata un po' più alta. Anche così, Bella aveva talento e aiutarla a migliorare lo entusiasmava.

Lo entusiasmava aiutare tutti i bambini a migliorare. Non lo stesso tipo di eccitazione che provava durante i tornei, ma forse era addirittura preferibile. Non si trattava solo di lui, la soddisfazione andava oltre, coinvolgeva più della sua vita.

Bran andò al bancone del pro-shop e appoggiò le braccia. «Sei pronto?»

Wes ripose il programma per la settimana seguente e prese le chiavi. «Sì, hai avuto la lista dall'agente immobiliare?»

Bran si picchiettò la tasca della camicia. «Queste

dovrebbero avere tutto quello che stai cercando. Sei stato così maledettamente specifico che l'agente ha detto che c'erano solo un paio di posti che rispettavano tutti i tuoi requisiti.» Scosse la testa. «Perché tanti particolari?»

Wes fece un cenno al suo vice, indicandogli che stava per andare e girò intorno al bancone. «Le azioni, fratello. Le azioni sono importanti.»

«Le azioni?» Bran gli diede un'occhiata sorpresa. «Hai bevuto sul lavoro?»

«No. Adesso andiamo, stronzo. Ho una casa da comprare.»

* * *

Wes fissò il rosa carico della camera dei bambini. «Rosa chewing gum. No, il colore non va.»

Bran fece spallucce. «L'altra casa che ti piaceva aveva la stanza dei bambini coi colori neutri.»

«Vero, ma la casa giusta è questa. Dovrò solo cambiare il colore.»

La casa in cui erano era perfetta, in un vicolo cieco in un bel quartiere, con lotti spaziosi, un garage per tre auto e un grande soggiorno. Il posto ideale per i bambini, per giocare e fare casino.

Mentre cresceva, Wes viveva in una villa e a suo padre piaceva tenerla in ordine perfetto, pronta per quando i suoi contatti d'affari venivano in città. Avevano un grande giardino in cui Wes e i suoi fratelli potevano giocare, ma la casa in sé era off-limits per le dita appiccicose dei ragazzini. Wes voleva una casa in cui sua figlia potesse andare ovunque e sentirsi a suo agio.

«Farò un'offerta per questa casa.»

Bran si guardò intorno. «Sei sicuro che sia quello che vuole Kaylee?»

«No, ma è il gesto che conta, no?»

«Non saprei.» Bran scosse lentamente la testa. «Alle donne, non piace scegliere la propria casa?»

Che ne sapeva Wes? Non gli era mai interessato quello che pensavano le donne. Tranne Kaylee. E sperava veramente che le sarebbe piaciuto il posto che aveva scelto per lei.

Era stato pignolo, aveva insistito per una casa vicina al club ma abbastanza lontana da permettere di avere la loro privacy e un paesaggio naturale. La casa doveva anche essere costruita bene e grande abbastanza per una famiglia. E doveva essere in un quartiere bello e sicuro per sua figlia. Ovviamente, significava che costava una fortuna. Ma Wes se la poteva permettere, specialmente dopo i discreti guadagni che aveva tratto dal tour. Ma non erano le uniche ragioni per cui gli piaceva quel posto.

Quella casa aveva una cucina luminosa con un angolo per il pranzo e alte finestre che davano sulla foresta. Kaylee aveva sempre apprezzato quel particolare nella casa dei suoi genitori e lui sperava che l'avrebbe fatta felice. Con quattro camere, tre bagni e un ufficio, ci sarebbe stato spazio in abbondanza per lei e la loro bambina. O tutti loro, se Kaylee gli avesse permesso di far parte della sua vita.

Sperava che lo avrebbe incluso ma comunque quella casa era di Kaylee e lei avrebbe potuto farne ciò che voleva. Poteva venderla e trovare qualcos'altro, o viverci per sempre. In un modo o nell'altro, l'avrebbe messa a suo nome.

Wes diede una pacca col dorso della mano al torace del fratello. «Vieni, andiamo a fare un'offerta.»

Capitolo Trentacinque

Wes alzò due pennelli. «Beh, che ne dite?» chiese ai suoi fratelli, più Jaeg che era stato reclutato per le sue capacità di falegname. Erano tutti ammucchiati nella cameretta della nuova casa. Aveva chiuso l'acquisto il giorno prima, due settimane dopo aver fatto un'offerta in contanti. Tecnicamente, la stanza dov'era non era piccola, ma con sei uomini grandi e grossi quel posto si era riempito presto. «Verde chiaro o lavanda?»

«Verde» disse Levi. «Non puoi essere sicuro che sia una bambina. Il verde è più versatile.»

«Fottiti. Io lo so.» Wes guardò Adam. «Tu che cosa ne pensi?»

Adam chinò la testa e si grattò il collo. «Entrambi?»

Wes guardò i pennelli. «Non è una cattiva idea. Arriviamo fino a metà muro con un colore, aggiungiamo un paracolpi battisedia e poi dipingiamo la parte superiore con l'altro colore.»

«Intendi dire che io aggiungerò il paracolpi battisedia» disse Jaeg.

«Pensi che io sappia fare quella roba?»

Jaeg stese le lunghe braccia sopra la testa, toccando brevemente il soffitto alto oltre due metri e mezzo. «Mi stavo solo assicurando di quale fosse il mio compito qui.»

«Lavoro manuale» disse Bran. «È quello che sappiamo fare.»

«Oppure», disse Wes, ignorando i somari, «potremmo dipingere una parete di colore diverso.»

Adam alzò gli occhi dal telefono, mettendo in pausa quello che Wes immaginava fosse un messaggio a Hayden. «Da quando ti intendi di queste cose? Non sapevo che ti fossi trasformato in Martha Stewart.»

«Fottiti, stronzo.» Wes rimise i pennelli nei vassoi. «Ho sfogliato riviste di arredamento e parlato con della gente. Grazie a Dio devo rifare una sola stanza.» Si strofinò le mani sui jeans da lavoro. «È ora di prendere decisioni esecutive. Jaeg costruirà un paracolpi battisedia e faremo la metà in basso verde e la parte alta lavanda. Poi Levi potrà usare i suoi muscoli virili per applicare le delicate decalcomanie da ragazzina sulle pareti.»

Levi diede un morso al suo sandwich. «Okay.»

Jaeg tagliò il legno per il battisedia nel grande garage dove Wes aveva allestito uno spazio con un frigorifero pieno di birra e snack e Wes montò il lettino mentre il resto degli uomini dipingeva la stanza.

Wes non era sicuro che il lettino, una volta montato, sarebbe passato dalla porta, quindi montò le sponde mentre aspettava. Avrebbe finito di montarlo una volta dipinte le pareti nella stanza della bambina. Aveva comprato il resto dei mobili in zona ed erano arrivati già montati.

Emily lo aveva aiutato con le altre cose che pensava sarebbero servite a Kaylee nella nursery, come una sedia a dondolo, un poggiapiedi e un bidoncino per i pannolini. E circa un milione di altre piccole cose che Wes non sapeva a che cosa servissero. Le aveva ficcate in un armadio perché Kaylee le organizzasse più avanti.

Se la casa le fosse piaciuta. Dio, sperava che le sarebbe piaciuta.

Con sei uomini in forma, e uno di loro effettivamente pratico di costruzioni, la stanza fu pronta in poche ore. Adesso era ora di far visita a Kaylee.

Wes non aveva passato con Kaylee tutto il tempo che avrebbe voluto nelle ultime due settimane ma si era assicurato di portarle il pranzo tutti i giorni e controllare come stesse.

Okay, andava al Club dei Bambini più o meno sei volte al giorno, ma chi le contava? I fine settimana erano una tortura. Poteva cavarsela andando a vederla una o due volte, anche se il lavoro e preparare la casa nuova lo avevano tenuto occupato.

Kaylee gli aveva già posto domande cui Wes non poteva rispondere. Sul tour e perché era stato a casa quelle ultime settimane. Non voleva che pensasse che stava rinunciando al suo sogno per lei. Si sarebbe sentita in colpa e si sarebbe preoccupata. Quindi aveva aspettato finché avesse potuto spiegarle correttamente le cose. E quel momento era arrivato.

Andò a casa, si lavò, si cambiò e andò a casa dei genitori di Kaylee. Lui e i ragazzi avevano cominciato presto quella mattina, quindi erano solo le sei del pomeriggio quando parcheggiò nel suo vialetto.

Bussò alla porta e aspettò, agitato. E aspettò ancora un po'. Kaylee era quasi a metà della gravidanza e stava diventando più lenta. Oppure Wes era impaziente. Più che altro, era impaziente.

La porta si aprì e lei era lì. Tuta da ginnastica, coda di cavallo in cima alla testa che tratteneva solo metà dei suoi capelli perché il resto era troppo corto, guanti gialli sulle mani. «Wes? C'è qualcosa che non va? Non ti aspettavo.»

Wes guardò i giganteschi guanti gialli di gomma. «Lo vedo.»

«Oh.» Kaylee si spostò di lato, togliendosi i guanti e li appoggiò sul ripiano della cucina.

«Scusa, stavo pulendo il pavimento.»

Wes si accigliò. «Non dovresti farlo. Assumerò qualcuno per pulire questo posto.»

Lei sbuffò. «Sono incinta, non invalida. Inoltre il mio istinto mi porta a preparare il nido. Ho bisogno di sfogarmi.»

La mente di Wes andò immediatamente ad altri modi in cui poteva sfogarsi, ma li accantonò immediatamente. Non era il momento. Sperava che sarebbe arrivato, se fosse stato un bastardo fortunato. Fino ad allora avrebbe usato i suoi ricordi di Kaylee nuda per farsi le seghe. Era come essere tornati alle superiori.

«Ho pulito tutta la casa, da cima a fondo» disse Kaylee, interrompendo le sue riflessioni sessuali. «Devo solo decidere quale stanza usare per il bambino.»

A quel proposito... «Sono venuto perché volevo mostrarti una cosa. Hai tempo?»

«Certo, quando?»

«Adesso?»

Kaylee si guardò i vestiti. «Non credo di essere pronta per uscire.»

Wes le guardò la pancia, arrotondata con la loro bambina. Kaylee aveva le guance arrossate per il lavoro che stava facendo ed era senza trucco.

Wes la fissò, sopraffatto da tutto ciò che provava per quella donna. «Sei bella.»

Kaylee accennò un sorriso, con un'espressione tranquilla ma curiosa. «Dammi un secondo.»

Vacillò leggermente mentre si affrettava ad andare in cucina a lavarsi le mani. Disfò la piccola coda di cavallo e lisciò i capelli, poi si infilò un paio di infradito. «Spero che vada bene così, perché per oggi è il mio massimo.»

Capitolo Trentasei

Wes non era mai stato più nervoso in vita sua. Incluso quando aveva giocato il primo torneo da professionista.

E se Kaylee avesse odiato quella casa? O la nursery? Che cazzo ne sapeva lui di arredamento?

Si concentrò sulla strada e cercò di non pensare a tutti i motivi per cui poteva andar male. Ma doveva fare un tentativo. Doveva dimostrare a Kaylee quanto significasse per lui. Non si trattava solo della bambina. Era l'opportunità di avere una seconda chance con la donna che aveva sempre amato e mai dimenticato.

Si fermò nel vialetto della casa da trecento metri quadrati con particolari rustici, come molte delle case più nuove al lago Tahoe. Quel posto aveva un'atmosfera montanara con un'anticamera triangolare e particolari di legno ma non sembrava la versione chic delle baite di montagna come il club. Ed era un bene perché voleva che Kaylee si sentisse a casa e non al lavoro.

Kaylee si guardò attorno mentre Wes scendeva dalla

Range Rover e andava ad aprire la portiera del passeggero. «Dove siamo?»

L'aiutò a scendere dall'auto e chiuse la portiera, infilandosi nervosamente una mano in tasca. «Siamo alla casa che ho comprato per te.»

Lei voltò lentamente la testa verso Wes. «Cosa?»

Era un buon "cosa"? Un brutto "cosa"? *Cazzo*.

«La tua casa. Ho comprato una casa per te con i soldi guadagnati nel tour. Ho ancora il fondo fiduciario che mi ha dato mio padre e spero che tu possa aiutarmi a capire come spenderlo al meglio. O a risparmiarlo, se vogliamo tenerlo per nostra figlia.» Si strofinò la bocca. «Non lo so.»

«Wow.» Kaylee alzò le mani. «Rallenta. No, in effetti, fai un passo indietro. Mi hai comprato una casa?»

«Per te e nostra figlia.»

«O figlio.»

«Come vuoi.» Ma era una bambina. E lui ne era entusiasta. Aveva voluto una bambina che assomigliasse a Kaylee da quando si frequentavano al college.

Kaylee agitò le mani per fermarlo. «Perché mi hai comprato una casa?»

Wes le si mise di fronte e le prese le mani. Tremavano e lui le strinse per rassicurarla. «Voglio provvedere a te e alla nostra bambina. Voglio che ti senta importante e al sicuro. E voglio amarti. È questo il modo in cui dimostro il mio amore. Non comprandoti qualcosa di stravagante, ma prendendomi cura delle due persone più importanti della mia vita, tu e nostra figlia.»

«O figlio» disse lei, frastornata. «Amore. Hai detto *amore*.»

«Ti amo. Ti ho sempre amata. Ho detto che mi stava bene una relazione informale perché non volevo spaventarti e farti scappare. Ma poi ti ho messo incinta con il mio potente sperma...» Kaylee sorrise. «... E ho dovuto cercare di capire un po' di cose. Pensavo di cogliere l'occasione che mi era stata data con il tour purché passassi il mio tempo libero con te. Ma non era possibile avere entrambe le cose.»

«Wes,» disse Kaylee, «non volevo che tu dovessi scegliere.»

«Lo so. Ed è il motivo per cui avevo bisogno di capirlo da solo. E sai una cosa? Al diavolo il tour. Il successo è una cosa vuota se non sei al mio fianco. Meriti di essere felice e non dover aspettare che mi faccia vivo una volta finito di fare le mie cose.»

La tirò vicina e sentì la pancia contro di sé. «A essere sincero, del tour mi sono stancato in fretta. C'è stato un momento in cui mi sono reso conto di non essere nemmeno felice. Amo il golf e chi non vorrebbe essere una stella del tour? Ma niente mi rende più felice che stare con te.»

Le sfuggì una lacrima e se l'asciugò. «Hai detto una cosa bellissima.» Indicò la casa. «È bella, ma mi preoccupa ancora che rimpiangerai di aver rinunciato al tuo sogno.»

Ovvio che si preoccupasse. Altrimenti non sarebbe stata Kaylee.

Wes annuì. «Dai, entriamo. Ho qualcos'altro da mostrarti.» Aprì la porta e Kaylee ansimò: «Le finestre».

L'anticamera si apriva sulla cucina, messa in evidenza da quelle alte finestre che Wes pensava sarebbero piaciute a Kaylee. «Ho scelto questa casa per la cucina e la vista. Mi ricordavano te.»

Kaylee strinse le labbra. Sulle guance scesero altre lacrime. «No, non cedo, rimango ferma sulle mie idee» borbottò. «Devo prendermi cura del bambino.»

Sembrava stesse parlando da sola. Era una conseguenza della gravidanza?

Visitarono il pianterreno della casa e Kaylee restò

sbalordita, e fu un sollievo. E poi Wes la portò di sopra, nelle camere.

Percorsero il corridoio e lui le mostrò la camera degli ospiti e quella padronale. Kaylee uscì sulla terrazza fuori dalla stanza padronale e respirò l'aria profumata di pino. «Hai buongusto, Wes.»

«Certamente, ho scelto te» rispose Wes sorridendo. Kaylee gli diede un'occhiata e lui rise. «Dai, c'è un'altra camera che voglio mostrarti.»

Quando gli uomini se n'erano andati e dopo aver pulito, Wes aveva chiuso la porta della nursery, lasciando aperte le finestre per far uscire l'odore della vernice fresca. Non voleva che la sorpresa arrivasse troppo presto una volta arrivato a casa con Kaylee.

Wes si fermò sulla porta, nervosissimo. E se la stanza fosse stata brutta? Dio, avrebbe dovuto assumere un professionista. Ma allora non avrebbe significato tanto.

Kaylee restò a bocca aperta, ma non disse niente, si guardò semplicemente intorno con gli occhi sgranati. Era un buon segno?

«Maledizione.» Sul viso scesero altre lacrime. Ma succedeva spesso ultimamente. Wes non riusciva a dire se fossero lacrime buone o cattive, ma sperava disperatamente che fossero del tipo buono.

«Significa che ti piace?»

Kaylee si voltò verso di lui e deglutì. «L'adoro. Questa stanza è la cosa più bella che abbia mai visto.»

Non era così. La stanza ere verde chiaro e lavanda, con mobili per bambini dall'aspetto rustico e decalcomanie colorate di fate della foresta. Ma una volta che Kaylee avesse sistemato le cose e l'avesse resa confortevole, sarebbe stata carina per la loro bambina. Voleva solo che fosse pronta per il suo arrivo. E dimostrare a Kaylee quanto amasse lei e la loro figlia. «Sei sicura che ti piaccia?»

Kaylee si voltò e gli avvolse le mani intorno al busto, con la testa appoggiata al petto. «L'adoro.»

«Pensi che ti piacerebbe vivere qui?»

Wes sentì la sua testa andare su e giù. «Dovrai trascinarmi via a forza stasera.»

Wes sorrise. «Bene, perché ho ancora un'altra sorpresa.»

«Mi hai già dato tanto.»

«Non tutto. Vai a guardare nel lettino.»

Kaylee si avvicinò e Wes la seguì, con il cuore che batteva forte in petto.

La sentì ansimare. «Wes...» Kaylee allungò la mano sul piccolo cuscino accanto alla testiera del lettino. A quanto pareva, nel lettino non ci doveva essere molto, tranne un lenzuolo e una cosa chiamata paracolpi. Ma Wes aveva comprato un cuscinetto per la sua ultima sorpresa.

Kaylee prese la scatoletta blu scuro della gioielleria e la aprì. Scesero altre lacrime e il naso diventò rosato. Wes avrebbe voluto chinarsi e baciarla, ma aveva un lavoro da fare.

Si mise su un ginocchio. «Kaylee Isabelle Evans. Ti ho amato dal primo momento in cui ti ho vista a quella squallida festicciola della confraternita. La gente dice che non esiste l'amore a prima vista, ma è ciò che è stato. Pensavo che avremmo passato il resto della nostra vita insieme. E poi ho incasinato tutto. E la vita ha preso una direzione per la quale nessuno dei due era pronto. Ma il mio cuore non è mai cambiato. È sempre stato con te.

«Voglio amare te e i nostri figli e condividere la vita con te. E non voglio più starti lontano. È il motivo per cui ho lasciato il tour. Non valeva la pena di perdere tutto ciò che amo. E, alla fine, il tour non mi rendeva felice, tu sì. Quindi, per favore, metti fine alla sofferenza dei miei fratelli e di chiunque altro abbia avuto a che fare con me da quando te ne sei andata e di' che mi sposerai.»

Kaylee sorrise. Un sorriso pieno di lacrime, che era la cosa più brillante che avesse mai visto. «Sì.»

«Sì?»

«Sì.»

Wes si alzò e la prese in braccio, portandola verso la finestra aperta. «Ha detto sì!» gridò al mondo. E poi la baciò ed era come se il deserto del Sahara stesse ricevendo una goccia d'acqua.

Dio, il suo sapore. Le sue labbra, il suo corpo contro il suo. Prima di saperlo, erano inginocchiati sul pavimento, stretti l'uno all'altra.

«Sono così eccitata» disse Kaylee tra un bacio e l'altro.

Era passato un secolo da quando avevano fatto sesso. Aveva praticamente le vesciche sulla mano per tutto il masturbarsi che aveva fatto, ma non voleva illudersi, viste le sue delicate condizioni. «Ah?» disse fingendo indifferenza, restituendo ogni bacio che lei gli stava dando.

«Sì» rispose Kaylee sospirando. «Questi maledetti ormoni della gravidanza mi stano facendo impazzire. Pensi che sia troppo presto per... Sai?»

Dio, no! «Stai dicendo che vuoi un orgasmo, Kaylee?» le disse, con la voce bassa e sensuale.

Il volto di Kaylee divenne di fiamma. «Sì.»

«Posso provvedere.» Wes si tolse in fretta le scarpe, la camicia, i pantaloni e la biancheria.

Kaylee stava ridendo e tenendosi la pancia. «Immagino che non avessi bisogno di chiederlo.»

«Non ne hai idea. Sono settimane che ho le palle viola.» Le afferrò il sedere e la tirò vicina. «Ma pensi che dovremmo battezzare *questa* stanza in particolare?»

Le baciò il collo togliendole il top, giusto per risparmiare tempo. Se necessario l'avrebbe presa in braccio e l'avrebbe portata altrove, ma tanto valeva cominciare a spogliarla, senza perdere preziosi secondi per decidere.

«Il bambino non lo saprà mai. Inoltre è il motivo per cui siamo qui, alla fin fine.»

Wes smise di baciarla e le tenne il volto tra le mani. «Siamo qui perché ti ho ritrovata. Bambina o no, saresti stata mia.»

Kaylee lo baciò sulle labbra, un tocco lieve, delicato che mandò il fuoco al suo inguine. «Forse dovresti togliermi i pantaloni.»

«Le parole più sexy che abbia mai sentito.»

Kaylee si alzò e Wes le tolse i pantaloni come gli aveva chiesto. E poi lui si sdraiò sulla schiena con Kaylee sopra, che stava lentamente prendendolo dentro di sé.

Wes emise un sospiro. Meglio cercare di controllarsi altrimenti non sarebbe durato molto.

Stava cercando di slacciarle il reggiseno per vedere le sue belle tette da donna incinta quando sentì il primo orgasmo di Kaylee, che continuò a ondulare i fianchi sopra di lui. «Oh, Dio» disse lei qualche secondo dopo. «Ne arriva un altro.»

Kaylee accelerò i movimenti e Wes le scoprì il seno, toccandola e aggrappandosi a lei. Quando il secondo orgasmo la colpì, lui era lì con lei, riempiendola e amandola, e n'era così maledettamente grato.

Quando entrambi ripresero fiato, Wes l'aiutò a mettersi sul fianco accanto a lui e la tenne vicina, fissandola negli occhi. «Forse dovremmo fare in modo che resti incinta più spesso. Il sesso in gravidanza è il migliore di sempre.»

«Di sempre?»

«Okay, non di sempre. Ogni volta è meraviglioso. Ma

pensa alla quantità di orgasmi che avresti potuto avere se io non fossi stato così pronto a esplodere. Penso che dovremmo studiare questa teoria. Per esempio, quanti riusciresti ad averne mentre sfruttiamo queste montagne russe ormonali?»

Kaylee scoppiò a ridere.

«Non pensi che sia serio?» Si chinò verso di lei e le baciò il collo. «Perché è vero. Parte la missione Orgasmi Multipli per Kaylee.»

Capitolo Trentasette

Quando Kaylee aveva chiesto a Wes che tipo di matrimonio volesse, lui aveva chiesto qualcosa di intimo, ma aveva lasciato a lei la decisione. A dire il vero, a Kaylee non interessava niente di elaborato. Motivo per cui finirono alla Cappella dei Due Pini a South Lake Tahoe con sua madre, il padre (meno furioso ora che Wes aveva fatto di lei "una donna rispettabile") e i quattro fratelli di Wes. Insieme a una moglie, una fidanzata e la segretaria in pensione del Club Tahoe, che per Wes e i suoi fratelli faceva parte della famiglia.

Hunt prese il bouquet *e* la giarrettiera, poi procedette a flirtare senza vergogna con l'unica donna single nella stanza: la fotografa da cinquanta dollari che avevano pagato per catturare il momento.

A un certo punto durante il matrimonio, Hunt era sparito, presumibilmente con la fotografa. Bran, Adam e Levi avevano cominciato a bere pesantemente da sospette fiaschette d'argento e suo padre aveva cominciato a cantare *Bella Maria*. A quanto pareva, Wes aveva dato a suo padre la propria fiaschetta e il suo dignitoso e decoroso padre aveva colto l'occasione per darsi al bere al matrimonio della sua unica figlia.

Era stato il matrimonio più intimo, romantico e bello, in poche parole: perfetto.

Esther, l'ex segretaria del club e amica intima della famiglia, si avvicinò a Wes e lo abbracciò stretto. «Sono così contenta per te, mio caro.» Gli porse una busta. «Solo una piccola cosa da parte di tuo padre.»

«Mio padre?» Wes sembrava confuso.

«Voleva che l'avessi quando fosse stato il momento giusto» disse Esther. «Mi aveva chiesto di aspettare finché ti fossi innamorato.»

«Mio padre, Ethan Cade, ha parlato dell'amore?»

Esther sorrise. «Sì.»

Wes scosse la testa. «Okay.» Aprì la busta e lesse la lettera. Gli si riempirono gli occhi di lacrime. «Cazzo.»

«Va tutto bene?» chiese Kaylee.

«Sì, bene. Mio padre sta toccandomi il cuore dalla tomba.» Le porse la lettera.

Caro Wes,

Tra i miei figli sei il più competitivo ed è una caratteristica che amo. Mi ricorda me stesso. Ma accidenti se non sei testardo. Un'altra cosa che potresti aver ereditato da me.

Non sono stato il migliore dei padri. Ho messo il club al primo posto, davanti a voi ragazzi. Non mi sono reso conto di quanto fossi stato un pessimo padre finché non è stato troppo tardi. Tratta bene tua moglie, amala e sappi che ho sempre amato te e i tuoi fratelli, anche se non lo dimostravo. In effetti, impara dei miei errori e non fare la stessa cosa con i tuoi figli.

Non dubito che sarai un genitore meraviglioso. È una

*sfida, ma, dopotutto, non ti sei mai tirato indietro quando
se ne presentava una.*

Con amore,

Papà.

Kaylee lo abbracciò. «Ti voleva bene.»

«Così sembrerebbe.»

«Davvero non lo sapevi?»

«Lo sapevo, ma leggi la lettera. Non era molto bravo a
dimostrarlo.» La guardò negli occhi. «Ha ragione su una
cosa, però. Metterò sempre te e i nostri figli al primo posto.»

Kaylee gli appoggiò la mano sulla guancia. «Non ho più
dubbi. So che lo farai.»

«Bene, io me ne vado» disse Esther alleggerendo l'atmosfera pesante. «Ho un appuntamento con un ricco
pensionato.»

Wes scosse la testa. «Esther, sei come una seconda
madre per me. Per favore, non parlarmi di queste cose. Il
fatto che tu frequenti qualcuno mi sta facendo balenare in
testa immagini inquietanti.»

Lei ridacchiò, lo baciò sulla guancia, poi abbracciò
Kaylee. «Siate felici.»

«Sì, lo saremo.»

Guardarono Esther che se ne andava pimpante, affasci-
nando tutti mentre passava.

Wes guardò Kaylee negli occhi, passando il braccio
intorno alla pancia sempre più sporgente ora che era di sei
mesi. «*Tu* sei felice?»

Kaylee gli sorrise. «Molto.»

Wes si guardò intorno. Vide il padre di Kaylee che stava
ancora cantando in mezzo alla sala, mentre sua made si
copriva gli occhi. I suoi fratelli che bevevano in un angolo. I
bouquet di plastica che decoravano la "cappella". «È stato

un matrimonio piuttosto carino, non avremmo potuto fare meglio. Ma insisto per una favolosa luna di miele.»

«Luna di miele col bambino, vuoi dire. Questa pancia va dove vado io.»

Wes si chinò e le mordicchiò l'orecchio. «La pancia è la cosa migliore. Devo ricordarti i *sei* orgasmi? Punto a sette.»

Kaylee sentì la faccia diventare calda. Wes era stato serio nella sua ricerca degli orgasmi multipli. Non c'era stato nessuno più deciso e accidenti se non ne stava raccogliendo i frutti. «Okay, ma solo se insisti.»

«Oh, sì.» L'espressione di Wes divenne maliziosa. «E io direi di cominciare adesso.»

Kaylee si ritrovò a uscire di nascosto dal vicolo della Cappella dei Due Pini in braccio a suo marito, ridendo mentre lui imprecava contro la larghezza della porta mentre cercava di far passare la moglie che si stava espandendo. Riuscirono ad arrivare a casa loro per battezzare un'altra stanza da letto prima che si presentassero gli invitati.

E Wes raggiunse il suo obbiettivo in fatto di orgasmi, rendendo sua moglie molto, molto felice.

Epilogo

Bran: sei mesi dopo

Chi avrebbe mai pensato che il Club Tahoe sarebbe sopravvissuto per un anno intero sotto la direzione di Bran e dei suoi fratelli? Certamente non Bran, ma eccolo, mentre si dirigeva alla festa di anniversario in una stanza sul retro del resort.

Attraversò il corridoio e scosse la testa, guardando in basso... E quasi si scontrò con Ireland, la cugina di Cali.

«Oh, Bran, scusami. Non stavo guardando.»

A meno che anche lei stesse guardando in basso, nessuno era *così* cieco.

Ireland indossava un lungo abito blu scuro che accentuava la sua pelle di porcellana. Involontariamente, lo sguardo di Bran scivolò in basso. I capelli rossi di Ireland ricadevano in onde davanti alla fronte e al collo e accarezzavano la cima dei seni. Seni che dovevano aver riempito il reggiseno push-up al massimo e che in quel momento minacciavano di traboccare dal vestito.

Ai suoi fratelli piaceva chiamarlo monaco, man Bran era

un uomo... *e guardava*. Riconosceva anche un seno finto quando lo vedeva.

Ireland era il tipo di donna che Bran evitava da quasi dieci anni. Facile, seducente... e superficiale. Riconosceva il suo tipo a un chilometro di distanza.

«Nessun problema.» Bran si spostò per superarla e Ireland gli appoggiò piano la mano sul braccio.

Gli rivolgeva delle occhiate significative fin da quando si erano conosciuti mesi prima e lui non ne voleva sapere. Strattonò via il braccio.

«Ho fatto qualcosa che ti ha offeso?» Sembrava ferita.

Certo che l'aveva ferita, nell'orgoglio, ecco dove. Nessuna donna attraente come Ireland aveva sofferto un solo giorno nella sua vita. Avrebbe accettato il suo rifiuto e ci avrebbe provato con il prossimo tizio.

«No.» Bran si allontanò ed entrò dove c'era la festa, sospirando di sollievo. Un'altra catastrofe evitata.

I fratelli di Bran pensavano che non frequentasse nessuno. Si sbagliavano. Le donne gli piacevano quanto a quei cagnacci dei suoi fratelli; semplicemente, sceglieva donne diverse. Non quelle che lo abbordavano nei bar. E non usciva mai con donne belle e appariscenti. Fine.

Le donne belle creavano problemi e, in fondo, lui era ancora debole quando si trattava di loro. Motivo per cui faceva tutto quello che poteva per evitarle e vivere secondo le regole che si era imposto.

All'interno, la festa era in pieno svolgimento. Il suo amico Jaeg era accanto alla porta con la sua fidanzata, Cali.

Jaeg si fece avanti e strinse la mano a Bran. «Bravo, amico. Credevo che avreste gettato la spugna sei mesi fa e assunto una società di gestione.»

«Tu e tutti gli altri» disse Bran. «Ma per ora ce la stiamo

cavando. Vedremo come andrà il prossimo anno.» Si chinò e abbracciò Cali.

Lei ricambiò il saluto, ma cercò con lo sguardo oltre la spalla di Bran. «Hai visto mia cugina?»

A Bran vibrò un occhio. «Ci siamo scontrati nel corridoio.»

Jaeg ridacchiò. «La sua vista non è...»

Cali gli diede una gomitata nelle costole che lo fece zittire.

Era maledettamente divertente vedere quei due insieme. Jaeg era il più alto degli amici di Bran, un metro e novantotto, e la sua fidanzata era piccolina. O forse era di statura media, ma sembrava piccola accanto a Jaeg. Eppure Jaeg era un budino tra le mani di Cali.

Si scambiarono un'occhiata. «Ireland è un po' impacciata, ecco tutto» disse Cali. «È ancora nuova in città e voglio assicurarmi che si diverta. Sembrava ci fosse qualcosa che non andava quando è andata in bagno.»

Bran diede un'occhiata alla folla. «Ireland mi sembra un tipo amichevole. Non riesco a immaginare che faccia fatica a farsi degli amici.» *Eufemismo.* Quella donna sapeva che cosa stava facendo quando aveva sbattuto in quel modo contro Bran nel corridoio. E lanciandogli occhiate interessate ogni volta che poteva.

Già, era una da evitare.

«Oh, bene» disse allegramente Cali. «Sto dandole lezioni.»

«Lezioni?»

Jaeg grugnì. «Cali pensa che Ireland abbia bisogno di più eccitazione nella sua vita.»

«Beh, è così» confermò Cali.

«Baby, ricordi come è finita l'ultima volta in cui hai aiutato un'amica a incontrare degli uomini?»

«Questa volta è completamente diverso. Ireland è piuttosto timida. Ha lavorato moltissimo per potersi laureare; non ha avuto molte occasioni per incontrare gente. Non gente divertente comunque. È il motivo per cui ci stiamo lavorando.»

Bran colse lo sguardo della cameriera con cui parlava ogni tanto da mesi. Lei distolse in fretta gli occhi. Ecco *quella* donna era timida. E proprio il tuo tipo. Non aveva bisogno di donne aggressive. «Volete scusarmi? Ho visto qualcuno che vorrei salutare.»

«Ci vediamo più tardi» disse Jaeg mentre Cali continuava a parlare di Ireland.

Bran smise di ascoltarla e si diresse verso la cameriera gentile. Non voleva più sentire parlare di Ireland, la "goffa" testa rossa. La cameriera con cui parlava era carina e dolce. Non avrebbe complicato la sua vita. Ovviamente, Bran non aveva ancora fatto una mossa. Non aveva ancora raccolto l'energia per chiederle di uscire. Ed era il motivo per cui sapeva che lei non era pericolosa. Il suo cervello non si annebbiava quando la vedeva e la sua libido non prendeva mai il controllo.

I suoi desideri non avrebbero mai più avuto la meglio su di lui.

* * *

Care lettrici, cari lettori,

Spero che *La sfida di Wes* vi sia piaciuto.

Volete sapere che cosa sta succedendo nella bella testa di Bran? Procuratevi subito ***La seduzione di Bran***!

Baci,

Jules

La seduzione di Bran

Il fratello sbagliato...

Ireland ha bisogno di ripartire da zero e sua cugina la convince a correre il rischio con un cattivo ragazzo carismatico con una bella barca e un corpo da morirci dietro. Ma quando Ireland si presenta per la popolare crociera alcolica sul Lago Tahoe gestita da lui, al suo posto trova al timone il suo attraente fratello maggiore.

A Bran piacciono le cose strutturate e prevedibili. Specialmente dopo gli errori commessi dieci anni prima. Ma la recente morte del padre ha gettato la sua vita tranquilla nel caos, e adesso è responsabile dei ristoranti a cinque stelle della sua famiglia. Si sta affannando da allora per riportare le cose allo status quo.

Non ha idea di quanto diventerà più complicata la sua vita.

Ireland dai capelli di fiamma è esattamente il tipo di donna che Bran Cade ha deciso di evitare dopo gli errori fatti dieci anni prima. Ma quando Ireland gli cade per caso in grembo durante una crociera alcolica nella quale sostituisce il fratello, la barca non è l'unica cosa che viene sballottolata dall'acqua. Anche il cuore di Bran finisce fuori bordo.

La volitiva Ireland non è chi vorrebbe Bran, ma è ciò di cui ha bisogno.

Procuratevi subito *La seduzione di Bran*!

Libri di Jules Barnard

I fratelli Cade

La tentazione di Levi

La sfida di Wes

La seduzione di Bran

La riforma di Hunt

Serie: Never Date

Mai con un amico di tuo fratello

Mai con un donnaiolo

Mai con la tua ex

Mai con il tuo miglior amico

Mai con il tuo nemico

Potete trovare la bibliografia completa di Jules Barnard sul sito:

julesbarnard.com/i-libri-di-jules

L'autrice

Jules Barnard è un'autrice bestseller di USA Today di romance contemporanei e fantasy romantico. Le sue serie contemporanee includono Mai frequentare e I fratelli Cade. Scrive Fantasy romantico sotto lo stesso pseudonimo con la serie Halven Rising che il Library Journal definisce "... un'eccitante nuova avventura fantasy. Che stia scrivendo di uomini sexy intorno al Lago Tahoe o di un mondo di fate inserito nel campus di un college, Jules racconta storie coinvolgenti, piene di cuore e umorismo.

Quando non è in tuta da ginnastica a scrivere, premiandosi con il cioccolato, passa il tempo con suo marito e i due figli in una cittadina sulla costa nordoccidentale del Pacifico. Dice di avere la capacità di leggere mentre corre sul tapis roulant o brucia la cena.

Per conoscerla meglio visitate il suo sito web:
julesbarnard.com/i-libri-di-jules